中国散文 60 强

人间笔记

于 坚 / 著

北京联合出版公司
Beijing United Publishing Co.,Ltd.

图书在版编目（CIP）数据

人间笔记 / 于坚著. -- 北京 : 北京联合出版公司,
2024. 8. --（中国散文60强）. -- ISBN 978-7-5596
-7869-0

Ⅰ. I267

中国国家版本馆CIP数据核字第2024MN9250号

人间笔记

作　　者：于　坚
出 品 人：赵红仕
出版监制：张晓冬
责任编辑：徐　鹏
特约编辑：和庚方　张　颖
封面设计：立丰天

北京联合出版公司出版
（北京市西城区德外大街83号楼9层　100088）
三河市同力彩印有限公司印刷　新华书店经销
字数150千字　650毫米×920毫米　1/16　14印张
2024年8月第1版　2024年8月第1次印刷
ISBN 978-7-5596-7869-0
定价：65.00元

版权所有，侵权必究
未经书面许可，不得以任何方式转载、复制、翻印本书部分或全部内容。
本书若有质量问题，请与本公司图书销售中心联系调换。
电话：17710717619

"中国散文60强"丛书

编委会

丛书总策划

张　明　著名出版人

编委主任

邱华栋　全国政协常委
　　　　中国作家协会副主席、书记处书记

编　委

叶　梅　中国散文学会会长
陆春祥　中国散文学会副会长
冯秋子　中国作家协会原社联部副主任
吴佳骏　《红岩》编辑部主任
张　英　资深媒体人
文　欢　作家、资深编辑

中华散文的文脉与发展

——"中国散文 60 强"总序

邱华栋

中国是诗的国度,亦是散文的国度。

穿越千年时空,从明清至唐宋,再由魏晋南北朝至两汉先秦一路回溯,汉语言文学中的散文实乃根深叶茂,硕果累累。无论是"唐宋八大家"之雄文美文,还是骈俪多姿的辞赋,以及名垂史册的《史记》《左传》,均为中国文学史上的璀璨明珠。"散文"与"诗"一道,成为中国文学的"嫡系"。尽管,后来从西方引进嫁接技术所催生的"小说",大有"喧宾夺主"之势,终究还得"认祖归宗",血脉和基因是无法改变的。

在中国散文流变历程中,曾出现过两次鼎盛期。一次是被文学史家所公认的"先秦散文"时期。其时,伴随着春秋时期的思想解放,诸子蜂起,百家争鸣,一大批散文家以饱满的气血、驳杂的学识和破茧的精神,创造出了散文的繁荣和辉煌局面,对后世产生了极大的影响。

到了"五四"时期,中国散文迎来了第二次鼎盛期。白话文如劲风激浪,吹刮和涤荡着神州大地。沉睡的雄狮醒来了,偃卧的小草开始歌唱。许多学贯中西的进步文人,肩扛文化变革的大纛,冲锋陷阵,掀起了一波又一波的新文学浪潮。《新青年》上刊载的散文,犹如一束束亮光,不但给人以希望,还给人以力量。"五四"以来的散文作品，无论是观念和主题，还是形式和风格，都跟以往的散文迥然不同。最具代表性的，当属鲁迅先生的散文（包括杂文），其刚健、凌厉的文质，疗救了中国散文长久以来颓靡不振、钙质疏流的顽疾。此外，周作人、郁达夫、朱自清、萧红、沈从文等一大批作家的散文创作亦各具特色，呈一时之盛，影响深远。

时代的前行催生了文学的发展，然而文学与时代有时并不同步甚至充满了"张力场"。"五四"的个性解放虽然催生了一批个性鲜明的散文精品，但这样的生态并未持续多久，中国散文的波峰出现了向低谷滑行的趋势。有论者指出，"散文在50年代既是对解放区散文文体意识的放大，又是对五四散文文体精神的进一步偏离。这种放大和偏离表现在个体性情的抒发让位于时代共性或者时代精神的谱写，政治标准优先于艺术标准，批判性为歌颂性所取代等诸方面。"（董健、丁帆、王彬彬《中国当代文学史新稿》）1960年代初，散文创作一度出现了活跃，"专业"从事散文创作的作家群凸显出来，刘白羽、杨朔、秦牧相继登场，迅速成为散文界的三位名家。但他们的作品后人评价褒贬不一，认为其中颂歌式的写法较为单向，这种模式化的写作，不但对散文的建设毫无益处，反而扼杀了散文的个性和神采。

"文革"十年，中国散文更是一片凋零和荒芜，乏善可陈。1970年代末，一些历经浩劫的作家开始复苏，解除思想枷锁，重新拿起笔来写作，中国散文才又凤凰涅槃，焕发生机。加之各种文学刊物纷纷复刊和创刊，以及大量西方文化读物的译介出版，更为这些饥渴、桎梏太久的散文作者提供了登台亮相的舞台和瞭望世界的窗口。

1980年代初期，伴随改革开放的热潮，思想解放大旗招展，文化随之繁荣，诸多承续"五四"精神的作家以笔为旗，抒发胸中压抑既久之块垒，出现了一批抒情性质浓郁的散文，使得现代散文这块"百花园"芳菲争艳，蔚为大观。特别是1980年代中期，随着作家主体意识的不断强化，中国文学开始呈现出一个崭新局面，作家从"集体意识"中抽身而出，重新返回"个体"，注重对生活的体察和内在情感的表达。这一时期，散文的艺术性得以强化，文本的精神内涵和表现空间得以拓展。

进入1990年代，社会发展日新月异，城镇化进程锐不可当，文化领域亦呈多元格局。各种文学思潮相互碰撞，人文精神的讨论更是打开了作家们的创作思路。"大散文"概念的提出，引发了散文界对散文的内涵和外延的重新讨论和界定。风靡一时的"文化散文"热，成为文坛上一道靓丽的风景。"新散文""原散文""后散文""在场散文"等散文流派"你方唱罢我登场"，争奇斗艳，各领风骚。

及至二十世纪末，一批深具先锋意识和文体自觉的新锐作家，像一头公牛闯入瓷器店，使散文天地发生了激烈的碰撞和变化，形成一股新的散文潮流，提升了散文的审美品质和精神向度。

纵观1978年至2023年四十多年来，中华大地在"改开"的黄金时代中，社会生活奔涌激荡，各种思潮风起云涌，散文创作更是云蒸霞蔚、气象万千，涌现了众多成就斐然、风格各异的散文作家和具有思想深度、艺术上乘的散文作品。岁月的流水冲走了枯枝败叶和闲花野草，中流砥柱却巍然屹立。时间留住了新时代的散文经典，经典在时间的长河中绽放光芒。以沙里淘金的经典散文向"改开"的时代致敬，是我们不可推卸的责任和义务。

别看散文的门槛貌似很低，要真正写好，却实属不易。优质散文是有难度的写作，它不但需要作者的智识、胸襟、眼界、修养和气度格局；更需要写作者的态度、立场、慈悲、良知和批判勇气。遗憾的是，散文创作繁荣和光鲜的另一面，却是大量平庸甚至低劣之作的泛滥，不但败坏了读者的胃口，而且造成了物质和精神的极大浪费。散文作家层出不穷，散文作品汗牛充栋，可真正能让人记住的散文佳构却凤毛麟角。

散文要发展，文学要前行。发展和前行就要从平庸的樊篱中突围。在突围的过程中，散文作家不可太"聪明"，不可太世故，要永存对文学的敬畏之心。一言以蔽之，散文的尊严来自散文作家的尊严。也可以说，要想散文繁荣，首先需要有一批人格健全，品德高尚，铁肩担道义的散文作家。什么样的人写什么样的文章。特别是写散文，最容易看出一个作家的内在品质和境界涵养。一个人格不健全的人，哪怕他作文的技法再高妙，也很难写出撼人心魄、抚慰灵魂的散文来。作家精神品质的高低，直接决定其作品的精神向度。

为了散文写作的突围和发展，为了建设独具特质的当代散文，也是为了更好地从经典散文中汲取营养，我认为有必要正视和重申一些常识性的思考。高头讲章的理论是灰色的，常识之树却蕤葳常青。

一、作家的个体精神决定散文的优劣。常言道，散文易学而难攻。难在什么地方，不是难在技巧，而是难在作家个体精神的淬炼上。倘若作家的个体精神不够丰富，不够深刻，不够清澈，纵使他手里握着一支生花妙笔，也写不出令人称赞的散文。那么，如何才能做到个体精神的丰富性呢，这就要求作家时时刻刻不背离生活，要知人情冷暖，体察人间百态，关心民瘼，有忧患意识，不要做生存的旁观者。一个冷漠甚至冷酷的人，是不适合从事散文创作的。

二、真诚是确保散文品质的基石。散文创作跟作家的生存经验息息相关，可以说，真正优质的散文，无不牵连着作家的血肉和心性。作家的喜怒哀乐，悲欢离合，都或隐或显地暗含在他的作品中。假如在一篇散文作品中，读者既看不到作者的体温，又看不到作者的态度，那这篇作品或许就是失败的。说明这个作者在他的作品中"说谎"或"造假"，缺乏真诚之心。作家一旦失去真诚，为文必定矫揉造作，作品也必定会失去生命力。因此，真诚是散文的"生命线"，也是"底线"。

三、个性是促进散文生长的养料。人无个性便无趣，文无个性便平质。当下，每年都会诞生数以万计的散文篇章，但能够让人记住，且读后还想读的作品并不多，何故？概在于这些数量庞大的散文，无论题材，还是语感都千篇一律，像是从"模具"中生产出来的，缺乏辨识度。散文要发展，必须要求作家具有"个性意识"。"个性意识"不是标新立异，更不是哗众取宠，而是一种"创新意识"和"审美意识"。但凡在散文创作方面被公认的那些大家，都是"文体家"，他们以自觉的写作实践，开创了散文写作的新路径。不合流俗方能独步致远，推动散文的建设和繁荣。

当然，以上几点并非创作散文的圭臬，谁也没有资格去为散文"立法"。

散文是自由的创造，散文精神即自由精神。我之所以提出来，仅仅是希望引起散文同行们的重视和参考，共同为中国当代散文的发展尽力增光。

我们策划、编选"中国散文60强"（1978—2023）的初衷，旨在对新时期以来的中国散文创作作出梳理、评价和选择，试图精选出风格各异的代表性散文作家，以每位一部单行本的形式，呈现出中国新时期优质散文的大体样貌。此项目的发起人为资深出版人张明先生。多年来，他一直追求做高品位的纯文学书籍，也曾连续多年与中国散文学会、中国小说学会合作，出版年度《中国散文排行榜》和年度《中国小说排行榜》。2023年他策划出版了《中国小说100强》，反响不俗。身处喧嚣、纷杂的环境，能以如此情怀和心力来为文学做如此浩大的工程，不能不令人钦佩！

感谢张明先生邀请我和叶梅、冯秋子、陆春祥、吴佳骏、张英、文欢组成编委会，共同遴选出60位作家。我们在召开筹备会的时候，即将作品的思想性、艺术性、代表性以及影响力作为编选的基本原则。在确定入选作家名单时，我们认真商讨，反复研究，生怕因为各自的眼力、审美和趣味之别，造成遗珠之憾。好在我们的工作得到了作家们的积极回应和鼎力支持，惠风和畅，大地丰饶。

60位入选的作家，既有令人尊敬的文学大家，如孙犁、张中行、汪曾祺、史铁生、邵燕祥、流沙河、刘烨园、宗璞、贾平凹、韩少功、张炜、梁晓声、阿来、冯骥才等。这批散文大家的作品，文风质朴、清朗、刚健，充满了"智性"和"诗性"。无论他们是写怀人之作，还是针砭时弊，歌咏风物，都有着鲜明的文化立场和审美取向。他们或出入历史，借古观今；或提炼人生，洞明世事，输送给读者的都是难能可贵的"精神营养"。

也有被散文界公认的名家，如李敬泽、王充闾、马丽华、周涛、冯秋子、叶梅、筱敏、张锐锋、周晓枫、于坚、鲍尔吉·原野等。这些作家的散文作品，特色鲜明，风格独特，诚挚内敛，从内容到形式，都作出了各自的探索和尝试，为当代散文注入了活力。从他们的作品中，我们不但能够领略汉语之美，更可以借此反观生活与存在，寻找人之为人的价值和尊严。

还有散文界的中坚力量和青年才俊，如彭程、谢宗玉、江子、雷平阳、任林举、塞壬、沈念、傅菲、吴佳骏、周华诚等。从他们的作品中，我们见到的，不只是中国散文的文脉传承，更是自由精神的张扬。他们文心雅正，笔力锋锐，不跟风，不盲从，始终保持着独立的思索和判断，在各自所开辟的散文园地中精耕细作，以崭新的姿态参与和推动当代散文的变革。

其实，细心的读者不难发现，入选本丛书的老、中、青三代作家都有个共性，即他们均在以自己的作品审视心灵，心系苍生，弘扬真善美，鞭挞假恶丑，充满了正义感和人道主义精神。这自然与时下众多书写风花雪月，一己悲欢，充塞小情趣、小可爱的散文区别开来。正是因为有他们的存在，中国当代散文才呈现出一幅绚丽多姿的长卷。

需要说明的是，有些重要的散文家，如张承志、余秋雨、王小波、苇岸、刘亮程、李娟等人，由于版权或其他不可抗原因，未能将他们的作品收录进来，我们深以为憾。

我们还要感谢北京立丰天文化传播有限公司的资金支持，感谢北京联合出版公司的精心编校，他们慷慨和无私的义举，对于繁荣中国当代散文创作、对于赓续中华优秀散文文脉、对于中国新时期的文化积累，均具重大价值和意义，可谓善莫大焉。这套丛书的出版意义将同《中国小说100强》一样，旨在给读者以经典的指引，这既是一项重要的原创文学工程，同时也是助力推动全民阅读和研究传播文化的公益工程。

郁郁乎文哉，中国散文有幸！

是为序。

2024年5月12日星期日

（作者为全国政协常委，中国作协副主席、书记处书记）

目　录
Contents

001 ｜ 我在美丽的云南

056 ｜ 高原上的高原

071 ｜ 火车记

083 ｜ 治病记

103 ｜ 住房记

129 ｜ 城市记

142 ｜ 一日记

164 ｜ 大地记

182 ｜ 山洞记

198 ｜ 幸存之城

我在美丽的云南

一、远方的声音

在云南的远方,你永远会感到有某种声音永不停息,有某种声音越过风和群山传来。这是河流的声音。云南人都知道,河流就在他们的周围。10年前,我在我的诗歌中写道:"在我故乡的任何一个地方,你都会听到人们谈论这些河,就像谈到他们的上帝。"河流对于云南,不是文明史上的象征,不是古代的传说,而是越过时间传布到你的生命中的轰隆巨响。河流把生命带向遥远,但这遥远是永生不息的流动,而不是一个静止的彼岸。我非常喜欢那些歌颂河流的歌曲,可惜这样的歌在云南还没有被写出来。我听过施特劳斯的《阿尔卑斯山交响曲》,也听过格罗菲的《大峡谷组曲》。我希望有一天,音乐天才出现,为我们谱写在北纬30°—21°附近经过的河流。我很喜欢一首美国民歌《谢南多》。这是一首歌颂永恒的河流的歌曲,谢南多是一位美国印第安酋长的女儿的名字。也是一条河流的名字。"遥远啊,波涛滚滚的大河……"这是令我永远热泪盈眶的歌声。

二、怒江

怒江的命名和怒族有关，因为怒族就住在怒江两岸的丛林中。不能望文生义，以为怒指的是江水的模样。它就是一条流在高原上的没有心情的大河。我所见的怒江在一座水泥大桥的附近，一段青黑色的江面，光芒像油脂一样漂浮着，它有它的声音，岸边是黑色的石头，但朝向河水的一面被洗白了，像一群正在站着下蛋的企鹅。我奇怪地把这条大河与教堂一词联系起来。我很年轻的时候，尚未开始我在云南高原的漫游，就听说过怒江。我的朋友是这么说的，我姐姐在怒江工作（怒江同时也是一个自治州的名字），坐车要坐三天，我去的时候，在江边的山头上看见一个教堂，非常感动，这些人为了宣传上帝的声音，来到这么远的地方。怒江，别说外国的传教士，就是对于我们云南人，也是遥远的啊。我的朋友这些话使我对怒江留下了深刻的印象。后来我的朋友朱小羊告诉我，怒江像黑色的石油，因为他是在暗夜里面对怒江，他企图游泳横渡，跑到国外（缅甸）去看看。但他下水走了几米，非常害怕，就退了回来。怒江成为我青年时代众多的浪漫梦之一。我总有一天要去怒江。去干什么，为了目睹一条大河。多么朴素的愿望。多年后，我终于从长途汽车上下来，就顺着布满碎石块的河岸陡坡，连跳带滚，下到怒江边，用双手把流动的江水掬出一捧，抹在额头上，这江水像从冰箱里流出来的，我的头马上就开始发热，当汽车离开怒江的时候，我已经患了严重的感冒。到达怒江附近的一个小城的时候，我已经不能继续旅行了，我不得不住在旅馆里，到医院去打了三天的青霉素。怒江在晴朗的夜晚看上去是黑色的，但不是死黑，而是被黑夜的光芒处理得非常动人的黑色，与非洲一词有关的黑色。我再次路过怒江，是在夜里，倾斜的山脊犹如从宇宙的船舱中抛下的黑色鲸鱼，脊背闪着匕首似的寒光，一条条插在怒江的岸上。那时我看见怒江中有令我惊骇的东西，抬起头来。

三、在澜沧江中

我在黄昏时分进入澜沧江的水中。那是炎热的夏日。澜沧江是红色的，因为水在奔下高原的途中，被泥土染红了。我一丝不挂，进入水中。大河像液体的风，环绕着我。又像无情的手，将爬在我皮肤上的热，一片片刮掉。我则像一棵风中的树，在水中摇摆。水是温凉的，我在这新鲜的温度中丧失了对世界的意识。像在古代的黄昏渡过这条河流的豹子或狼那样，我成了一个潮湿的、在河流中的东西。我不能站稳，我不断地后退，我只有在后退中才能保持住身体的平衡。中流砥柱的诱惑，我企图在河道上站住脚跟，但我立即被河流推倒，我碰到了那使河流流动的看不见的东西。我立即明白了所谓"不可抗拒"是指什么。它推着我，不因为我是人而姑息，在这伟大的力量面前，一切都是只能后退的事物。名叫基督的站在这水中，他也得后退。这力量不是局部的，而是一种整体的厚度和力。我可以用手把局部的水推回去一些，或者用拳头在水面上砸出一些小坑，但我不能对抗它的流动，那力量柔韧而强大，犹如液体的广场，在革命的前夜，万众一心的群众。但这不是革命的手，是河流的手，是上帝而不是群众赋予它伟大的力量。但是在河流中，站不住脚的事物后退的方向，就是河流前进的方向。于是我归顺大河，在水面上漂起来，不是中流砥柱，而是泳者。这才是我的位置,我立即获得了河流的速度,像驾着云层行走的仙人。我的手臂只随便划动了几下,数分钟的时间我就漂出去很远。当我顺着河岸返回我放衣服的地点时,我发现,我必须走半小时才能到达。

四、金沙江

我平生第一次见到的大河,是金沙江。那是在我17岁的时候。革命时期,金沙江的名字和毛泽东的名字联系在一起。高原的许多大河都沉默着,只有金沙江作为革命的象征之一,进入时代的广场,和革命一道,"金沙水拍云崖暖",鼓舞人民的斗志。当时我工作的工厂,组织了一班工人,学习解放军,长途拉练,为防止美国人或苏联人入侵我国做好准备。我们决定向着昆明的北方前进,一直抵达金沙江边。我记得当时我被分配在炊事班,背着一口有我的半身高的行军锅出发了。出发是严肃的,具有战斗气氛的。但一出了昆明,意识形态战线本来就薄弱的青年工人马上被云南高原美丽的大地征服了。那时正是春天,四五月,高原上到处是花蕾在阳光中爆炸的声音。一路上到处可以看到蜜蜂在交配、蝴蝶在交配、雄马和母马在开着野山茶花的山坡上交配、狗们在懒洋洋的红土山庄的磨房外面的干草堆中交配……这景象比语录和标语更轻而易举地深入人的意识,在灵魂深处闹革命。青春被充满繁殖力的大地所诱惑,就离开了时代的正轨。革命的队伍将到金沙江时,工人们中间已经出现了好几对情侣。剩下的抢着给女同志背背包,背干粮袋,给男同志喝水、唱歌。一路上借团结友爱、生动活泼之名行打情骂俏、争风吃醋之实。自然是原初的自然,爱情是纯粹的爱情。白天行军是白云回望合，青霭入看无；晚上是明月松间照，清泉石上流。扎营有时扎在野外，有时进驻山村，人民夹道欢迎，说是红军又回来了。有一个地方叫老木坝，当晚队伍是在松树叶铺成的打谷场上与村民联欢。第二天杀了一群公鸡，炊事班得到一大碗鸡睾丸，用清水煮一下，几个青工三分钟就抢吃完了。一路就这样玩着。一天早上，正在山路上走，忽然有人发一声喊，说是看见了。一杆红旗马上打起来，都疯了似的跟着红旗跑。举红旗的青工是个失恋的人，他举着红旗飞跑，他恨不得此时敌人的子弹就扫过来，他就在金沙江畔壮烈牺牲，让那负心的姑娘永远后悔。跟着他，跑得革命队伍上气不接下气。换气间，忽然就看见了金沙江的水，绿汪汪的一条，像水库。但离得还远，就又开始奔跑。现在想那时奔跑的样子，那青春，那激情，为着一条河流，就像是一群奔向恒河的朝圣者。江滩很宽，全是沙和白石头，不能跑，走了好一阵。终于到了江边，一直以为这里是山高水寒，乱云飞渡，对岸是敌人的堡垒。在眼前的却是一江春水，清秀明丽，"春江水暖鸭先知"的样子。对岸是静静的群山，一条船也没有。就听见有人说，红军渡的不是这里，是下面的白马渡口。就又在激情中继续前进，跟着红旗。沿江又走了近五公里，到了红军当年渡金沙江的白马渡口。这回真是到了，但依旧是碧波荡漾，看不出什么血雨腥风的迹象。我现在想，可能当年毛泽东渡江的地点不是这里，也不是这个季节，心事与我们不同。所以所见的和我们所见的不一样。后来我在另一处又见过金沙江，那里倒真是险恶。阴冷的秋天，乱云飞渡，恶浪混浊。但红军不是从那里渡的江，在那里能自由飞越的，是我在《河流》这首诗中指出的飞禽：鹰。

五、麂子

我少年时代的云南是一个充满陌生感和恐惧的世界。这种恐惧和陌生不是来自文明世界,而是来自大自然。那时,野兽们和人的世界关系密切,它们就住在昆明城外10公里远的大地上,有时候还会闯进城里来。我小的时候,外祖母吓唬我的常用短语就是:"老豺狗要来了。"这不是童话,不是今天孩子们知道的大灰狼,而是就在昆明郊外的红色山冈中传过来的真狼的嚎叫。

有一个夜晚我躲在昆明40公里以外的山野的一片树林中。当时我19岁,被工厂派到农场去收洋芋(土豆)。这个农场叫花箐。长年看守着农场的李师傅在这个夜晚带我们出去打麂子,我们埋伏在一片树林里,等麂子出现。那是美丽无比的夜晚,星光灿烂。林子里有几十种鸟和上千的虫子在叫,那是无所顾忌的大叫,叫得山林就像一个正在比学赶帮超的乐器工厂。突然间,轰的一声巨响,然后就万籁俱寂。过了一阵,李师傅从黑暗中冒出来,说打着了。我们就回去。第二天,我们带着狗,上山去找麂子,山是潮湿的。天空是蓝的。只有蓝色。而土地是红色的。狗忽然叫起来,我们跟着跑过去,在密林里找到了一头死去的小老虎,有一米长。它的脖子上有一个暗红色的洞。白天的林子很安静,除非是起风的时候。

六、与豹子的遭遇

我记得的另一次与野兽们发生关系的经历是在双河。这里是工厂最早的农场。这个农场位于昆明的北边，距昆明大约有40公里。这一带是低缓的丘陵，红色的山地，土豆就种在它们身上。另一些山上则长满大树，主要是松树。那是1971年，我还有些少年人的脾气，喜欢玩，一干完活，就跑到松树林里躺在松毛地上睡觉。睡醒就捡松果，找块石头，把它们一个个砸开，把里面的松子抠出来吃，像猴子似的。但一到黄昏我就不敢出去了，那一带山上豹子很多，还有老虎。晚上我们睡觉的时候，豹子就围着我们的农场吼。晚上我们聊天，经常都是讲豹子和老虎，讲它们的种种故事，仿佛是讲一个绿林大盗。农场有一个老工人，因为长期待在农场，就在双河的寨子里找了一个媳妇。有一天他带我们到他媳妇家里去玩，我们是吃过晚饭去的。去了4个人。4个人去，胆子要大些。那个寨子离农场有3公里左右，要从密林和草丛中穿过，那草有一人多高，上面一层，在落日的光辉中呈现为朦胧的蛋黄色，下面却黑洞洞的。不知道是谁在里面住，黄昏风来，草丛里就发出某种活物摩擦着草窜过的声音。山路就在这草丛间穿过，4个人心惊肉跳，小跑着走。穿出草丛，还要经过一片林子，然后就到那个寨子。在寨子里玩到晚上9点，就回去，这回不敢再走小路，就顺着大路走，大路是土路，下过雨，路面被水泡烂了，一个一个坑，被月光照得明晃晃的，犹如打碎了一地的镜子。路是修在山腰上，下面是黑暗中的峡谷。对面是另一座山。忽然，就看见那山上有一对像是绿色的电筒或镶在黑绒布上的钻石的东西。我们中的一个还说，这些人的电筒怎么会是绿的。话才说完,那对绿电筒已经向峡谷底移动,速度犹如流星,它是向我们这边飞过来。是豹子!一声惨叫,4个人拔腿就跑,在水坑里高一脚低一脚地狂奔,但大路是要绕过山去,它要一直沿着这峡谷的边走近两公里。翻山!老工人说。我们立即离开大路,朝山上跑,因为农场就在山的后面。"我听见窜上来了。"我们跑得更快。月光很亮,满地的松毛,跑起来相当滑,我跌倒了好几次。跑了半天,还没有到农场,"方向不对!"又换一个方向跑。猛一抬头,看见面前站着两个黄澄澄的大眼睛,"豹子!"我当时就吓得把尿撒在裤裆里。但再定睛看时,原来是农场的亮着灯的窗户。那是狼还是豹子或者老虎,其实我们不知道,大叫豹子,只是因为这一带豹子最多,所以豹子成了凶猛动物的代名词。但那一天我也许什么都没有看见,只是在对大自然的恐惧中产生的错觉。今天,我在云南的许多山冈密林里走过的时候,再没有这种恐惧感,人已经战胜了野兽,他孤零零地成了这高原上没有对手的唯一的王了。

七、农场所见的高原

我是在农场意识到我生活的世界是位于一个高原之上的。我很小的时候,跟着我父亲到他的单位的农场去劳动。我第一次来到高原之上。这是一幅巨大的画,有空气、有光线、有响声、有温度的油画,我站在一棵有着白色树皮的桉树下,看着风在阳光下干活,它的活计是把云块推到远方的山冈上去。这幅画今天在我的记忆中已成为印象派的了,但我依然记得它的色彩,我相信这是一幅塞尚的作品。《红色农场附近的群山》,画的中央是露出了红色山体的峡谷,峡谷底是一条黑色的河流,地平线是蓝色的群山。在它之上是被看不见的线牵引着的风筝似的在群山之间侦察地面的鹰或乌鸦。在画面的右方，应该有一个山垭口，驮着柴捆的马匹正在缓缓消失。还有森林，以及一只站在树枝上的山鸡。君临这一切之上的，是天空和它的光芒。那时我大约六七岁，这幅画给我留下了永远难忘的印象。他是谁，那个不露面的画家！那时我还没有开始读书，我想到了这个问题，但我没有提问。我的爱情在这时觉醒了，我知道我会永远热爱这个美丽的世界，为它活着。以为这是一个永恒的世界，唯一的世界，所有人的世界。世界就是这个样子。但我错了，后来我看见了中国的北方。风沙、灰颜色、干燥的缺少动植物的北方。再后来我发现我的云南故乡世界正在向北方的长相靠拢。它日复一日地后退，今天，它已经从我当年与它相遇的农场后退了至少500公里。它已经退到了距国境线不远的地方。我从前遭遇永恒世界的农场已经不在了，光秃秃的山包像是麻风病患者头发掉光的脑袋，一个个排列着，成为大地的外表。在旅行的途中，我总是盼望着汽车赶快越过这些死亡的地带，到这些山的那边去，我永远在期望，就像童年的某一日，转过一个山垭口，就惊喜地发现一头长着绿色长毛的、身上爬满动物的巨兽，但我总是在不同的方向、纬度看到同样的死亡。死亡正在不可一世地成为大地上的君主。是什么东西把它们毁灭了，赶走了，永恒的事物为什么如此脆弱，是什么力量比它更强大？上帝真的死了，他任凭他在那美妙的6天中创造的一切毁灭，他不置一词。

八、颂歌式的葬礼

我在云南的大地上目击过颂歌式的死亡。那是在德宏州的芒市。

温暖的春天，我沿着乡间公路骑着自行车漫游。周围的风景，先是用"漠漠水田飞白鹭，阴阴夏木啭黄鹂"来描写最得体。漠漠，当时是早晨，雾尚未散去，但已经不浓；雾后面的树林已经依稀可辨；白鹭是古代的白鹭，越过历史飞来的天使。如果千年前那位诗人复活，他会一眼认出。但黄鹂是看不见的，是听见的，大地上有鸟在啼，但不知道那是不是黄鹂，我很少有时间能够停下来，仔细辨别鸟语。无论什么鸟叫，我只知道那是鸟叫，与狗吠不同。古人的时间多，"草堂春睡足，窗外日迟迟"，有的是倾听的时间。为什么在春天用夏木会贴切？因为在汉语的发源地还是春天的时候，在亚热带的云南德宏，大地上已经是夏天的景致了。后来竹林出现了。山地出现了。不知名的河流出现了。风中有腐败的稻草的气味。也有果子的气味。也有拖拉机的气味。后来，田野扩展成大片的、无边无际的，已经不仅仅是水田，也有玉米地、甘蔗地和开着紫色的花朵的地，开着黄色花朵的地，大地现在看上去像所谓"锦绣"的了。太阳老练地上升着，天空蓝透。又一个上帝的好日子啊！在大地的开阔处，我看见远方又出现了一个白鹭云集的村庄。是什么吸引我向这个村庄走去？是白鹭。当我进入这村庄的时候，我突然发现这个傣族人的村庄正在举行葬礼。犹如在水田中央突然看见一只死去的白鹭。没有任何迹象向我预告死亡的降临。我听见歌声锣鼓声。在村庄的外面，我看见一些美丽的花圈，不是扎着白花，而是扎五颜六色的花。后来我看见死去的劳动者躺在一个用花和竹篾搭成的棚子里。人们蹲在花棚的周围，敲着锣鼓，哼着好听的歌，像是劳动中的休息。这是我见过的最美丽的葬礼。在春天，在花朵和白鹭盛开的大地上，死亡被花朵和白鹭所簇拥，被它的收获所簇拥。

九、在甘蔗地上

在甘蔗地上,我看见这些异族的人。男人穿着黑色的外套,女人穿着土红色的裙子,他们一长排地紧跟着甘蔗林,犹如驱赶着一头乳汁丰润的母鹿。他们弯腰的时候,古铜色的肌肉就在腿上凸出来,上面爬着花甲壳虫,它们把他们作为大地的一部分了。在他们后面,大地从收获的遮蔽中袒露出一条条、一片片红色土壤的带子,混乱、不修边幅,但环绕着一个核心旋转,这个核心是他们的村庄。

十、大地上的沐浴

芒市附近有一个温泉,阿永带我去洗澡。那个澡堂在傣族人的村庄旁边。炎热的夏天,我们穿过他们的土地,穿过橡胶树林、野草地、堆在乡村边上的甘蔗塔、鸡、狗、鸭子和水牛,穿过竹篾编成的房屋和红土的山坡,到了那里。这是一个水泥和砖砌成的浴室,卖票。小卖部供应毛巾、洗发膏、沐浴液。里面分男浴池和女浴室,淋浴、盆浴。更衣室、小便处、拖鞋、挂贵重物品的钉子、通风的窗子、水龙头、下水口……洗罢出去时,阿永说,你看,她们在外面洗。我看见大地上有一个池塘,在一棵榕树下,一群上身赤裸的女人泡在里面。水直接从大地上冒出来。气泡。波罗蜜般的乳房。下垂的母亲的乳房。古铜色的手臂。黑头发,散开如水草。大地的植物。周围是红泥巴、牛屎、鸡粪、杂草、蛇和蚂蟥；再远处是瓜地和番茄地、芒果树和香蕉树。再远，是无边无际的水稻和青山。水哗哗地响着，水已经被泥巴染成了红色，她们在玩水，露着牙齿笑、互相泼着身体……一切都在金黄色的落日的光辉中。

十一、哥布的父亲

哥布的父亲坐在他的刚刚经历了泥石流的家中。后门，以前上山砍柴的门，已经被泥沙堵住了。如果明天泥石流再动，他的家就没有了。我问，那怎么办呢？哥布说，搬到另一座山上去。哥布的父亲坐在火塘边上，火塘是一个在土地上刨出的坑，他往坑里面加着松树枝，烧一壶泉水。他停下来就吸水烟筒。这是一个没有色彩的老人，他的脸是黑的，指甲是黑的，衣服是黑的，脚是黑的。他的屋顶被烟子熏得漆黑，腌肉被熏得黢黑。他不会讲我的话，我听不懂他的话。

第二年，他由儿子哥布领着，一生中第一次到省城看看。哥布领他来看我的家，他不仅看，并且一样样用手去摸。他摸摸我的电视机。摸摸我的床。摸摸我的锁。摸摸我的浴缸。摸摸我的抽水马桶。摸摸从水管里流出来的自来水。摸摸我的门。摸摸我的玻璃。摸摸我的布。摸摸我的香烟。摸摸我的食物。然后走了，他回到他的故乡去，在另一座山上的家里，他像黑暗那样坐在火塘旁边。

十二、苍山的三种面貌

猛然间看见苍山在多云的天空下,我被山的样子震惊。犹如在天空中看见基督的脸。看不清细节,没有锋芒,只是一个苍色的椭圆状的混沌整体,但巨大无比,挡住下关市西面的天空,就是这巨大无比的体积令我战栗。再也看不见其他的山了,它们忽然小掉了,逃走了,它比所有的山都大,它与它们的比例是一头雄狮和一群猫的比例。但在一小时之后它已经是另一种模样,在落日的光辉中,19个轮廓峥嵘的山头,开天辟地从混沌中杀出来,使徒般地排成一列。灰色的长袍,由南向北,一座座呈现着高低不同的坡度和形势。所有的山顶都被森蓝色的雪覆盖着。山顶下面,却被红色的、灰色的和黑色的云和霞所簇拥;再下面,又露出了山体。这些云和霞可以令有想象力的人想到"张牙舞爪""飘带""鲨鱼""一群历史悲剧中叱咤风云的英雄""骑大象的武士"等一大堆意象,但这些形容也是轻浮之辈,你刚刚想象了热带鱼,这鱼已变成了骏马;你正要说什么"所向无空阔,真堪托死生",它已经变成了棉花。倒显出人性的自作多情和想象力的虚妄。不如老老实实说,这就是在风和光线的运动中,生成的一些不寻常的天相。它意味着一场来自南方的风暴,已经抵达大理地区的上空。一小时之后,苍山已经进入黑暗中,犹如一头黑牦牛从天空中蹲下来。它的黑暗令我毛骨悚然,它比天空更黑,更高大,犹如一个巨大的洞穴,堆积着10万只死去的乌鸦。这黑暗是如此结实,如此密集,令我再次陷入了虚妄的想象力中,不能自拔。

十三、阴影的游戏

苍山的阴影从山脚一直伸展出去十多公里，铺在倾斜但平坦的大地上，大地的终端是蓝色的洱海。在阴影的部分，事物是本色的。但在阴影之外，一切都光辉熠熠。金黄色的田野、金黄色的树和村庄。事物被夸张了，显得更赏心悦目。在这光辉中看被阴影遮蔽的部分，却是一片昏暗，它也被歪曲了。我沿着阴影的边沿，在大地上走，我脚踩的地方也就是高山投到地面上的反映着它的峰顶的部分。这边沿有些虚化，我跨几步进入阴影，又跳跃着回到光底下。这土地是秋天收获之后的稻田，和我在一起的还有乌鸦、田鼠和谷雀。阴影缓缓地移动，犹如盲人的手，在摸索着大地上的粗糙的表面。我跟随着阴影，向位于东面的洱海延伸。一整个下午，走了七八公里，看着一个个村庄被阴影网罗。看着白色的牵牛花怎样失去了光彩，回到它原有的朴素中。看着阴影怎样爬上耕牛的角，又溜下它的脊背，把那些残留在它尾巴上的光粒擦掉。我一直跟着它走，走到洱海边上。直到这巨大的幕把整个大地都遮蔽起来。那是我20岁的某一天中发生的事情，我年轻的生命中的正午，我的时间还多。

十四、登斜阳峰

斜阳峰是苍山的由南向北数的第一个峰。这个峰海拔最低，看上去，葱葱茏茏，很好爬的样子。当时一起去爬的人有嗓子、李根、郭文平、小朵。1986年夏季的一天我们坐在苍山西路58号嗓子的小屋里，聊着当代诗歌。大家都不说话的时候，有人说，走，爬苍山去。大家就说，走。屋子就盖在苍山的脚上。所以出了门，向后转，就上山了。天空晴朗，鸟在头上飞。空气透明度很高，几乎可以看见斜阳峰顶的石头。看起来，爬到山顶容易得很，还可以坐在高山之巅，看看嵌在红土高原中的洱海，看看它是不是像一只蓝耳朵。大家就唱着《游击队之歌》，想象着是一群山鹰之国的勇士。往高处上了一个坡，山就向纵深里后退了。在远处看只是一道软绒绒的草绿色长坡的山，现在发现是错觉。连成一道斜坡的只是"苍翠"，而苍翠的载体，山本身不是一个简单的坡，而是一层层深深浅浅的坡台，有的陡，有的平，有的是山包，都被树木遮蔽着，看不出来，要走进去才知道。一路是矮的松树林，野草地，开着花。进入了具体的山，视野就小了，只见得到山谷的局部，只是一棵又一棵人头高的松树、杂木，都长在草地上。过了树又是树，都过了1000棵树了，我们还是在山谷里走，还没有到第二个台阶的脚。好太阳现在成了毒日头，辣得一身汗，草叶沾到汗上，皮肤刺痒。李根背着一只蚕豆大的老蜜蜂走，他不知道重。那蜜蜂爬在他的脖子下面，仔细地在寻找什么。郭文平的小腿肚被刺划开了一条血口。我的头三次撞在粗树枝上。嗓子和小朵在后面骂咧咧，好像是骂毒日头。回头看看，两个人，一个正在扯树叶，编遮阳的帽子，一个弯着腰在找野草莓嚼。后来林中出现了两条路，弗罗斯特在这里写过一首诗。我说，走这条。嗓子说，走那条。5个人就分成两路，各走一条。我、李根和郭文平走一路，我们的路很快就到了一座山底下，相信是通着斜阳峰顶了。就爬山。这山坡是石头和刺丛、茅草混杂，岩石有半个人高，只能在岩石缝里找路走。相当艰难，现在体会到了当野兽之不易，要在这样的山地上穿梭自如，确实是要有一身功夫。在岩石里绕来绕去，担心着被麻蛇咬着，倒不怕大的野兽。大野兽这山上已经没有，它们在1979年前后就转移了。爬到这座山的顶上，立即抬头看，发现另一个山头才是斜阳峰。面前还有一片树林。又穿越树林，到那山脚，看出这座山是一山的杨梅树。扯下些杨梅吃吃，又爬山。这回视野渐渐开阔了，但看不见山下，因为山是在云层里。杨梅树盘根错节，几乎完全网住了山体，只能踩在它们的根根上走。山是湿淋淋的，一直在下毛毛雨。爬了一截，我们也像杨梅一样，潮透了。爬上杨梅坡，山上的树木忽然少掉，露出一个山脊，这山脊像一把斧头的利刃，两边是陡峭的坡，山路就在斧头的刃上，只有一米宽。我站上去，冷得发抖，大风吹着，吹得我像草一样弯了身子，就不能站起来，只好笨熊一样贴着地面爬过了这段斧子口。过了这段，再往上爬一个不大的坡，就是斜阳峰的峰顶，但它在冰雪里。要站到那冰雪之巅，我们这种业余爬山水平是不行的，再向高处去，爬山就成了登山，是专业技术了。抬头望望斜阳峰，它白雪皑皑，在它后面，还有比它更高的雪峰，我感觉到了，但看不见，冷气就从那里飕飕地扑下来。也看不见下面的世界。要去高处就不要牵挂着芸芸众生的世界。"在高山上人是孤独的，只有平地上才挤满炊烟"。人迹罕至的高处并不好玩，没有人会看见你在"孤独中"，孤独其实是要给人看得见才有价值的浅薄东西。在高处，不是什么挺住就意味着一切，而是挺住就是你一个人挺住，挺不住就是你一个人挺不住。所谓自作自受。我冷得要死，在高处待了不到5分钟，就下山了。下去才发现山相当陡。根本站不起来，只能慢慢地挪下去。下到半山，太阳又出来了，蓝天又出来了，风也小了，衣服也干了，猛然看见山下的洱海，一只蓝耳朵。又发现嗓子和小朵躺在下面的一片草地上睡觉。原来他们走的那条路不通山顶。下到他们睡觉的那里，他们看见我们脸上和腿上划破的口子，被水和红泥巴弄得脏巴巴的鞋，就说，疼不疼？他们说爬高山有什么意思,一样也看不见,又危险,又冷。我们这里倒是舒服得很,又看得见洱海上的白帆,又不累,又可以晒太阳,又可以睡觉。我说,这里好是好,不过么,也就是业余看风景的水平了,永远不会知道上面还有专业水平。我解开鞋带,把脚拔出来晾,没有把那句话说出来。

十五、森林之王

高大的树木被雷火击断,烧焦。黑掉的树干独立在高蓝的天空下,有十多根,倒下的树干横躺在大石头之间,长出了棕色的木耳,上面飘着蝴蝶、走着虫子。犹如教堂的毁灭。我的意思是说,这个现场像一座雄伟的建筑物的遗址。它坐落在玉龙雪山北面的山坡下,在这里可以看到雪山的不太险恶的顶,令人跃跃欲试,产生了征服它的欲望。成为登山英雄好像已经是马到成功的事。我站在一处,仔细观察着山上的沟壑,盘算着抵达山顶的路线,想象着清风白雪。想象着"一览众山小"的豪气。但只过了10分钟,风和雪就下山了,犹如踩着雪橇飞下来的,周围顷刻已成了冬天。晴朗已经粉碎,周围一片迷茫,混杂着雪片,有什么东西倒塌下来的声音。现在的念头是逃跑,逃回山下的夏季中去。雪山在世界的时间之外,它自有它自己的季节。它可以在一天之内,经历春夏秋冬。但才过了30分钟,晴朗的夏日又破镜重圆。天气像魔鬼放牧的群鸟,一忽儿是海鸥和风暴,一忽儿是乌鸦和雪,一忽儿是鸽子和阳光;而现在是蓝天,莺歌燕舞。登山的勇气丧失了,不是什么都可以征服的,想象力是虚弱的表现。为什么想象力永远只指向高度,指向攀登,而不一开始就指向逃跑的线路呢?森林边上坐着一个人，衣服破旧，脸膛黑而脏，一支枪靠在肩头上。想象力告诉我这是一个猎人。到他面前时，他跷着二郎腿，躺在斜坡上，正在喝一瓶白酒。他伸出脏手来和我们握。但司机不和他握，司机是一个没有想象力的小伙子。他还背着一个军用书包。想象力以为那里面装的是苦荞面饼子和烧洋芋。想象力相信这是一个贫苦的猎人。但不是。他把包里的东西拿出来，是一个笔记本，上面记着他在成都当兵时的日记。第一页就是："这是我一生中最幸福的一天，我穿上了绿军装，胸前戴着大红花……"想象力以为他会讲大森林里的故事，他和一头豹子或狼的故事，或者他和唱山歌的表妹的故事。但他坚决不讲。他要讲他在成都当兵时，站过岗的那条大街；讲他在成都当兵时，去过的电影院；讲他在成都当兵时，在礼堂里听报告。我12年没有讲普通话啦，他讲的是普通话。问他是干什么的，家在哪里？他说，他是守树的，也是国家派来的，有工资。他说他是汉族。他家在山坡下面的公路边上，到丽江县两个小时。他说，这些问题不重要。他又掏出笔记本，翻开后面，让我们看战友分手时给他的留言："让我们回到广阔的天地里，百炼成钢！""飞翔吧，你是高山上的雄鹰。""海内存知己，天涯若比邻。"他又喝酒，要司机也看看他的日记，毫无想象力的小伙子不看，他要去看一只松鼠。他看着他看了一阵松鼠，突然间撒羊癫疯似的把酒瓶一砸，酒瓶并没有如他期待中的那样"砰然一声粉碎"，而是闷闷地落在草地上，摇摆了一阵，垂下。他更生气，"呼"的一下爬起来，抬起了猎枪，飞快地倒了一瓶火药进枪管里去，然后枪口对着那个正在看松鼠的小伙子，说："举起手来，缴枪不杀！""你开玩笑呢！""再叫我要扣扳机了！把包包里的钱拿出来！还有你们两个！"他把枪转过来，对着我和老刘（一部风景片的导演）。我看见那黑洞洞的枪口正对着我挺身而出的肚子。我举起双手，价值5000元的照相机在我肚子上晃荡。老刘用流利的北方方言说，给你给你。我看见他掏出一张一块钱的票子扔在草地上，这票子立即被风吹得飘起来。他哇哇大叫，我们听不懂他说的什么。乘他的注意力集中在老刘身上，我赶紧垂下一只没有骨头的棉花手，把相机挪到屁股上去。紧急关头，我不担心肚子，我担心相机。他举着枪，后退一些，把嘴里衔着的一个什么小东西安进了扳机。"他真要开枪了，那是撞针。"老刘叫道。我想拔腿就跑，但拔不出来，什么可恶的东西把我钉住了。老刘继续讲着好话：有什么事慢慢说，要什么都好说。什么事都可以说清楚的。是不是，小伙子。我也是当过兵的，成都我也待过，那是个好地方。你吃过麻婆豆腐吧。当兵的到哪里都是战友嘛。你们军长和我是老乡。今天大家就交个朋友嘛。来来来，把枪给我，我看你这支枪还蛮好的。他就真的把枪递给了老刘。我不是冲着你两个的，我是针对他，他看不起我。你以为我喝多了？你不看看这是在哪里？成都？我想打哪个就打哪个。我忽然发现，这地方不仅仅是满足想象力的风景区，想象力遗漏的部分是，在这片风景中除了他的森林，他的山，他的风，他的雪，他的鸟和兽以及他一个人之外，没有第二个人。我们得罪的人是一个王。继续讲好话。老刘会讲，已经讲完1979年的自卫反击战，开始回忆亚热带丛林中的蚊虫了。讲了两个小时，这期间经历了半小时的夏季，40分钟的冬天，话说到再见的时候，又是秋天的阳光照在林梢上了。老刘给他一百块钱，作为"战友之间的互相帮助"，森林之王不要，王说，我是想和你们说说话噢！他只要了一个笔记本。又是阳光明媚的春天，百鸟乱叫，我们告别，握手，再握手。他背着猎枪，转进森林不见了。我们往山下走，疾步如飞，害怕什么会追上来。忽然听见，高高的玉龙雪山下，密密的森林里，传来轰的一声巨响。是他开的枪，老刘说着，被一条过路的蛇绊了一跤。

十六、春天

经常会有这样的春天，你待在屋子里无所事事，看着窗子外面的蓝天发呆。鸟一闪而过，去了你永远不知道的地方。你知道在云南北方的岗子上，一树树梨花像白色的火把那样斜插在红土的山地中，猛烈地燃烧。大风吹过，遍地是白色的火星子。你知道与此同时，在云南之南，大河滚滚，波澜是蓝色的。两岸的低处和高处，阳处和阴处，干地和潮地，全都被花朵占领，它们正开得一片稀烂。花的脂肪从树枝上淌下来，阻塞了大河两岸的那些细小的支流，也阻碍了其他植物通向阳光的道路。蜜蜂像轰炸机那样嗡鸣，沿着道路，到处可遇见牧蜂人黑色的蜂箱。你当然曾经像一只幸福的蜜蜂那样闯入过这样的春天，但你毕竟不像蜜蜂那样，和花朵是一种在家人的关系。你进入春天，但你是出家的人。你的道路与一只蜜蜂正相反。它偶尔撞入你的房间，它最终要找到返回春天的道路。所以，你一生中，虽然每个春天都听见花朵在山冈上媚叫，但你只有很少的时间能亲抵现场。大多数时间，你只是知道事情正在发生，你通过蓝色的天空和风的速度知道事件在发展。是豹子的身上布满花朵，是蛇在花的洞穴中睡眠。而你远离现场，想象着那残酷的美。你恨不得立即就钻进一只花蕾，在里面腐烂掉。或者成为一只毛茸茸的屎壳郎，在那蓬松的、被花朵的脂肪泡涨的红土壤中，扒个洞一头钻进去。但你仅仅是坐在屋子里，无所适从，渴望着无事生非。哦，那一切与你毫无关系。即使花朵把山冈压塌，把蜜蜂呛死，这一切也与你毫无关系。我曾经强烈地体验过这种残酷的无关，那时我在芒市附近的森林中，春月无边的夜晚，我独自一人，走过一座又一座铺满去年12月落下的、尚未腐败的树叶的岗子；地面被月光戳出无数的斑块，蜜蜂不知到哪里去了，一路上遇见无数的花丛，它们中的一些，当着我的面打开，撬开烈酒罐子似的把气味放出来，香得令我恶心。这些花朵有些在月光中，有些在暗处，拼命地开放着，前仆后继，枯萎的才垂下，掉下，新的骨朵儿又打开了，仿佛有什么不可抗拒的诱惑在外面吸引它们，其实什么也没有，它们仅仅是要打开，要牺牲在盛开之中。在这美丽无比、安静、凉爽的春夜里，我却忍受着烦躁、闷闷不乐，像一头找不到活干的狼。我又听见一朵马樱花"叭"的一声解放了，我忽然明白，我的烦恼的根源是，我不想当人，我想当花，我要开放。我渴望作为花朵之一，与这春天的故乡，吻合。

十七、果子

15岁的时候，我的中学为了防止美帝国主义的飞机轰炸，迁移到滇池附近的一座山上去上课。上课是在一个寺院里，这个寺院叫盘龙寺。我没有好好地听讲，一整个夏天，我被遍布山冈的果树所吸引。在寺院的教室里，可以看见外面的山坡上，一棵棵塔形的果树。白头发的女老师在讲毛泽东的诗歌，挺胸昂首朗诵"北国风光，千里冰封……"我满脑袋都是宝珠梨、蜜桃、花红果和石榴……一下课，我们就飞出去，爬到树上，像侦察员那样把头探进树枝里去，梨不扯下来吃，而是让它照旧吊在枝杈上，只用牙一口一口地咬它。梨肉白而脆，蜜汁淌得一下巴都是，用手抹抹，又咬开一个新的。身子不能乱动，不然就会把梨碰掉。吃够梨，又去桃树上咬桃。桃胀得发紫，一咬上去，桃水乱喷，喷在鼻梁上、眼珠里，使劲揉，连爬在脸上的小青虫也揉进眼睛，辣得直流眼泪。石榴要用手掰才打得开，一包红牙齿，朝你疯笑着，一咬就是十多颗，满嘴都是小喷泉。有人大叫，老和尚来喽！跳下树就跑，胶鞋上粘了个泥巴后跟，跑不快。老和尚跟上来叫道：不怕呢，你们吃，你们吃，年年都有，年年都有。从地上拾几个果子，递过来。果子上沾着红泥巴。穿蓝布中山装的老和尚说，就是不要爬果树，它耐不住的。夜里，睡在从前僧人住的厢房里，听见外面花果岗上，果子一个一个噗噗往地上跳。声音闷哑，充满汁液。不知道跳下来的是桃子，还是石榴。

十八、滇池

在30年前，一个人走进滇池，到了齐胸深的水，还可以看见自己的脚。他可以低下头来，像河马那样饮水。鱼在双腿之间撞来撞去，大多是石头鱼、鳊鱼和金黄色的小鲫鱼。白鱼游在水面上。像会自动转弯的箭一样射过来，射过去。水底是沙和青苔，还有水草。许多地方，水草茂密得像原始森林。在船上看，水是深蓝的，森林幽深，鱼群像天空中的群鸟，又像闪闪发光的小镜子。一截小棍，拴上棉线，用大头针做个鱼钩，就可以钓鱼。我以为这是一个来自天经地义的永恒的世界，难道还会有比天空、大地、滇池和鱼更长久的事物？但我太肤浅了，不知道真正能够天长地久的是什么。滇池实际上是大地上最脆弱的事物，比它更长久的是时代。今天，我依然活着，滇池却面目全非，死相毕露。古代意义上的滇池一词，无论是水质、面积、面貌都已经濒临死亡。"乘蟹屿螺洲，梳裹就风鬟雾鬓；更苹天苇地，点缀些翠羽丹霞，莫辜负，四围香稻，万顷晴沙，九夏芙蓉，三春杨柳。"这说的是滇池？我沿着已经没有人敢于在里面游泳的滇池走上一公里，看见的是十多处像小溪流似的淌着污水的下水道口，朝滇池张开着它们肮脏的嘴。四围香稻正在被城市吞噬。进入现代的代价太高了，它给每个人一个几十平方米的带空调的新式的笼子，却要人交出大地，交出三春杨柳和九夏芙蓉。它用净水器或矿泉水和人们交换了滇池。我永远不会忘记的是，我15岁时参加的一场被称为"围海造田"的义务劳动。把滇池填掉造田。其实滇池哪里是海，从它的此岸到它的彼岸行船只要两三个小时。"海"只是一个少年人井底之蛙式地想象出来的海，大人们应当明白，云南是高原不是大海啊！当我背着一盒饭，步行了10公里到了滇池，我发现从前滇池的草海这一部分，已经成了一个巨大的黑油油的大坑，像是遮蔽着金矿的黑暗岩层被揭开了，无数的鱼像金子在闪烁。它们被从住了千万年的家里赶出来，在死亡的天空下跳跃，然后死去。宽恕我，我不知道这是大屠杀。我童年时代获得的教育是，除了人不可以杀，什么都可以杀，何况是鱼呢。那一天，成千上万的昆明人围住故乡的滇池，红旗招展，凯歌震天，用山上运来的土把鱼的家填掉。我体会到什么是所谓群众的力量、人民的力量。群众一旦被发动起来，真正是：喝令三山五岳开道，我来了！仅仅一个星期，滇池就被填掉了四分之一。劳动的结果，是从大观楼上看，诗人孙髯翁歌咏过的五百里滇池看不见了，产生了一批围海造田的劳动模范。并且大家可能都得到启发，反正滇池迟早有一天要填掉，往里面倒倒垃圾也没有什么不可以的。是什么蒙住了人们的眼睛，把滇池看成了为人民的利益而填掉的大坑？这块布在今天取掉了没有？最近报纸上建议住在山里的人通过捕捉昆虫蝴蝶做标本来致富，开发这一云南尚未开发的资源，难道是偶然的？

十九、英俊少年

在云南南方一个天空辽阔的地方，认识了阿永。他约我去放风筝，我喜欢得要命。

小时候，我用旧报纸糊了个秀才帽子似的东西牵着在小巷里跑。窄窄的一线蓝天，那东西飞不多久，就给水泥墙壁撞得头破血流，最后被绞死在电线上。我再也没有放风筝的兴头。我在展览馆里见过这些高不可攀的东西，一个个全失了灵性，像死掉的鹰，落满灰尘。

阿永，一头卷发，像诗人普希金。风筝做得极好，曾经比赛，得过第一。第二天中午，他带来一个风筝，猫头鹰形的，红翅膀、花肚皮，我立刻要求出去放。

那天空真是辽阔，又蓝，没有电线，没有高楼，坦坦荡荡，一直铺向远方的群山。

阿永把风筝举高，才松手，风筝竟像活的一样，飘然而上。我高兴得猛叫。话音未落，那风筝已一头扎下，瘫在地上，再也不动。

"现在风小，要下午些，才好放。"阿永说。只好悻悻地回去，等着。

"风来了，走。"到了下午4点，阿永说。我们又出来，只觉头发乱动，树乱动，云乱动，满世界哗哗地响着，好风。风筝才脱手，晃了几晃，就升腾直上。飞快地松线。升到半空，它竟不再往高处去，只是翻来倒去，像喝醉了酒的关公，摇摇欲坠。那风筝此时离地面还近，离高处还远，正在中不溜秋的半空，看得清楚。因此旁观的人，一下子围了一大群，都鹅似的伸长脖子，跟着那风筝摆头。风筝在蓝天的衬托下，非常耀眼，忽上忽下，忽左忽右，像红得正紫的舞星，众人一齐叫好。阿永听着就有些得意，两边看看："莫碰线，莫碰线！"围观的人，就都小心避开，仿佛那根线是什么圣物。那风筝在半空招摇了一阵，眼看着要往高处去了，忽然像是被谁用手推了一把，一个鹞子翻身，竟朝人头上扎下来，比流星还快。地上的人避得急，才没有被砸到脑袋。"噢！"大家一齐叫，那声音有些幸灾乐祸的味道。然后都围上去。猫头鹰的脑壳，已裂开一块，飘带也断了一根。"不怕，不怕，补补就行。刚才是在半空，风最乱，最难放，要有技术。再飞高点，就稳了，那里风好。"阿永说。大家也不搭腔，只等着他再放。阿永镇定自若，补好裂口，看看天："风来了，让开！"众人慌忙退去，再抬头看时，风筝已在半空，阿永手中的线，已不见了一半。那风筝扶摇直上，朝着蓝天深处钻去。这回它稳稳扎扎，不乱不惊，仿佛已经得道。

风筝渐高渐小，众人都已脖子发酸，再也看不出个名堂，就一一散去，辽阔的天空下，只剩下我和阿永俩人。偶有后来的好事者，看见阿永牵着线，就睁着眼睛朝天上找："在哪里？在哪里？"只见茫茫蓝天，比海还深，一片虚无。于是觉得无聊，走了。那风筝却愈发飞得高了。以至手中细细的棉线，越拉越重，牵引着一股巨大的力，像是牵引着整个天空。这时候有一只鹰，黑的，从南方的树林里飞起来，发现了这只红色的猫头鹰，就围着它盘旋，似乎是表示友好。盘旋了一阵，那鹰径直向风筝飞近，看了看，也不知想了些什么，又飞走了。这奇事使我和阿永深感神秘，越发觉得手中的棉线，是牵引着某种有生命的灵物。

线放完的时候，那风筝已只是倏忽可见。只是远远地感受到它的生命，它的孤独。

把它收回来，天已经黑了。那风筝被风穿了好些洞，但骨架仍然结实，它静静地躺在地上，像是正在休息。我真想问问它，那高处是什么样子，有什么感觉，看得见些什么？但我没有问。我和阿永，哼着歌，背着风筝，走回住处。

在天空辽阔的地方，我认识了阿永，他小我10岁，是个英俊少年。

二十、净水

云南高原在远古时期，是一片汪洋大海。有鱼，有虾，有海象，有螺蛳，有潮汐海啸。风暴起时昏天黑地，浊浪排天；天气好时，碧波如鳞，万鸥齐翔。忽一日，海水也不知受了谁的指示，纷纷退走；海底就升起来，成为高山大岭，成为云南高原。往昔一片滔天巨洋，日月之行，若出其里的空阔水域，竟只剩下几摊淡水。仿佛曾经不可一世的拿破仑军团，一朝败北，只留得几块弹片，几片战旗，放在历史博物馆里，叫后人捶胸顿首，感慨万千。历史留下的弹片，隔了玻璃橱窗就可一览无遗。大海剩下的几摊水，说着轻巧，要看到它，你得登上高山。

云南省府昆明东南，有一座高山，唤作梁王山。此山极高，平日难得看见，常为云彩簇拥。天晴的时候，尤其是秋天，天清气爽，站在山顶四下一望，就看见亘古高原，苍苍莽莽。其间闪烁着三摊蓝晶晶的清水，就是大海留下来的。这三摊清水，仿佛一块镜子破成三瓣。蓝极，是天色映出；平极，是因为离得远，看不清波浪。以这三摊清水为镜的，是太阳、月亮、星星、云彩和住在林子里的大鸟；是传说中的仙女、林妖。无数年代，这三摊清水，也不知为多少人解过渴，也不知道这些人又为它们编出多少神话、传说。那靠西南的一摊，最深最清，唤作抚仙湖。那靠东南的一摊，边边上有个发电站，唤作阳宗海。靠西北的一摊，面积最大，名气也最大，唤作滇池。昆明人没有见过大海，就把滇池叫作海。常常有人，站在水边，呆痴痴地望一阵，就吟出几句诗来，我十七八岁时，对大诗人普希金，极是佩服，曾跑到滇池边上，跪在沙滩上，大声朗诵他的杰作《致大海》。若干世纪里，昆明城，靠着滇池引起的对大海的向往，却也真的出了几个胸襟宽阔如海的奇人，譬如昆阳的郑和，玉溪的聂耳。

每到秋天，水发时候，滇池的水面，就有成千上万的白鱼穿来梭去，仿佛在织着滇池，织这张大网。渔佬儿笑得翘起黄牙，昆明城里，日日漫着鱼香。白鱼是滇池独产，刺少肉多，鲜肥美嫩，是大补之物，从前昆明城里有高人孙髯翁，常常兜一袖秋风，走到滇池边的渔船上，买一串才打上来的白鱼，拎着，直奔大观楼，交给小厮下去炸着，自己就倒杯酒，先品两口。有顷，小厮将鱼端来，鱼黄酒香，心情大好。月亮出来，月光微明世界，韵士于是推窗邀月，披襟岸帻，发思古之幽情，抒高人之壮心。酒酣耳热，飘飘欲仙，这才跌跌撞撞下楼，叫一叶扁舟，美女陪着，登船弃岸，小舟从此逝，江海寄余生。

滇池的水，通过大观河淌进城里。每到黄昏，大观河上，就停着一溜溜渔船，冒着烟子。有的船头，站着一只雄鸡，不叫。间或有一只猫也爬上来，和鸡站在一起。有的船头，高踞一狗，一见人，就叫。有的船头，摆着几盆文竹，瓜叶菊，兰草。船上的男女，都在做饭，空气里尽是南瓜饭、豆焖饭的香味。夕阳红若一只橘子，炊烟恍若一片蓝纱，是极美的景致。天黑下来，一江渔火沿岸亮开，船上人影幢幢；渔佬们，有的哄小儿，有的唱花灯，有的熄了灯，做人类永远做不完的事情。明月照着船篷，像一块块亮瓦，山风吹着缆索，发出窸窣之声。到得黎明，船就一只一只悄悄地走掉。今天大观河上已不见渔船。

我少年时有一时期，在滇池东岸的一座山上念书。那山上有一寺，寺名盘龙。据说就是拍电影《古刹钟声》的地方。寺里有一棵茶花树，活了几百年，历经沧桑，现在死掉了。放下书本，我常约同学一二，到盘龙寺去找老和尚要冷馒头嚼。那山离滇池近，下山就是。我常常一个人走下山去，在滇池边上睡着，水浸湿衣服也不爬起来。天空空，水空空，世界空空，我什么也不想，也想不出，只是痴睡。那时好像世界上的人很少，少到只有我一个人。宇宙变得有灵性起来。我朦胧记得有一个黄昏，天空一片紫红，风轻轻地走着，我一个人睡在滇池边，忽然听见一种声音，从水或者天空，或者某个模糊的远处传来。我忽然就明白了。小小少年，竟对人生对世界对芸芸众生的离合悲欢，有了一种审美的态度。十四五岁的娃娃，竟自嘤泣了一阵。我相信，每个人心中都有一片净水，从那水中你可以窥见它生命的灵气所源，所在。普希金的诗歌中，永远流着美丽的伏尔加河；莱茵河的水声，一生都在罗曼·罗兰的心中奏鸣；密西西比河造就了幽默又严肃的马克·吐温……我是昆明人，滇池是我故乡的湖，我相信，我对人生，对世界的一切感悟，都来自它的暗示。

在冬天和春天，滇池尤其寂寞，湖水苍苍，天空苍苍，群山苍苍，偶尔有一片孤帆，断云一样远远飘过，世界根本没有注意，就靠了岸，下了帆。水天又连在一起，苍茫无涯，像是古远时代。只是到了夏天，太阳、热风一起堵住城市的汗腺，耐不住了，大家才记起滇池。男女们五彩缤纷、花花绿绿，黄汽车、红单车、蓝摩托一齐向滇池拥去，像饿疯了的蝗虫，扑向那片蔚蓝色的原野。通往滇池的公路，像是时装博览会，大家得意扬扬，左右晃荡，像是要沿着这条路走到罗马去参加盛典。忽然一辆摩托，呼啸而来，把人群猛地撕成两半，飞驰而去，那分风流，引得一路的人，只会呆看。过不了 20 分钟，忽又飞驰而来，这回慢了些，于是看见男的墨镜，女的大腿。原来醉翁之意不在滇池，在乎时装亮相也。

滇池再也不得清静。年轻人，一到水边，马上迫不及待地脱，鞋子一丢，就扑通扑通跳下去，像是一枚枚炸弹，炸得水花乱溅。还大叫大喊，幸福得要死。稳重些的人，慢慢地走至深水，缓缓游去，像是海豹。有人游得极远，头只是芝麻粒似的一点，忽而被波浪抹掉，忽而又露出。海滩上到处是人，一家人、一伙人、一对人、一个人……一个单位的同志也有，肥胖的主任和结实的科员都一齐脱光。上帝的子民们，在一起待了多年，今日在滇池的怀中，才发现彼此平等，相亲相近。靠岸的浅水中，不会游泳的人们就卷高裤管，或穿了裙子，走来走去；母亲为孩子洗头，自己也洗，黑色的长发，像睡莲一样时开时谢。也有洗澡的，洗得浑身白沫；也有洗自行车的，洗衣服的，有美丽的少女，从深处游到岸边，像一只天鹅，忽然站起，楚楚动人。大家都喜气洋洋，像是彼此已认识好多年，像是在恒河，在那圣水中沐浴。

面对蔚蓝的海水，再鲜艳、再时髦的服装，也黯然失色。人们注意的是那些健壮、丰满、苗条、结实的身躯，那些在阳光下闪闪发亮的古铜色皮肤。身材健美的人，心里得意，表情自然，以一种令人生嫉的姿势穿过人堆，向海水走去，那么自信，那么骄傲，那么无拘无束，仿佛他或她是从古希腊的雕塑中走出。于是，那些油桶、豆芽菜和鸡胸都赶紧钻进水去，只留一颗头在水面，四肢却拼命划动，恨不得这么几下，猛站起来，就像大卫一样被人爱着。临了，累得大口喘气，瞅瞅自己不成体统的身段，只好飞步上岸，迅速钻进衣服，想到自己脸瓜子还不错，才有了些许安慰。人于是悟到，生命的真相，只显示于活生生的肉体，而不显示于服装。有可怜的人，站在岸上，死死地套在漂亮衣服里，被太阳晒得一身臭汗，却绝不肯把身上的美丽绳索解开，到水里走走，凉快凉快，只在岸上一动不动，保持着一种模特儿的姿势，真够累的。在滇池洗过的人，周身凉爽，心情大好，上岸，觉得阳光温暖了，像黄橘子水暖暖地浇下；天宽阔了，像蓝色的飘带；岸上的人，人人都是好人，是可以亲，可以近，可以爱的人。

将近黄昏，人们才往城里流去。滇池平静下来，像是一面被打碎的镜子，忽然粘合了，平平光光的镜子，映出天空，映出各色各样的人影。

人们急匆匆地挤上道路，往城里赶，在那天黑之前，他们要回到各自的窝里。才两三公里，就出汗了。到五六公里，内衣已经湿透。将进城时，大家已面目无光，一身汗、一身灰；松软明亮的头发，现在又黏糊糊的，像是抹了猪油。大家心烦意乱，你的车撞了我的水板，我的游泳裤挂在你的扶手上，于是破口大骂，把公路挤得水泄不通。回到家里，天早已黑透，气温32℃，打开电扇，吹来的是热气，鬼火直冒。忽然想起滇池，就跑到阳台，黑洞洞的，只有别家的电灯，刺痛眼睛。望不见滇池，人倍觉它的金贵。

就是如此金贵的滇池，1967年，某省督一声令下，同志们力拔山兮气盖世，把它填掉了近一半。这一半，是滇池被称为草海的水域。往昔这里，水草丰美，是藏龙卧鲤的所在。我小时有一次，在草海上乘船，记得那船道是在水草中开出，像是一条森林小路，长长的水草，垂向水深处，水面开着各种颜色的小花，不时有鱼群穿路而过。大胆的鱼，还敢跟着船走，仿佛这不是船，而是一条大鱼。随便一处水岸，都可看见水草影子里有金黄色的灵物在摆动，仿佛深水中有阳光。间或会有一条长鱼，掀开一片水草，跃进天空，金甲哗啦一闪，翻个跟斗，又落进深泽。钓鱼，只消一截小木棍，绑根线，用大头针弯个钩，随便甩下去，拉上来，就是一条活生生的鲫鱼、鲤鱼或马鱼、鳊鱼……现在的钓者，用日本鱼竿，长数米，还要划着汽车内胎扎成的筏子划到中央，钓猫鱼。往日，这种钓法，恐怕能钓到活龙。

滇池小掉了，这面往昔照见过天鹅仙鹤、公主林妖的美丽镜子，现在灰蒙蒙，黄浊浊，再也难照出蓝天的面容。但我并不因此而忧郁感伤，我绝不会去缅怀往昔，悲叹世风日下，人心不古。滇池小了，世界上的人却多起来，我就是这多起来的幸运儿之一。我不是孙髯翁，我写不来150字的长联。我生在另一个世纪，另一个年代，我的滇池是我生之世的滇池，不是孙髯翁的滇池。我当然要爱它，哪怕它又脏又丑。我少年时代在它身边读书，学会了游泳，我青年时代在它身边向往过远方的大海，将来我老掉，我的坟在山冈上，也会远远地望见滇池。中国哲学有"天人合一"的说法，我理解就是要与你置身其中的世界合一。如果又生在当世，又自以为仙风道骨，成天念叨着古滇池的水才能喝，才干净，那叫人怎么活，还不郁郁而死？滇池小掉了，也许它还会小下去，以至终有一天，它只剩下一瓶水，被人放在博物馆，当作标本。即使只剩下那一瓶水，它也是我的滇池，我心灵深处的一片净水。

二十一、怀念美丽的德宏

　　我有幸漫游过美丽的德宏。
　　那是我生命中最美好的岁月，沉思与漫游的岁月。
　　每当我在灰色的人行道，从大饭店的高墙之间窥见远方漏过来的一线天蓝色时，我心中就响起叶芝那不朽的诗句：午夜是一片闪亮，正午是一片紫光，傍晚到处飞舞着红雀的翅膀……
　　美丽的德宏，是我生命的茵纳斯弗利岛。
　　越过棕色的澜沧江和青黑色的怒江，越过这些伟大河流之间的高山和峡谷，在鹰的庇护下，抵达阳光灿烂的南方，抵达那个长满美丽植物和孔雀的州——德宏。就像干渴的葡萄根越过地层抵达水源，生命忽然滋润起来，鲜活起来。我终于抵达天空中最深最蓝的天空，大地上最芳香的大地，人群中最朴素美丽的人群。

在美丽的大地上漫游，虫子们在各种不同的高度吟唱，白鹭站在田埂上看农人种地。气味，竹子和草的气味；牛和狗的气味；鸟和米的气味。道路，在雨季泥泞的道路，我们的祖先最初就是这样在路上走。水井，白色石头垒起的水井。少女们。

我目睹一位农夫在大地上的葬礼。在田野上，春天，花、风、鸟和无边无际的阳光。蜜蜂之死，在大地上劳动，在大地上死去。生命和死亡同样地美，纯粹的美。

在美丽的山冈上漫游。橡胶树，人们在青年时代种下的，高大地组成了它们自己的绿色天空。冬天，树叶还是绿的，草丛上结满成千上万的蛛网，像一顶顶小的降落伞。网都是一样的，蜘蛛却红黄蓝黑，大小各异。到春天，叶子才落下。那时独坐在山的一处，什么也不想，只听叶子落下的声音。不几天，新的叶子就哗啦啦长出来，那么快，像突然一齐跳上树枝的青蛙。

在美丽的月光下漫游。一个人，在秋天空旷而黑暗的田野上，傣家人的村庄亮着微火。灰白色的稻草堆，像坟。但不怕，那是稻草，用手摸摸，潮湿。小溪像古代那样流着，在月光下像是蛇。有些冷，有些从乡村中传来的声音，有些朦胧的，使我热泪盈眶的声音。

在美丽的水库上漫游，一个人，脱光掉，水忽热忽冷，我在上面，鱼在下面，有时它碰了我的腿。在秋天，游泳的人少，一个人游一个水库，水纹是我开出的一路，像绿宝石似的一道清光。远远地，鱼从那边黑暗的水下露出一颗头来，闪着金光，像龙含着一颗珠子。结实、健康、被晒成古铜色的皮肤。热爱生命，热爱人和世界。热爱，在水上仰游时所见之天空、鸟和云。

在美丽的人群中漫游,没有压力,没有客套,没有深刻者和装疯卖傻者。唱歌是自然的事,跳舞是自然的事。相爱相助是自然的事。生命多么值得,在这些人中间。在一个黄昏被暴风雨淋成落汤鸡,在茅草屋里喝一碗糯米酒是值得的;在一个夜晚,走两公里去河里捕鱼是值得的;沿着一条大河布满卵石的河滩走,脚被崴着是值得的;被亚热带的阳光把脸烧得脱皮,黑掉是值得的;听他和她用半通不通的汉话讲故乡的故事是值得的;把心交给这些陌生人,交给那个在木桥上朝我笑的穷人是值得的。

德宏的哲学是生命。是热情如火的生命。是创造,具体朴素的创造。在那儿,在亚热带的阳光下,万物日夜生长,生命的风暴永不停息。作为漫游者,我有时感到某种最深切的孤独。是的,我的生命在这年轻的大地之外,对于它的红色土层深处的那些根来说,我永远都只是一个漫游者。

二十二、冬天的树林

在冬天,云南的树一片苍绿。无论是叶子阔大的树,还是叶子尖细的树,抑或叶子修长的树,都是绿的,只是由于气温不同,所以绿色有深有浅,有轻有重。从云南群山的某一座山峰往下望去,只见一片葱茏,这时已是12月底,一点冷落的迹象也没有,偶尔会有些红叶、黄叶从这里或那里冒出来,使山林的调子显得更为暖和。一直到来年的3月份,这无边无际的绿色也不落去,它直接在树上转为了春天的嫩绿。

在冬天的云南，要获得一种史蒂文森所谓"冬天的心境"很不容易，要见着"在冬天，乌鸦和雪"这类实况，得往北方走，越过许多绿色的峡谷和永不结冰的大河，一直到进入北纬 25 度的附近。云南的冬天没有通常诗歌中所惯用的某些冬天意象，在这里，冬天这个时间概念所暗示的只是一种教科书上的文化，一个云南口音的罗曼蒂克小诗人幻觉中的小矮人和白雪公主；一个来自外省的漫游者所讲述的关于暴风雪和蓝胡子的传奇故事。在云南，冬天这个词和正在眼前的具体事物无关，它甚至和棉袄、围巾这些北方的抢手货无关。

然而，树叶同样会在云南死去。

树叶永远，每一个月份都在死去。在最喧嚣、最明亮、最生机勃勃的春天，你也会看到一两片叶子，几百片叶子，从某棵树上不祥地落下来。但你永远看不到它们全体死去，看不见它们作为集体，作为"树叶"这个词的死亡。常常是，它们在每一个季节都活着，在云南所有树木的树冠的附近，保持着绿色，像永远丧失了飞翔功能的鸟群。死，永远只是单个的、自觉自愿的选择。时间并不强迫树叶们在预定的时刻（譬如冬天）一齐死去。每一片叶子的死亡，仅仅是这片叶子的死亡，它可以在任何季节、任何年代、任何钟点内，它并不指望自己的离去同时也是一整个季节的结束。因此，死亡本身是一次选择。连绵不断的死亡和连绵不断的生命在云南的每一个季节共存，死去的像存在的一样灿烂而令人印象深刻。这就是为什么在云南冬天的山中，忽然看到一簇色彩斑斓的红叶，人会感到触目惊心、热泪盈眶。

一片叶子的落下就是一次辉煌的事件。它忽然就离开了那绿色的属性，离开了它的"本质"，离开了树干上那无边无际的集体，选择它自己内在的、从未裸露过的深红或者褐黑。它落下来，从本该为世界所仰视的地方，落到会被某种践踏所抹去的地方。它并不在乎这种处境的变化，它只是在风来的时候，或者雨中，或者随着一只鸟的沉浮、一头兽的动静,在秋天或者夏天,在黎明或者正午,在它自己的时间内,这片树叶,忽然就从那绿色的大陆上腾飞而起,像一只金蝶。但它并不是金蝶,它只是一片离开了树和绿色的叶子,它并没有向花朵炫耀自身、进而索取花粉的愿望。它只是要往下去,不论那里是水还是泥土,是石头还是空地。一片叶子的落下自是它自己的落下,这不是一块石头或一只蜂鸟的落下,不是另一片叶子的落下。它从它的角度,经过风的厚处和薄处,越过空间的某几层;在阳光的粉末中,它并不一直向下,而是漂浮着,它在没有水的地方创造了漂浮这种动作,进入高处,又沉到低处;在进入大地之前,它有一阵绵延,那不是来自某种心情、某种伤心或依恋,而是它对自身的把握。一片叶子的死亡令人感动,如果这感动引起了惆怅或怜惜,那么此人就不懂得云南的树叶。他是以北方的心境来感受云南了。实际上,死亡并不存在,生命并不存在,存在的只是一片叶子,或者由"叶子"这个词所指示的那一事物,它脱离了树和天空的时间,进入了另一种时间。在那儿,具有叶子这种外形的事物并不呈现为绿色,并不需要水分、阳光和鸟群。它是另一个时间中的另一种事物。

　　没有人知道这些树叶是何时掉下来的。世界上有无数关于树和森林的书,但没有一本描述过一片叶子的落下。在那些文字里,一片叶子只是一个名词和些许形容词的集合体,没有动词。每个人都看见过这些树叶,一片叶子的落下包含多少美丽的细节啊!然而永远不会有人听见一片树叶撞到风的时候的那一次响声,就像在深夜的大街上发生的车祸,没有目击者,永远没有。一切细节都被抹去,只被概括为两个字"落叶"。这些被叫作"落叶"的东西,看上去比栖居在树上的年代更为美丽悦目,没有生命支撑的花纹,凝固在干掉的底基上,有鱼的美,又有绘画的美;由于这些美来自不同时间内的单个的死亡,因而色彩驳杂、深浅不一,缺乏某种统一的调子,它们的丰富使"落叶"

这个词显得无比空洞。"落叶"是什么？没有落叶，只有这一片褐红的或那一片褐黑的，一个诗人永远想不出用什么意象来区别、表现它们，这景象在文学史上像"落叶"这个词一样空白。

冬天，当整个世界都被北方那巨大的整体的死亡所笼罩；当人们沉浸在对乌鸦、雪和西风的体验或回忆中，在云南，有几片叶子在12月31日下午4点40分51秒落下。它们所往不同，一片在山冈的斜坡上，一片在豹子洞穴的边缘，有两片在树的根部；还有几片，踩着风梢越过了红色沼泽。

在云南冬天的树林中，心情是一种归家的心情。生命和死亡，一个在树上，一个在树下，各有自己的位置。在树上的并不暗示某种攀登、仰视的冲动；在树下的并没有被抛弃的寂寞。在这美丽、伸手可触的林子中，唯一的愿望就是躺下。躺下了，在好的日子，进入林子深处，在松树叶或者老桉树叶的大床上躺下，内心充满的不是孤独、反抗或期待（期待另一个季节），不是忍受，而是宁静、自在、沉思或倾听。

躺在那儿，仰望散漫在树干和叶子之间的光束和雾片；仰望在树叶中斑驳露出的蓝宝石天空，像处于一簇水草底下的虾。周围、上下全是树叶，生的和死的同样丰满、同样拥挤、同样辉煌，松开四肢、松开肺、松开心脏和血管，松开耳孔、鼻孔、毛孔，让树皮的气味、风液和草浆的气味、马鹿和熊的气味、松鼠和蛇的气味，灌进去，在没有声音的地方，倾听无以命名的声音。有什么在落叶上"沙沙沙"地走，没有脚踵地走，那"沙沙沙"也不是声音，不能模仿，不能复述，只能倾听。你最后连倾听也放弃了，你进入到那声音中，和那声音是一个内部，你像你身子下端那黑暗中的土层一样，和根以及根周围的土、水、昆虫在一起。你们并不意识到"在"，只是在着，在那儿，冬天，山中的某处。

躺在那儿，望着蚕豆那么大的黑蜘蛛在你眼前一寸许的地方做网，比较着它的那些腿哪一条更长些。奇怪的虫，它怎么能支配那么多腿，它似乎永远想把这个世界网络起来，它们把一切都当成鱼了。在没有任何依托的地方，沿着一根丝，爬过来，再爬回去，这绝对是一个攀援绝壁的勇士的高难动作。那丝的一头来自一丛牛蒡花的毛刺上，另一头则搭在一棵榉树的树皮缝中，我的眼睛看不见它是如何把根丝在树上打结的。世界上有些地方，看是无能为力的，想象也不能抵达。它们居然在无人能计算的时间内做出了一顶降落伞那样的东西，它像伞兵一样居于正中，并不落下，自由自在的昆虫，守着它那一份很小的天堂，一动不动。

躺在那儿，看一只并不知道有一双眼睛正在偷看它的鸟，这只鸟你从未见过，你或许在书上读过这些鸟的名字，但你不知道它是那些名字中的哪一只。这不会妨碍你看这只鸟，从未有一只鸟在你生命那么近的地方待过。它就在你头上，一棵老橡树垂下来的枝上。伸手你就能捕捉到它，但你不会伸手，你被一个生命的自在所震慑。那是最无做作的自在。这是一只小姑娘似的鸟，它梳头，打开翅膀，跳跳，把头靠在羽毛上休息。它还听了听，一只小鸟听到的世界是怎样的世界？这个念头令人不快。但很快就过去了。看一只鸟怎样生活，毕竟胜过看一出舞剧或者话剧。这儿不需要鼓掌，不需要评论，没有判断的压力，不是对智力的考验。它要的，只是看。看它怎样一蹬树枝，腾飞而去，看它最终能飞多高；看它怎样再次从树叶中钻下来，看它再次回到那儿。这个活蹦乱跳的小生命，和那个被称为"鸟"的东西毫不相干。

躺在那儿，看看蚂蚁的生活场景。它的城市、街道、广场、工地和车站。看看这个共和国的社会秩序和社会风俗。如此广阔的世界，这些黑色公民只安居于它们那一只碗那么大的地盘、并且生活得如此紧张、如此勤奋,我永远看不见一只睡到 12 点才起床的蚂蚁。我看见它们运送粮食,那是一项怎样伟大的工程。如果作为一个巨人在埃及的天空上看埃及人建金字塔,那情景也不过如此。没有什么其他的团结能比一群蚂蚁的团结更具有团结这个词所包含的全部意义。这些有着严密的组织和秩序的小生灵,在树林里到处可见,你不知道它们在忙些什么,那些小脑袋里都是些什么念头。你有时觉得自己的脑袋太大了,有那么多乱七八糟的顾虑、负担、杂感。但是一旦目睹了蚂蚁社会那些神圣的仪式,人会丧失思想的愿望,仿佛成了蚂蚁群中的一员,你开始爬行,虽然不动,但一种爬的快感占有着你的皮肤和神经,睁眼看看,发现你已被成千上万的蚂蚁作为拓展了的西部疆域,占领了。

躺在那儿,看光。看光怎样渐次向事物的西部移去,直到它们全被磨秃,最后只剩下一些蓝色的茸毛,布满树干和天空。星星在云南树林之上的冬天里,地开始潮湿,不能躺了,站起来,在明月底下的山林漫步,到处是童话般的小光。这包括萤火虫和不同物体对月光的回应,一切事物的形都丧失了,只有光在不同的亮处、明处、晦处、暗处,不同的方位,把原来已被命名的事物打散,组合成一些圆的、方的,看上去像是一些新事物的轮廓。心中充满命名的兴奋和喜悦,把一群最坚硬的岩石叫作羊群,把一棵孤立的马尾松叫作堂·吉诃德先生。这不足为怪,这不是浪漫者的小名堂、小幻觉,因为是被光的变化欺骗了,这是令人愉快的错觉。有时候,光会沿着一棵长满苔毛的老树的脊背溜下,像一只金色茸毛的松鼠。而真正的松鼠却看不见,它们隐身于大群的黑暗中,混迹于一堆看上去像老虎的东西。看已置于错觉的位置,听却仍然保持着对事物的区别。那是一只松鼠在咀嚼,那是一只猫头鹰在啼叫,那是一只山鸡的嗓子,那是一只蝙蝠的步子,但在最黑暗的林子里,听也会茫然不知所措。某个东西窜过树林,它的边缘和大地上的其他事物摩擦、碰撞的声音是令人惊惧的,那种速度、那种力量、那种敏捷、那种无拘无束、无法无天,那生命比你更强大、更自在、更无所顾忌,你的听觉全被恐惧和自卑所占据。人的本能使你放过了某种真正的声音,你听错了,你听见的是你自己的顾虑重重、疑神疑鬼和一颗疲惫不堪的心在跳动。你现在露出了真相,这个被你描述、赞美了一天的树林,现在像一个陷阱,到处是隐伏着危险的洞穴。那时候才 21 点,你的离去使树林的真相永远被隐没。回头望望,那一片耸起在星夜中的黑暗的东西,是你无以言说的东西。

但它在这儿,不需要言说。它在那儿,云南 12 月份的天空下。那时,世界的思想里充满了寒冷和雪。而它在那儿、在世界的尽头之外,在明朗的高处,结实、茂盛、充满汁液。在那儿,阴暗的低处,干燥、单薄、灿烂而易碎。在那儿,云南的冬天,那山冈上的树林子。

二十三、蓝色甲壳虫

它是在列车行驶到第三天的下午 4 点钟左右上车的。这位新乘客选择了我的左腿作为它的座位。在我左膝盖上站稳,8 只腿抓牢了布纹,它周身泛着蓝光。这光芒令我回忆起 30 年前的某些往事,那时候我 6 岁左右。列车继续前进着,很快就带着这新乘客远离了它的出生地。来自车窗外的光,忽暗忽明地在它身上掠过。它并不安分,开始沿着我的膝盖向我本人前进。它经过我的腿部,向上;沿着我的肚子,再向上;往左;进入了我的手臂,沿着手臂同样往前,它可以到达那个小茶桌。它爬行的技巧是卓绝的,一切线条、一切角度它都能爬行,它多次像采燕窝的人们那样,让它的背悬在绝壁上。它终于像杂技团小丑那样,走完了钢丝,抵达了安全地带。

在那儿,是一张我已研究了3天的世界地图。我一直在列车抵达一个站台之后就找出这个站在地图上的位置,火车行驶了整整3天,我在地图上不过移动了一丁点儿,还没有这虫子的一条腿长。这虫子上了世界版图,由于临近光线,它的身子非常清晰。它长得完美无缺、光滑、结实、充满汁液。它先是向着南方前进,很快超越了我们这趟火车行驶的地区,在印度洋那儿,它被一个可口可乐瓶挡住了去路,我以为它会纵身一跃,展翅飞去,然而它却折转了身子,重新向北,很快,它穿越了中国西部,翻过喜马拉雅的群山,渡过里海、黑海,跨过喀尔巴阡山,进入波兰地界。它像一辆巨大的坦克,把波兰踩在脚下不动了。奥斯威辛、索比堡这些地方全在它的阴影下。地图上的这一片,先前曾由于我用餐不小心,滴下了一大滴果液。

列车向着南方疾驶,与虫子行进的方向背道而驰。坐在同一车厢中的另外3名乘客,这时也发现了这只虫子。这3个陌生人立即骚动起来,刹那间,一只粗犷的手就握着茶杯朝这虫子猛一盖,但虫子同样在刹那间张开了翅膀,上了空中。另一乘客紧跟着用拳一击,他击得狠、准;虫子摇晃了一下,几乎垂直跌地,挣扎着再次飞起,向亮处逃去,被车窗外的气流挡住了。第三只手乘势凌空一掌。一握,虫子滚进了他的手中。捏住不放,直到估计虫子已窒息昏迷的时间,才松开手。它周身乌黑,已失了先前的灵秀,全部脚都缩进了身子,像断了履带的坦克。这只手把虫子转让给另一只手;另一只手用拇指和食指捏住它,又有一只手过来张开两个指甲,形成钳状,开始把虫子缩着的腿伸出来。8只小腿躲闪着,蠕动着,像一群刚被翻开的蚯蚓。终于有一只后腿给钳住了,咔嚓一声巨响,它给折断了,虽然那时火车正发出巨大的轰鸣,在我听来,虫子断腿的声音仍然超过了火车的响声。3个陌生人发出了会心的大笑,这虫子立即被进一步肢解,8只腿全扯断了,然后是翅膀、头须;最后他们掐断了它的头,白色的浆液从那乌黑的肉体里喷出来。瘪掉的尸体随即被手一扬,抛下了列车。

3个陌生人又恢复了原状。沉默、昏昏欲睡,并终于——眉眼歪斜,倚着厢壁睡着了。

自从虫子被他们捉去之后,我一直在旁观。我说不清我是想也凑上一手或者抗议几句。或许我因此可以和他们沆瀣一气,借此消除旅途中一直未打破的隔阂。也许我应该从人道的立场出发,为虫子讲几句话,贸然得罪几个身份不明的人?但我仅仅是一个抱手旁观者。这意味着一次同谋?一种无言的抗议?一种欣赏的快感?我不能细想。我像历史上许多此类的时刻那样,保持了沉默。

另一个站到了,这3个人物仍然昏睡不醒,我走出抑闷而拥挤的车厢,外面是西部高原下午5点钟的天空和红色山地,我要透一口气。

二十四、元谋土林

云南元谋县,是发现猿人化石的地方。离它不远,金沙江日夜奔流。说不定今天居住在上海滩上密密麻麻的人群,就是从前从此地抱着被闪电砍断的大树漂下去的猴儿们的后裔。元谋,这是一块比我们5000年历史还要古老的地方,这地方连山都老得死掉了,因此生出所谓"土林"来。

土林离元马镇有十几里路。把它叫作"林",其实只是取个形象点的名字。这林子里实在是一丝葱茏的迹象也没有,这是死去的山峰的累累白骨,林状而立。再过若干年,林将不存,此地只是一片茫茫黄沙。

从元马镇出来，走一小时，过了一道山梁，再翻过两个山包，猛然间就看见了土林。无边无际的阳光下，这群垂死的山峰，仿佛一张张麻风病者的脸，伸着一条条黄的或红的舌头，舔着干燥而宁静的蓝天，似乎想舔出几滴水出来。身子烂掉了，红疹斑疮化着脓，灰白色的脓液滴下来，汇成一条莹白的沙河。旅游者就站在这脓液上，后心有些凉。敲敲尚未倒塌的岩壁，黄沙马上大把大把地滑落下来。一个人也没有，风干掉了，阳光流得无息无声，浇得你一头一脸一身，浑身刺痒，走10分钟，旅游鞋上的胶就熔化、开裂。想抽烟，又不敢，怕火柴点燃了空气。

景象惨不忍睹，气温奇高，你仍然壮胆往里闯。人好奇，想看看山是如何死掉的。天空蓝得可怕，越往里走，山死得越惨，像是无数尸体，在哭叫呻吟，却一丝声音也发不出来。唯一活着的是自己，只听见自己的血在流、心在动。看哪！时间的洪流，就这样把往昔巍峨的高山毁掉了。仿佛还能听见群鸦远去的声音。仿佛还看见它们叼着群山那苍翠葱绿的肉块，拍翅而去。这是诞生过恐龙、大象、老虎、秃鹰和我们人类祖先的高山。连青山也会死去，连大地也会腐烂，人发起虚来，先前自以为得意的一切，现在都像沙子一样，散掉了。身上倒轻松起来，大地尚且如此，人又何必想那么多，赶紧走路，找个阴凉去处，弄点水喝，才最要紧。

终于到了班果，这是土林中的一个村庄。有几棵树，有一眼井水，有旅社，有医治痔疮的广告，有鲜活无比的人们，有爱情，有仇恨。最多的是西瓜和甘蔗。夜里，听见村里的人对月而歌，听着舒畅，于是酣然睡去。

第二天精神大好，阳光十足，于是带了水，到沙海中去乱走。才看出死去的山，又有种种不同的姿势。或许它们灵魂的最后一丝光芒，尚未熄灭，从各种姿态中表现出它们以往生命的历程。有的像临刑待毙的壮士,有的像苟延残喘的老翁,有的像古希腊的废墟,有的像达利先生的作品……人忘记了死亡的恐怖,又惊羡起大自然的杰作来,捧着一把沙土照一张,贴着那堵断墙照一张,只是总觉得人太小,镜头太小,容不下那种宏伟、悲壮的气势。在大自然伟大而英勇的死亡面前,人觉得他像个小丑。偶尔有一两只岩鸽,怪叫着飞出,人也就怪叫着,朝天上挥手。这时人才自在一些,都是小小的生命,在这死亡地带,生命知音稀啊!

太阳将落的时候,轰然作响的天空,忽然静下来。阳光的潮一齐退走。沙漠之中,一片悲凉。不消几时,天就猛黑下去,星星一颗一颗跳出来,像是有一只手,在天幕上摆着棋子。死掉的山的骨骼,马上变成无数怪影,成千上万的幽灵,沉默不语,吓得人到处乱看。忽然一声尖叫,声音却飞不出去,马上掉下来,四周又是一片死寂。沙凉掉了,光脚踩在上面,相当舒服。有人干脆就脱得精光,躺在沙上睡,当他贴近大地,贴近那冰凉坚硬的大地,他就不怕了。无数的怪影,忽然美丽、庄严起来,像是但丁的《神曲》。他怀疑起自己白天那些想法,他又摸了摸那厚实无比的土地。不会的,大地不会死。他沉思着,然后像小孩一样睡着了。

去云南元谋,可以坐火车。最好是带一只大篮子,那里盛产番茄,大而甜。

二十五、佧朗寨两日

我们在下午四点的时候朝着那高山进发。佧朗寨就在这座高山的背后。这山把太阳挡着,它本身是阴暗的,但它旁边好些较矮的山却在阳光中，清晰而明亮。这山没有树，有一些草，不很多。坡面极陡，地上全是干燥的黄土和小石子。一条颜色稍浅的印子弯曲地绕上山去，这就是上山的路。这儿过去是原始森林，因为烧荒开地，树都被烧光了，只有山烧不掉，也搬不走，还在。看上去，这座山种地也不行，所以只是作为路来走。但能走的也就是不到一米宽的一条，大部分是闲着，不长草，只有石头和以前留下来的树桩。

上到半山，终于爬出了阴影，太阳照到头发上，风也凉快。自然就眺望一阵。看见远处的山上仍旧是原始森林，那边的景象，是这边的过去。忽然看见山坡上有一个黑色的三角形棚子，再看时，发现这种棚子有很多，刚才上山忙着看路，都没注意。一种城里人大惊小怪的心理油然而生，就都雀跃着朝那小棚子滚去。这小棚子是用树枝搭成的，很矮，只一个人那么高，它是当地人搭了来守秋、防野猪的，看上去久未住人，但说不定哪一年秋天又要来住，小棚子里悬空又搭了一层，上面铺着茅草，非常好睡的样子。这就是德国人海德格尔所谓的"栖居"。"栖居"这个词，离我们可是太远了。我们现在住的是"三室一厅"这种东西，栖居是过去的事。这些棚子，尤其是它周围那些木桩，被我省的一些画家和照相的人弄在画幅或照片里，很能赚钱，这倒是当地人做梦也想不到的。

到了山顶，下个小坡，往日头落的那边转过去，就到了一处山间盆地。那盆地已开垦成地，几个男子和女子正在那儿忙碌，点起了一堆堆火。这就是史书上所讲的刀耕火种，当然是没有见过的事，就跑过去看。原来这些地早就开出来，已种过一回，抛荒了3年，现在又来种了，他们种地真是容易，不用牛，也不用化肥，锄头也不用，只是把地上的树枝、茅草收拾一下，点把火烧了，就做肥料。下种的时候，用个铁铲在地上扒个小坑，种子就撒下去，此后就听天由命。好在那儿亚热带气候，雨水充沛，撒什么下去，都会发疯似的生长起来。

在这里,耳朵里老有噼啪的响声,那一定是花在爆炸,竹子在拔节,草在拱土。这些人的活法和我们完全不同,撒下种,他们就不再操心,回家生儿育女、唱歌跳舞去了。所以这儿的人们穿的衣服,全是跳舞的那种,银子的环佩、首饰挂了一身一头。干起活来,浑身叮当直响,不像劳动,像跳舞。后来看他们的舞,也和劳动差不多。男人穿的就像平常的衣服,都是些旧的军衣、蓝布干部服之类,但皮肤很黑,眼睛发亮,头发干燥,脸上轮廓鲜明有力,如果从侧边看,那是很希腊化的,他们男人和女人全赤着脚。又厚又大的脚,和它们踩着的地面非常吻合。女人的乳房都相当大,这一点我们一开始就注意到了,这种大不是使用丰乳液的那种大。而是原装的大,像汁液丰盈的水果。我们不敢多看,因为心思卑鄙。他们全笑起来朝着我们,还眨眼睛。我们加入了他们的劳动,在那块盆地中间,周围都是高山,而天空很蓝的在上面,忽然这些人就唱起歌来,我们听不懂,也唱不来。他们有和我们不一样的耳朵和嗓子,我们站在那里,听着,看他们弯着腰,边唱,边捡着地上的树枝,暗红色的裙子被结实的臀部绷得要开裂,我们不知所措,只有发愣。

　　他们正是我们要去的那个村庄的人。活干完了我们就跟着他们走。这一路的山上全是树,我们从未见过那些树,也不知道它们的名字。"全是绿色的",我们只会这样说。很快就进入了寨子。一百只狗狂叫起来,我们心里发毛。许多大肚子的脏小孩从村庄内部跑出来,围着我们看,摸我们的衣服、屁股和裤带上的钥匙。我们站在一个空场上,空场上堆着许多木料,散发着松树的香味和牛屎的气味。一间将要盖好的房子在场子边上,有许多人围着房子,一些人在房顶上盖草。这房子和我们先前看见的小棚子差不多,也是两层,只是比那小棚大得多。我们后来发现,几乎整个村庄的人都在那儿帮忙盖那房子。盖房子是他们的大事,这村庄的人都要参加,无论是给谁家盖。盖这种房子并不复杂，木料也是周围山上的，看起来，这活动像是一种游戏。因为盖完房子，还要跳舞、唱歌、喝酒。并且一天就要盖好，不能隔夜，否则是不吉利的。

一会儿，村长来了。他是个当过兵的中年人，牙齿全黑，瘦而精神。背着一支火药枪。他领我们去他家吃晚饭。那时候天已经黑下来，这个村庄没有电，只有些微暗的火，从竹篾编的墙壁里透出来。饭已准备好，用矮桌摆好在火塘边。饭是红米饭，煮得很硬。菜是南瓜汤，肥腌肉炒辣椒，这就很不错了。据另一个来过的人说，他吃的是玉米面和鼠肉制的干巴，带皮和毛，只是眼睛和牙齿被拿去。他们做饭很简单，就是烧和煮，重大日子才炒，不使用味精、酱油、五香粉这些东西，他们不知道还有这些东西。只用盐。以前，人类都这么吃的。所以，他们的病也很少，很简单。什么美尼尔氏综合征、直肠癌，他们从未听说过。经常的病，就是拉肚子，我们吃了饭，全闹肚子。这村寨里没有厕所，解手是随便的，在黑暗中，有活物过来探着屁股，吓得全都停住，穿好裤子看，原来是狗。

村长的汉语很清楚。要我们一人交一块钱作为晚饭钱。然后领我们去盖房子的那一家玩。在凸凹中跌绊了许久，才到了那家。里面有许多人，把新搭的竹片楼板踩得乱响。也学着脱了鞋上去，一声大叫，原来脚板被竹片夹了。以后就很小心，村长宽恕，让我们都穿上鞋，一屋子的人在喝酒、吸烟。中间是一个火塘，烧着开水。一口大缸里装了一缸酒，每人喝一口，那酒很甜。光线很暗，刚好可以看清人的脸，全是些黑脸膛的汉子和女人。女人由于嚼槟榔，嘴皮发黑。开始唱歌了，歌不是字正腔圆地唱，而是哼。我们就认为这歌声是"朴素而悲伤"的，可是看他们的脸，却很正常，和白天一样，边唱边玩刀、饮酒、喂小孩奶；全无"沉浸"的样子。他们显然唱惯了，这是仪式的一部分。但对从未听过这些歌的人来说，这些歌很神秘，因为不知道它们的意味，所以猜测它们意味深长。唱了一阵歌，又开始和着歌来跳舞，大家打闹着站起来，手挽手，肌肤相触，围着火塘绕圈。往左边迈一步，又向右迈三步，动作像是集体打谷。客人亲密地跳，陌生人也不会再陌生，有一种心连心的感觉。竹楼踩得似乎要塌下去，但没有塌，担心的只是我们几个，其他人都是使劲地踩、跳。那一夜后半夜刮了大风，又下了暴雨，天摇地摆，雷子一个个从山冈上滚过，但竹楼安然无恙。我们睡在村长家的火塘边，一点都不冷。这是第一日。

  第二日我们醒过来，红太阳已经照着山寨，非常新鲜的天空、寨子和红泥巴地。竹子架上的大南瓜水迹斑斑。我们跟着村长的大女儿——玛多去汲水。汲水用的是葫芦，装在背篓里，七八个，一只的容量有两公斤水那么多，这些葫芦相当好看，全是歪脖子的。像大雕塑家摩尔创造的那些丰满的非洲女人。汲水的地方在山脚，离寨子有一公里，这一路像仙境，高大的龙竹和各种开着的花，鞋子一下被草叶上的水弄湿了。汲水的地方有一棵大榕树。水是从一个洞里流出来的泉水，城里卖两块五一瓶的那种。几个少女正在那儿洗澡，看见我们并不像雀子那样惊走，像是看见狗过来一样，照常洗，下身裹着布，上身赤裸，当然又看见那种叫人心跳的结实乳房。她们洗澡不用什么胰子、洗发精，就是用树叶，蘸着水擦擦。洗干净的少女，就坐到有阳光的那个山坡，整理头发。她们叫我们也去洗，我们谁也不敢。这些少女全是来汲水的，汲水也就顺便洗澡。玛多也脱了衣服，在那儿洗澡。像我们这些长了这么大从未见过女人洗澡的人，不免想入非非，但看她们那种自然的样子，好像是一株水仙或什么其他美丽绝伦的植物在洗澡。就不免恨自己心思肮脏，这些坏念头，怎么就那么难以按捺。终于被那些少女所征服，就平静下来。平生第一次，没有坏念头地看女人洗澡。等玛多洗完，就帮着她把葫芦灌满水。一群小伙子顺着坡走下来，脱光了来洗澡，和玛多们开玩笑。我们望着那些肌肉结实的小伙子，望着他们青春健康的样子，恨不得自己立即成为他们中的一位，让那些少女也来向自己泼水、说笑。姑娘们并不怠慢我们，也泼水来我们身上，也笑我们，但那里面藏着客气，这真是可怕的，当人意识到就想死掉的东西。

汲水到家，看见村长扛了铁铲，正要下地去，我们就提出要去看看他家的地。村长不大懂我们的话，他迷惘地点头，似乎不知道看地是什么意思。村长的地在一处山坡上，什么也没有种，空着。地有两亩左右，周围是一些刺丛和矮树。今年村长准备在这块地上种苞谷、洋芋和瓜。据村长说，他还有两块地，在山的那一边，今年吃的粮食，就是在那块地上种的。村长说，去年他那两块地，共收获红米12箩、黄豆1盒、饭豆1盒、苞谷3箩、山药1簸箕、姜1碗、芋头一簸箕。村长说，去年他还打到3只麂子，1头狐狸。雀啊，山鸡啊，兔子呀，那就说不上了。村长说，他和老婆是1970年结的婚，他刚当兵回来。村长说，他有3个姑娘。两个嫁掉了，就住在上寨。村长说，去年他去过街子两回，买了10斤盐巴，半匹蓝咔叽布。村长说，他去年看过一场电影，是在上寨放的，叫作《圣保罗医院》，看不懂。跟着村长捡树枝，平地一直干到10点，村长看看太阳，领我们回村子吃早饭，早饭和昨晚上一样的。口感适应多了。然后坐在他家竹楼的阳台上喝茶，光线很好，村长的屋里也看得清楚。他家里没有一样我们用的那种家具，除了锅、茶壶、碗筷以外，还有几个竹子编的凳子。睡觉全在楼板上。大梁上挂着几个牛头和一些模糊不清的东西。因为被烟子熏黑了，所以看不出来。

村长家的阳台上，放着一架织布机。村长的老婆在那儿织布。织布机很简单。像小学课本里插图上黄道婆用的那种。村长老婆织一天布，只织得一米左右长，宽有一把锅铲那么宽。而且还要不停地捻线。

伕朗寨的妇女一有空,就要吊个木制的捻槌,一根一根捻线,棉花是他们自己种的,染布的原料也是种的,布也是自己纺的。织出来的布非常了不得,有人把这种布拿到昆明省博物馆去展览,还标价两千美元。虽然山下的街子里买得到现成的衣服,但女人们不穿。男人不那么死板,多已穿上了城里人的衣服,而女人还顽固地织着那些布,织布机在伕朗寨日夜不停地响。我们对村长说想买些这种布。村长居然大喜,马上跑出去了,不一会儿,就从各处竹楼里钻出来许多妇女,像是这里敲响了号召战斗的木鼓。她们全拿着布,全有一种怕我们看不上的样子。我们的钱不多,不然真是想把这些布全部都买下来。布一块比一块好看。"素朴的美"是什么,就是我们手里拿着的这些,要价便宜得残酷。这些妇女一个也不懂算术,因此买布就成了一件很麻烦的事情,都要村长一个人来算。我从一个老婆婆手上买了两个包、两幅裙子、十多根带子,我相信她织的东西是这个寨子最漂亮的了。村长算了20遍才把钱算清楚。我看见织这些东西的那个老妈妈拿了那百把块钱,紧紧地攥在手中感激高兴得像是贫农分了地主的大田,心里就有些难受。这些东西后来我带回去,一个包被加拿大人要走了,布分了一块给一个死乞白赖的朋友,带子莫名其妙地失踪了,似乎它们是蛇,会爬,只有一条宽腰带,我挂在墙上两米高的地方,所以至今还在。这笔交易做了一个钟头,许多妇女失望地回家去了。村长问我们要这些东西做什么,我们也说不清,要了做什么?挂在墙上,证明自己的某种优越处?这问题难回答,是我们天生的毛病,说给村长他恐怕以为我们是疯子。布不做衣服穿,包不用来装米和盐巴,买去干什么?

因为买了布,给村长增加了收入,他晚上就更高兴。除了瓜汤、红米饭外又加了炒土豆和一盘野兔肉,并请我们喝酒。大家都很快乐。我们就借着酒兴唱歌。当然是崔健、韦唯、刘欢这些人唱的。我们还很得意，不料来村长家玩的小伙子、小姑娘也跟着我们唱，唱得还比我们好，我们有些不知所措，原来他们虽然不下山去，却天天听广播，有好些人有红梅牌的小收音机，他们还会讲普通话。"中央人民广播电台，现在报告新闻"，一个小伙子学着说。他像学鸟叫一样地说，他不知道这句话的"所指"。

这晚上天晴，又是睡在村长的家里。这晚上没有前晚上好睡，因为床上挤进来几百个睡客，它们是跳蚤。这些跳蚤奇大，一咬咬下去，腿上马上肿起蚕豆大的一块，并且是七八张嘴一齐咬，登时，皮肤就浮起一片肿疙瘩。叮得大汗直淌，奇痒奇热。而被子却是另一回事，这晚上才感受到被子是这么难盖，它们大约从缝起来那天就没有洗过，因而被汗水浸成很坚硬光滑的东西，冰冷而不能保暖。所以是又痒、又冷、又热，但每个人都坚持着，不叫、不动也不起床。直到天快亮，跳蚤们大约全部吃饱喝足，才得酣然入睡。

醒过来时已是正午，外面鸡叫、牛叫、猪叫、小孩叫。爬起来互相看看身上，雪白刺眼的身子，全是红铆钉，像是故宫的大门，村长见了，暗暗地笑，村长说：跳蚤从来不叮他们，只叮猪狗和牛马。吃过午饭，我们决意离开了，这儿风景好，人好，布织得好，只是晚上没法再熬了，会被叮死的。我们告辞，村长也不留，把我们送到村口。村庄里的大人一个也不见，不知道是还在睡觉，还是下地去了。只有狗、猪和鸡到处走动，自在自由。许多小孩，跟着我们出来。村长先回去，小孩们一直跟着我们，直到下山，才不见了。

讲了半天，我们是谁，我们，就是我和两个拍电视的两个照相的。一伙所谓搞文艺的人。

二十六、人与鸥

1985年的秋天,云南高原上的昆明城没有下雪,一连几十日,天空都是蓝莹莹的。有人无事就望望天空,极巴望看见点什么。好半天,连一丝云也不见飘过来,人便觉得心里空落落的。也不知是哪一日了,这人一大早从床上醒来,想打开窗子透透空气,恍惚中忽然看见晴天里飘满了鹅毛大雪,纷纷扬扬,白茫茫一大片。晴天里怎么竟会下雪?这人揉过眼,定睛再看时,才看出那是上千只他从未见过的白鸟。这人心头猛一动,几乎猛出了高血压。他住在盘龙江边,二十几年几乎没见过一根鸟毛,鸡毛倒是倒了好多在江里。这些白鸟是凶是吉?是福是祸?这人来不及细想,连忙叫醒了家人,去告诉左邻右舍,大家一齐出门,来到江边细看,这才发现江边上已聚了几百号人,都又惊又喜,张大了嘴朝天上望。不消几小时,消息就弹片一样飞炸开去,击中了昆明城千家万户男女老幼的好奇心。

在市政府做事的,也望见了,忙不迭地赶去报了领导。于是马上有懂行的人去调查。有顷,懂行的就传出话来:这些白鸟儿,是海鸥。海鸥?!只在电影上见过"深深的海洋"的昆明人,有几个见过海鸥?没见过却又个个知道,个个喜欢,有一种洗发膏的壳壳上不就印得有这种鸟么?电视上不是天天说"海鸥表,中国计时之宝"么?读过诗歌小说的人,更知道这鸟儿是自由的象征,是纯洁勇敢的象征。在我认识的人中,叫某鸥或某海鸥的,不知有几十几百。一时间,成千上万的昆明人都往盘龙江边上跑,那往日没有一条船、没有一只水禽、污浊枯瘦的盘龙江,几乎成了一条圣河。

据学生物的朋友告诉我,飞来昆明的海鸥,有两种,一种头顶灰白的是红嘴鸥;一种头顶呈棕黑色的,是棕头鸥。这鸟儿每到冬天,就按照它老祖宗传下来的规矩,漂洋过海,越过无数高山平原,行程不知几千万里,到南方来过冬。这些鸟儿,有的来自中国东北,有的来自西伯利亚,有的来自莫斯科……这是从它脚上戴的环知道的。这鸟儿天性热爱自由,它不属于任何一个国家,它没有户口簿,它在它想停的地方停下,它朝它想飞的地方飞走。这些鸟儿对爱情忠贞不渝,一生遵守着"不死不分手"的婚姻法则,且极有道德修养,它们从不在光天化日下当众交尾,不像鸡、狗那般。它们在白天是一个群体,相亲相爱,在夜里才"扁担开花,各回各家"。海鸥飞来云南高原过冬,这并非千古未有的奇事,其实它年年都来,只是未曾像今年这样,公然跑进城里来,它为什么进城,这就众说纷纭。有善卦者推算,这是昆明人要交好运的吉兆,某年也飞来过呀,那年的鸡蛋一分钱一个。又有干部模样的人解释,因为昆明人"五讲四美"精神文明,海鸥知道不会欺它,才飞来的。又有人妄加推测:此地在造山运动前是一片古海洋,高黎贡山只是海上一岛,这些海鸥的远祖,就是住在这岛上的,它们是回来看看老家的。昆明大街小巷,高雅或世俗的去处,无人不谈海鸥。海鸥有灵,知道人喜欢它、崇拜它、敬畏它,就愈加无所顾忌,约了更多的同伙,愈加来得频繁,汽车也不怕了,摩托也不怕了,甚至连春节期间令满城人惊心动魄的鞭炮声,也没有惊走它们。它们如一个白色的芭蕾舞团,天天在盘龙江上舞蹈,场场满座,场场爆彩,使昆明城激动得几乎昏厥过去。

有个别不老实的人,此时却异常冷静,看着这伸手可得的猎物,转着"大补一顿"的念头。也不知是哪一天早晨,"砰"的一声枪响,善良的昆明人全呆住了,只见一个洁白美丽的生命,当空一翻,玉兰花似的身体顷刻萎缩,急落直下,呜呼哀哉!那只兴奋的手刚要去捡这血丝丝的猎物，却忽然发现故乡父老一向善良、谦和的目光，此时却变得陌生了，不肯让人了，横眉冷对。那只手悄然缩回，从此终身遗憾。每当故乡人笑指海鸥，向海鸥投以食物，天数黄生生的手臂像春天的树枝在阳光下摆动，那只手就隐隐作痛，直扯心肺，那只手就躲进裤包，虚汗直流。"你活该！你造孽！"他是真得罪了故乡人。有明智的人，看见此人的下场，就悄悄释了贪心。后来这些智者愈见故乡人爱海鸥爱得那么真挚、那么疯痴，他愈觉得自己的明智、自己的识时务。

　　人对海鸥好，海鸥也对人亲。它越来越不躲人，越来越亲近人，和人亲热得就如家养的一般。外地的游客见了，还奇怪昆明人怎么这么会养海鸥。它们在水面上飞，在人群中飞，想停哪儿就停哪儿，真是自由勇敢，有些一排一排地停在寻常人家的瓦楞上，如一排排白衣护士；有些停在高级干部乘坐的小汽车上；有一两只，甚至落进圆通山动物园的水池，抢那些已剪掉翅膀的鸳鸯、鹭鸶的食吃，吃罢，一翻身上了蓝天。动物园的呆鸟，弄不清是怎么一回事，扭扭翅膀，很委屈。有时海鸥不知受了谁的命令，一阵风似的卷上天空，漫天飞舞，晶莹洁白，如蓝色大海中的点点银鳞。忽然又全体一翻，逆光中都变成黑色，如轰炸机群，洒下雨点般的鸟粪。牡丹绽开。地上的人，一齐仰头翘望天空。此时，天地静穆，万籁俱静，仿佛是神使将临。等海鸥再次降落，人群就一阵欢呼，无数早已撕好的面包屑就抛向天空，鸥群大喜，凌空大笑，直扑食物，真个是敏捷矫健，面包才到口，马上吞下，小脖子登时鼓起一包，马上又消失了。又展翅抢来。也有文雅些的，悠然而至，立于人前，穿一双橘红色的长统袜，披一件洁白的风衣，骑士一样潇洒，望望人、点点头、笑一笑、啄起一块面包，打开翅膀，跳进蓝天。

　　人见了，爱心大动，面包喂得更急了。卖面包的小贩，就乘机涨价，人是顾不得了，涨也要买。小贩心虚，怕有什么厄运临头，便送了几个，人皆大喜。有买不到面包的人，又嫉又急，火辣辣站在一边，眼巴巴望着别人得意。一时忘形，竟不由自主去抢了人家手中的面包来喂。"嗨！你这人！"抢面包的一时反应过来，脸一红，站到一边不做声了。有面包的人，倒扔给他一块："喂嘛！喂嘛！"

平日极凶恶、极不近人情、三句话不对就把唾液喷到你脸上的汉子，此时也变得极虔诚、极善良。他诚心巴望海鸥吃他的面包，像抛绣球似的，他抛出去的面包块，被海鸥叼中一块，他心里就快乐一回，他一边抛，一边还嚷："嗨！接好！憨包！""嗨！好球！""嗨！对了嘛！"他抛得恰到好处，海鸥也接得漂亮，众人都看呆了。他越发得意，头上落满了鸥粪，他也不揩，连声说："福气！福气！"他是把他一辈子最渴望的幸福，都寄托在海鸥身上了。日后据说熟人再见他时，发觉这人目光和善了，声音亲切了，熟人都对他生出一种说不出的好感。

又有才结识几天的大男大女，也混在人群中喂海鸥。"你看它们处得多好啊！"那女子说。那平日里极腼腆的小伙子，这时忽地胆一大，就说："我两个也像那种处嘛！"那女子，就用捏着面包的小拳头，轻轻捶他一下，脸一红，俩人的关系，从此就不一般了。

海鸥天天和人在一起，朝夕相处，使昆明的人，日日感受到一种"四海之内皆兄弟"的气氛。互不相识的人，住在一幢楼里十年不搭一语的人，为了一句话就在大街上横眉竖眼的人，包括那个坐在窗口默想生命孤独的人，此时你望见他们像一家人一样，相亲相近，被海鸥团结得如此紧密、如此亲热，摩肩接踵，互相理解，互相默契，那么快乐，那么疯狂，你真有点分不清那是人还是鸥了，分不清是大海还是高原了。你只觉得这城市仿佛是一艘巨船，无数鲜活的浪花和洁白的海鸥在灿烂的阳光下熙熙攘攘，尽情地受用生命之水。你无忧无虑，你爱一切，爱人、爱鸥、爱阳光和天空，你的心空阔如蓝天，你的生命实在如鸥群。

今天有人慨叹"人心不古",你发现那只是现代中国的表象。牛仔裤只是表象,冷若冰霜的脸只是表象,钞票只是表象。追求自由,热爱生命,热爱和平,渴望进取,但愿人与人之间真诚相待,这才是万古不渝的"人心",这才是中国人内心世界的真相。中国民族的内心世界,一向是深陷于表象底下的,不在特殊的人生际遇中,不易看出。不是"文化大革命",你看不出中国民族内心中阴暗的一面,你看不出那种隐藏在"无为""超脱""悠然见南山"之下的宗教狂热;不是海鸥飞来,这些昨天彼此还陌生的昆明人能像今天如此天真、热情地在一起喂鸟吗?这也足见中华民族的内心世界之复杂,之深厚莫测。

当我听到海鸥飞来昆明的消息时,我正在云南西部的一座山上读《金刚经》,日日往返于清风明月之间、松壑林泉之旁,独与天地往来,自以为早已万念俱净,气和心平,大彻大悟。听说海鸥来了,却凡心大动,次日便下了山,直奔芸芸众生的故乡昆明。此时又动笔动墨,不无发一笔"海鸥财"之嫌。窗外已是春天,阳光被大风刮满世界,我写着海鸥,又怕海鸥飞走,我知道我是不能跟了它们一道飞走的,我只能指望,那些在海鸥飞来昆明的日子里,童心未泯的故乡人,心中的海鸥不要也飞走了,才好。

高原上的高原

美丽而遥远的州。充满着危险、神秘以及成为某个罗曼蒂克传奇主角的种种可能性。住着瘦削的男人、热情奔放的女人，住着大草原、雪山、森林、湖泊、棕熊、牦牛、猎枪、黑颈鹤。这一切构成了人们通常从"西部"这个词所领悟到的氛围。当然并不是只有牛仔或某个吹牛皮的家伙才有资格到这个州去。去这个州的长途汽车每天一班，卖车票的窗口出现的那张麻木不仁的脸对任何人都一视同仁，只要你付得出 56 元的车票钱。

汽车往西，经过那些无休无止、千篇一律的山冈和树木，经过峡谷、坝子和红色或灰色的河流。无数次在睡眠的边缘上挣扎，头不停地碰撞着车窗玻璃。可无论如何沉不进睡梦中去，身体仿佛一块浸满水的海绵，想沉下水去，却始终被水托在表面上。车子永远在世界上最脏的厕所前停下，让你当着二十个人的面小解。在同样肮脏的小饭馆前刹住，让你吞咽某种不明不白被称为晚餐的东西。再次上路，穿过黑暗中那些有着舒适的床，挂着火腿、香肠和辣椒的乡村或小镇。

听天由命地遭受残忍的颠簸、汽油味、灰尘以及呕吐物，陌生人把你当成他祖母来依偎，在全部忍耐力都磨得像路面一样光滑之后，那该死的高原还有180公里。在午夜停车休息，那唯一的旅店根本就是一伙抢劫睡眠的强盗。它用最肮脏、令人对睡觉产生恶心的床对付你。一个由于充满坚硬、黏液、臭味、小心而绷紧的夜，任何放松的举动都有利于你成为一个清洁女工。当身体再也熬不住，刚刚放弃了最后的抵抗，松开倒下，"哪怕是在厕所里也要睡"的决心下定，开车的时间到了。被睡魔押着的倒霉蛋只好披星戴月地摸回车厢。恍恍惚惚，身体已被运送到海拔3000米以上，终于在呼吸困难的中午，抵达了那片高原。

汽车往西，经过土著们在公元11世纪和13世纪建造的伟大城邦石城和木城，沿着牛拖江北上，在一个大峡谷前面折向西去，顺着另一条默默无闻、落差很大的河流——马勒多河蜿蜒上升，像是上升在一幅尚未干透的中国山水画中。牛拖江混浊而宽阔，伟大而闻名世界，是有隐喻的大河。马勒多河窄、险、清，是牛拖江的支流之一。牛拖江的两岸是古迹、农田、村子和大山；马勒多河的两岸是杜鹃花、树、藤子和怪石。马勒多河看上去年轻有力，它是从高处下来的，那片高原，就在它来的地方。在第一千次眺望车窗外的时候，那些与生俱来、永远使一个南方人目光短浅、心灵封闭、压抑的山峦突然散开了，并且越来越小，最终成为地平线上微不足道的东西。"山那边"的世界，想象中的"天边外"，现在无遮无挡地呈现在面前。不会惊叫，不会大喊，愣愣地望着，那些从前在思维中最形而上的东西，现在是那么伸手可触，那么实在地"辽阔""壮丽"着大草甸和它上面由蓝色的天、白云和太阳组成的三块巨大的区域。这就是它了，那种有着白色的羊群、牧羊女、溪水和帐篷的草原，那种我对女人们发誓要带她们去"漫游"的草原。当双脚已经脚踏实地，被青漉漉的牧草所掩埋之后，满脑子仍然是过去从书本上读来的段落和形容词,内心无法抑制地冒上来的全是些废话,什么"无边无际",什么"一块大地毯",什么"蓝蓝的天上白云飘",最后只是不停地念叨着"草原啊草原"这种要命的句子往里走,企图走到"草原的深处"去。真是不可救药,没有"天边外"了,就盘算着什么"深处",草就是草,一种植物,蒿草并不会比荒草深,也不会比它浅。它们各在各的土层里。这一片和那一片都是草,到了你以为深的那儿,你来的这边看上去又深了。最终还是只得在草原的"浅"上,四肢向天地睡下来,体验"我躺在大草原上,望着鹰飞翔"这类陈述句。这是我15岁时在中学语文书上背下来的,珍藏了10年。草地上处处有牛屎、羊屎、马屎和它们的尿,我热情地躺下去,看见一些黑鸟在天上绕圈子,我很不愿意叫它们乌鸦,我把这小小的不足,通过联想,弥补为鹰。我像一个实现了梦想的成功者一样,忽然感到一阵空虚,背上又热又痒,我爬起来,望望大草原,我相信还有更深的东西被它隐藏着,我渴望着新的发现。

  对于某些旅游者来说,连我这种躺在草原上的福分都没有。从车站出来,得走两公里才到得了草地的边缘。对他们来说,这个鬼地方乏味得很。这里根本没有他们惯常在旅游点所遇到的旅游面包车,没有人前来出售小册子,没有卖纪念品的小卖部,甚至没有什么风景区。在当地人看来,风景区是北京、上海这些大城市。雪山、草原是他们与生俱来就在的,何必旅游?所以有外来人问风景区,他们往往领他到县文化馆去,那儿有一个水池、几棵松树,还养着一头小熊。他们抵达的地方,不过是一条劣质公路的终点。这个终点不过是一个汽车站,一条长不过500米的街和一群灰色的两层楼砖房,看不出有什么理由一定要把这个小镇修建在这个地方。它既不依名山,又不傍好水,像是牛在大草甸上随便拉下的一泡屎,某种既定方针和敷衍了事的混合物,既不朝气蓬勃,又不老气横秋,没有一条铺着石头的老街来象征往昔的骄傲，也没有一幢三层以上的楼房来证实今天的进步。一个草率的时代在50年代胡乱生下的庸人，就是这个小城给人的印象。那些远道而来的倒霉蛋，在低矮的油毛毡棚子里吃了一顿以沙子为主的米饭之后，立即一蹶不振，怨天尤人。而刚好那一日是草原上常见的坏天气，他就以为他是被送进了奥斯威辛，唯一的出路就是逃跑。可是明天甚至于后天大后天的车票都卖完了。这个倒霉蛋一辈子的窝囊都冒上来，只好回旅馆去昏天黑日地睡觉。当他从20甚至于30个钟点的噩梦中——他一直在乘车，魔鬼不准他坐，要他撅着屁股——挣扎出来之后，重返那个真正的地狱般的车厢，脑子里装的只是些这类念头：出售苍蝇和油的小铺子，汽车站在水坑里，邮电局的老式手摇电话，花柳病广告和一个台球室，不会再多了。走了900公里，就是为了见识这些？其实这见识根本不必跑这么远，受这么多罪，他老家只要出去20公里，就和这差不多。冤枉人甚至产生了高山反应，胸闷、心率过速、流鼻血。运气再差些，就死在车站附近那家医院的也不是没有。

我当然不会和这些文盲一起逃跑。我要留下来，我相信这片高原真正有价值的东西并不在这个城里，而是在长途汽车的窗口为人们所"一瞥"的那些部分。在这个州我好歹还有几个朋友。我很快找到了他们，他们是苏迪和他的两个哥们儿。苏迪是我在艺术学院的同学，一位被这片高原的伟大与神秘所感动，断然抛弃了灰色的都市生活而跑来投奔它的青年艺术家。他的两个哥们儿，一个是这所小城唯一会使用德语的店员，一个是巴赫音乐的崇拜者、嗓门很好的教师。这三个人在这片高原上保持着一种梅、兰、竹的关系。像是从大量牛奶中分离出来的酥油，他们和小城庸俗的"日常"保持着距离，超然物外，幽谷百合。他们来到这里已经3年，一直对这片高原的"审美价值"保持着清醒的认识。他们通过绘画、抒情诗和音乐把这些价值从高原的日常性中分解出来，写在日记本、稿纸和麻布上。他们深谙这片高原的一切"深处",经过一晚上包含了大量形容词、状语和明喻的介绍,我看见了这片高原的"深处"。我相信他们是我在这片高原上唯一可能的导游。在我心目中,他们是英雄和先知。苏迪留着的大胡子更加深了我的这种印象。我相信他们正是我在灰色的车行道旁萦萦牵挂的某种"真正生活"的代表。在我往昔那苍白、百无聊赖、以睡眠为主的生涯中,我一直相信在遥远的"天边外"的某个高原或某个盆地有着我希望的真正生活,某种"更"的生活。我相信那儿是我生命中的延安,总有一天,我会投奔去的。我现在已置身其中,周围都是同志,而出去3公里就是小木屋、森林和大蘑菇。那一晚,当那些和我同车抵达的倒霉蛋正在旅馆里翻来滚去时,我却和我的朋友们像守着一块大蛋糕、拿着餐刀的食客那样,讨论着种种计划。我们将把这片高原切割开来,成为一个只有我们几个人旅游的旅游点。

　　我从没想到,我在这片有着那么多美丽去处的高原上的历险,竟然是从一处陵园开始的,作为主人,苏迪当然乐意把他在过去3年中捕猎到的一切都告诉我。他冗长而滴水不漏的汇报,包括日常人生之外一切不寻常的东西,"全是小说素材"。像苏迪这样受过大学教育、读了大量名著的人,总是能从"典型"的高度来看待人生,他总是注意到那些不寻常的东西,他有独具一格的视角。那个陵园,是他猎奇生涯中最不可思议的事件的现场。他像一部埋着"伏笔"的传奇一样,一直小心把守着这个秘闻。只是当新的猎奇者到来,他才把他的猎物拿出来分享。那个陵园居然位于县城的中心,在那应当属于广场或大饭店的位置!足以看出这个小地方多么缺乏想象力。陵园距苏迪的住处不过步行两分钟,"听得见鬼哭"。据说,这个陵园是为烈士设的,5年以前,县城照相馆的摄影师在里面为几个共青团员拍摄纪念照。冲洗出来的照片上除了年轻人以外,背景上竟然还站着一群白骨,人立而没有人肉的骷髅,并且哑剧式地僵持在他们生前的最后一个动作上。

这底片把摄影师骇得一声大叫，冲出暗房，"一盒相纸全曝光了"。摄影师向公安局报了案，可公安局的人在现场拍照，底片却平安无事，"这件事只有12个人知道，你是第13个人"。在如此遥远的高原上，在我生命的乌托邦中，竟然听到在楼梯拐角上才会听到的故事，使我后心上不由得袭上一股零下20℃的冷气来。我苍白的脸色正中苏迪下怀，他像胜利的猎手一样，居高临下地问我，敢不敢去，我的教养从没教过我说"不敢"这两个字。我哪怕在最后一分钟撒个谎溜掉，现在也得响亮地、满不在乎地说出那个"敢"字来。

那个陵园并不像苏迪描绘的那样恐怖。他故事中的形容词和实地完全不符，如果我不是亲临实地，恐怕我永远以为这片高原上存在着一个19世纪西欧文学中的凶宅。这是一个相当正常的陵园。门、石级、雕塑、方尖碑、青松和几百个大小相同的墓。死者被活下来的人们按功劳排列着。功劳大的在前面，花圈一望便知。功劳小的在后面，花圈只露出一些。我们在苏迪指出的地点，站好、照相。我们像被判死刑的罪犯那样站在那块不祥之地。那是一方墓碑前的一小片空地，那墓里睡着一个叫李小二的前步兵连战士，这儿的地势，刚好能把整座陵园的几百个坟头同时摄入镜头。我们僵硬地站着，等苏迪弄好自拍。那"咔嚓"一声几乎使一群人都软掉。但终于因为对"敢"这个字负了责而大松一口气。我们像英雄一样从英雄的墓地里走出来，去照相馆冲洗底片。底片要第二天才能取。那一晚我难以入眠，我为这张照片不安，我担心我的高原之旅从此会晦气重重，甚至是凶兆。我的梦想破灭了，我曾根据地图制订了一份计划，向北方穿过曲格草原，在那儿的牧民家住一夜，然后穿越卡洛拉森林，泅过狼河，在草原湖那儿搭一间小木屋……然而这一切都要泡汤了。这条道路必须由我用自己的两条腿去找出来，没有人知道这条路，而我和苏迪们的友谊是否指向这条路还说不定。在此地他们是我唯一的熟人，唯一能理解我的人，如果他们明天带我去另一个墓地，我也只好跟着。我在黑暗中非常感伤，几乎要哭。抵达这个高原才 20 个小时，我已有成年累月之感，去国怀乡之情充满心中，我甚至想明天一早就返回故乡去，"带一块牛干巴"。我觉得这样会稍稍弥补我的损失。但是这一切最终都烟消云散了，我不仅在苏迪们面前经受了考验，保持了"人的尊严"，而且一点晦气都未沾着，因为底片上一个鬼也没有，只有半棵树。原来苏迪弄完自拍跑向我们时，碰歪了照相机。这次考验使我和苏迪们的友谊迅速升级，大家共同患过难了，更加心心相印，肝胆相照。

苏迪们更心甘情愿地把捕捉到的一切精华都奉献给我，他们安排我去参观一个寺院。那个寺院在县城外面的一处小山坡上，苏迪像介绍一盒名牌点心那样为我介绍这个寺院，"许多电影都是在这儿拍的"。他的表情像某个为顾客把一盒老字号点心绑扎好的店主。它确实是一所寺院，一所纯粹为宗教活动存在的建筑，我嗅出它的香味不是来自空气，而是来自那些朱红色的砖瓦。这至少要几百年的熏陶才会如此。这所寺院没有围墙，没有售票处，没有小卖部，没有"宗教书籍代销处"。它不是为旅游者建立的。几百堵被大火烧掉了木质部分只剩下土基的墙，包围着在它们之间重新修造的红色殿宇，使这个寺院显得既悲壮又顽固。僧侣们穿着红袍的影子在各个隐秘的角落闪动。看不清僧人的模样，只是一闪。有一两扇窗子开着，可以看见几颗光头在里面一动不动，这座寺院像迷宫一样，除了倒塌掉的那些，尚有几百个房间分布在各处。窗子深深地陷在墙上，像伊朗人的眼睛。有些窗子在高大围墙的上部，搭着云梯才能看见里面的动静，似乎某种隐私已被安全地架空了。这个寺院有一种旧时代的氛围，并且这种氛围已浓重到某种戏剧性的程度，仿佛它是出自某个舞台美工之手。对于一所建筑来说，一旦具有了某种戏剧性效果，它的灾难也就来临了。像巴黎圣母院这种建筑，肯定是它同时代建筑中最受糟蹋的一位。一切伪造的历史，都靠它来掩护，都靠之藏污纳垢。一个巴黎圣母院的镜头能使一位蹩脚导演的烂片子倾城倾国。我们果然在寺院里遇到了这些导演，这伙人正在张罗一个什么电视片中的镜头，像是黑暗房间中突然戳进去的手电筒光，或者一首民歌中硬灌进去的爵士乐。这伙人大嚷乱叫，破坏了寺院宁静的氛围。我们几个或许是唯一意识到他们身份的人，所以他们中的闲人立即他乡遇故知似的过来握手，截住攀谈。我们站在供奉着伟大神祇们的大殿外面谈论神学、佛教以及无人区。很近的地方出现了一些僧人，僧人们坐在一堆木头上，灿烂的光头充满汁液，禁欲的表情和结实有力的肌肉很不相称。这些群众演员把头转来转去，导演们身体上的金属部分移到哪里他们就跟到哪里，仿佛被"和尚"这个名词以及它的暗喻所镇压着的一群动词，蠢蠢欲动，但终于休止在一个僧侣应有的举止上。

　　我为终于得以进入那几百间神秘的暗红色房间中的一间去而紧张起来，我自觉地强迫自己"虔诚"，屏住呼吸，向神的住所靠近。神的住所其实是两个年轻喇嘛的宿舍。穿过走廊，门一间一间关着。终于有一扇门打开了，我们跟随进去，立即有一股特臭的腥味扑鼻而来。稍后才知道这臭来自牛皮和人的汗腺。没有椅子，我们坐在地铺上。我们像记者招待会上的记者那样和小喇嘛问答。我暗地里指望他们神秘一点，讲出些我闻所未闻的事来。我甚至指望这两个身着红袍的英俊青年讲着讲着就羽化飞去。我认为他们能这样，他们和神住得这么近，又会看那种我一个字也不懂的经书，必定身怀绝技，灵光在体。然而这两个喇嘛实在太憨厚了，完全是两个性功能正常的青年。他们回答的事我全明白，并且心领神会。他们请我们喝酥油茶，这是一种用酥油和茶叶配制的一种浓肉汤样的东西。一个在所谓"茶文化"中长大的人，初见这种茶绝对要心惊肉跳。它完全和仙风道骨无关，倒是海拔高的地区，由于气候严寒，喝了酥油茶，干活有力气。就这样，在一个天气闷热的下午，我坐在远离故乡800里处，在神的儿子或学生们的宿舍里听他们讲睡觉、吃饭、洗袈裟、剃头，见了女人怎么处理，还有老喇嘛们在卫生和性别方面的笑话。两个青年的语言像牛刀一样快，不时地把寺院生活中最隐秘和"脂肪最多的"部分割下来，令我们大为开心，笑得直淌眼泪。当我们告辞离去，重新穿过整个寺院时，我发现刚才进来时令我心悸的"神秘"不见了。这是一群很牢固的建筑，墙一般都是用土筑成的。这个建筑群的中心，是一座像玛雅人神庙那种楔形的米红色大殿。墙一般都很厚，用白垩土涂抹过，窗子是黑色的，周围镶着红边，道路是土路。除了中间的大殿供奉着神位和香火外，其他房间大都是住人的。这些人五官俱全，四肢完好，对宗教很有耐心。这个建筑群看上去像一个城堡，但它没有任何障碍以阻挡外人进来。它和外界四通八达，随便沿着一条土路走到尽处，就可到达寺院周围的山上。那个摄制组现在正在喇嘛们住的房间的走廊上忙碌，架起了轨道，摄像机被缓缓地推着朝那些房间一间一间地摇过去。我立即回忆出这一组镜头的文学脚本："漫长、阴郁的走廊，一个个光线昏暗的房间，特写：一个喇嘛在黑暗中神秘地微笑。"这是某个民俗研究生的电视剧脚本的开头。我正是读了这一段，才决定到这片高原上来的。

整夜地下雨。这雨声和我习惯的雨声不同，不是在某种坚固表面被折断的碎裂，而是进入到那个触点以内去，减缓了速度，由直的垂射变成了缓缓的散漫的沁入，先是无遮无挡，横空出世，然后成了生殖似的，插进去的声音。我担心着这场雨会将我的高原之旅整个地泡烂在泥泞中，忧心如焚。而在我之外的高原却似乎没有我这种担心，那边热热闹闹，到处是饮水、洗澡的喧哗，万物的沐浴节。我浑身发冷，紧裹被子，无法成为万物中的一物。一整夜胡思乱想，睡眠很差。

在我童年时代的愿望中，"明天"总是使我感到新鲜的。当我长成大人之后，我就失去了这种感受。大多数明天不过是今天变质发霉的冷饭。早晨醒来，我居然发现潮湿的高原上站立着一个非常新鲜的"明天"，像孩子一样，我一下就充满了在这种晴天应该有的好心情。遥远的雪山在阳光的照耀中，非常好看。我旧病复发，忍不住想把它形容一番，"大地拱手托起的哈达"。我因为恢复了才气，如此不得了地雅正了雪山，更是冲动，恨不得立即出发，把一辈子的好事都在今天干完。今天的好事，是去参加一个群众大会。这个群众大会本来是高原上的一个传统的赛鹰节。后来这个节被加上了全体起立、唱歌、领导讲话、向参观团献花、放炮仗等项目，就变成了群众大会，赛鹰只是其中的一项了。我们沿着被雨水啃坏的小路，穿过草原到赛鹰场去。小路是稀烂的泥巴和泡在脏水里的脚印坑，行走相当艰难。但没有人愿意到就在旁边的草地上去走，因为那儿积水更深，走小路的人全是去看热闹的人。这些人既没有鹰，也不会骑马，所以只好一个跟着一个，老老实实地步行。赛鹰的赛手们则骑着马，鹰一律停在肩上，一群群飞驰而过。他们在草原上开辟了自己的道路，跟我们不走一路。在当地，娴于骑术的人很多，所以骑马的人不一定都去赛鹰。这些骑马的人也呼啸而过，看得出他们和有鹰的那几个凤毛麟角的家伙是一伙的。步行的包括妇女、儿童和有粮油户口的其他居民，逃难似的赶路。好不容易推推搡搡地到了现场，那儿东风劲吹，红旗招展，它是两个不高的山峦之间的一块大草甸。高音喇叭在指挥着什么、命令着什么。而赛场上没有一点接受信息的迹象，仿佛是一个聋子大会。赛手和观众们东一群西一群地站着，真正的一盘散沙。但大家注意的中心还是有，就是那些牵着马的赛鹰手。这是些脸膛瘦削、黝黑、表情傲慢、居住在草原深处的人们，与围着他们看的那些居民完全不同。他们不看，不好奇，只是站着，逗逗马和鹰，等待着比赛。那些马很漂亮，肥硕的腰和屁股，上面搭着图案很美的毯子。鹰全是黑的，除了驯养者外，一般人看不出它们有什么区别。我们几个自然也是站在看的那些人一边，心中焦躁，等待着。我想不出什么办法使我能够离开看客的身份，混进赛的那一部分里去。我试图与赛手攀谈，但他们讲的话我一句也听不懂。在草原上焦巴巴地等待了两三个钟点之后，人群突然在草原上围拢成一个圈，把那个用木料临时搭建的主席台抛在圈外。赛鹰开始了，赛手们先骑着马绕场一周，先到终点的人就把鹰放出去。只见马蹄闪闪而过，溅着泥水。有一两匹马太胖，四肢似乎撑不住骑手的重量，跑得摇摇晃晃，像要滚下来的酒桶。终于有若干骑手到了终点，那些鹰就飞起来。但鹰们并不像我想象的那样"箭一般冲上云霄"，而是懒懒地张开翅膀，扒着气流，一层一层，一圈一圈地游往高处，似乎天空中有一座圆梯。忽然，就有赛手被宣布获得了第一名。那个赛手把鹰招回来，依旧让它踩在肩上，牵着马，从人群中穿出来。他的那些同伙就拥上去，只见一群靴子、羊皮、毛毯、马匹和马蹄混成一团，吓得那头鹰在人群头上乱跳。我们看得发呆，不知其所以然，很快失去了兴趣。太阳现在不新鲜了，像烧开了的烫水，直往身上浇。我们蹲在草地上，吃糕点喝汽水。而那些骑手们搭了帐篷，升起火，烤羊肉什么的，马则吃草。下午散场返回时，我们浑身酸痛，心情烦闷，仍然不得不沿着那条土路回去，像被押解的战俘，一人捡了一张废纸，遮着脑袋，骑手们再次飞驰而去，一群一群在大草原的各个方向消失了。

我很不愉快。到这片高原已经4天了，我只是像某个参观团的成员一样，游览了陵园、寺庙，参加了一个群众大会。我并没有进入那种"真正的生活"。我似乎掉进了一个陷阱，走了900公里，仍然没有逃出去。迄今为止，我仍然只是这片高原上皮毛的部分、局外的部分，我不知道它真正隐藏着的是什么。这种深刻的思考，使我的两只鞋几次陷进烂泥巴里，拔不出来。我坚决地要求苏迪们带我到一个真正的地方去。"没有人烟,只有湖、森林、蘑菇。我们将点燃篝火烤鱼……"苏迪被我的描述所激动,像一个知音那样答应了我。他知道一个湖,他保证就是我希望的那种湖。"你会发疯的。"

我们带着啤酒、白酒、面包、生羊肉、卤牛肉、猪肉罐头、火柴、棉衣、毯子、手电筒、锅、口缸、筷子、匕首、吉他、照相机和诗集出发。汽车朝北方开去,很快进入了无人区,这儿在地图上是空白点,某些山脉、水系边缘的地带。在地图上只是拇指大的一块,在实地却意味着无数的高山、森林、河流和湖泊。一路上"真是美极了"。驾车的司机是个养熊的,他靠取熊胆发了大财,车子是他私人的。路很快到了尽头,以后就得步行了。我们此后的道路完全是一篇童话的开头。那种有溪水的小路,那种森林、那种草地、那种独木桥,等等,一切都是"那种"。我们紧跟司机,他熟悉这片无人区就像熟悉熊胆的位置。路被泡在水中,青色的一条,露出些草尖。旁边的草要高些,可那儿不能踩,暗藏着沼泽。四周安静得像停尸房,仿佛是在梦里面走,要描绘所见的一切是不可能的。只能说它们"美极了"。

我们在黄昏时分抵达了那个湖。那个湖简直就是魔鬼一样地美,令人怀疑世界上是否还有别的什么地方会如此不得了。这个湖三面是山和森林。一面向着草甸,无数股清水从湖里淌出来,携带着鱼和水草。湖水清澈如镜,森然地映出周围的一切,显得青面獠牙,使人几乎要跌进去。果然在湖边有一间小木屋,和理想中的完全一样,美国西部电影中的那种木板房,还有走廊。打开行装,布置了家。把小木屋弄得像电影中的一个镜头,并且像镜头中的角色那样拿出刀叉、烤羊肉、煮汤、弹吉他。我觉得我到现在才真正深入了这片高原的"内部",在它最深的部分待着。忽然天就黑了。我看见一个完全没有一点灯火的湖和森林,非常害怕,仿佛面对一头巨兽和它闪着光的舌头。蓝色的闪电,在黑下来后不久划过湖面,湖被照亮了。"蓝胡子妖怪的脸"，我愿意这么比喻。后来是暴风雨，大树折断了很多，树叶像被一只疯狂的巨手搓洗着的纸牌，发着赌输了的怪响。这一切，这个湖，这场暴风雨，这木屋，对我来说，都是平生第一次。我缺乏经验地置身其中，想象力完全停滞了，听任我面前的一切带给我种种出乎预料的感觉和效果。暴风雨的各个部分并不一致，在接近雷电的部分，它响亮而刺目，而在远离闪电的地方，雨则沉闷无力。我一次又一次地企图借着闪电看清湖上的某些东西，但每一次都是我刚意识到那是什么，闪电就坠进黑暗中去，使命名完全中断。我始终对刚看清的事物无法把握，无法确知它们的含义。我甚至对湖边上的某一团东西，是否可以叫作树，也拿不准，虽然它们被照亮了好多次。暴风雨之后我们睡熟了。司机不睡，他为我们站岗。

　　接着在第二天干了在一个风景区所能干的一切。划着木筏到湖中央的荒岛上去，"在没有路的地方踩出路来"，摘湖边的花。这些花又大又好，手感清晰，随便乱采，哪朵漂亮采哪朵，采得手都似乎成了"凶手"。在森林里看松鼠、看鸟，看爬行在地上、石头上的，看长在低处和高处的。每隔几分钟就看看湖，它不能不看，还看了苔藓、树皮、杂草中包藏着的东西。看的时候最多，动只是两只脚走走，两只手分开一些挡住脚的东西。看而不见、看而不想，因为对这个世界里的一切都不知道叫什么，词有限得可怜，就是湖、松鼠、石头这些，而周围的东西有成千上万，不知道该怎么称呼。大家很少讲话，脑子里也如此，因为脑子里没有默语，所以和外面一样安静。安静到恐怖袭上来的程度，踏实的心忽然软了，隐蔽之处又有些可疑的动静，似乎潜伏着什么，正在匍匐而行。"要出事了"，想法又多起来，警惕、猜测、假设，心眼多得像一个被撬开了的蚂蚁洞。大家心照不宣，放弃了再住一夜的计划，丢弃了罐头盒、酒瓶这些，使这个无人区看上去和公园无异，然后开路。

回去可轻松多了，仿佛被释放了的囚犯。完成了神圣的使命，一点事故也没有发生。沿着小溪往回走，蹦蹦跳跳，哼着游击队之歌。又大喊大叫，把平日不敢乱说的口号、脏话，扯着嗓子大声地叫出来，喊得清楚明白，喊得痛快淋漓。最疯狂的时候，大家索性一起脱掉了衣服，一丝不挂，赤条条地、浑身轻松地在草甸里走，还不时跌下去，在脏水里打滚。心里高兴得发狂。似乎有这一遭，一辈子就算没白活了。大家正得意忘形，忽然看见草甸旁的山坡上站着一个人，是一个人，不是一头兽。这个发现把每个人都弄愣了，像一下子进化了两万年。大家慌不迭地揩干身上的水，把衣服穿起来。如果这个人不出现，如果一切到此为止，之后我就平安地返回小城，休息两天，买些干巴什么的，返回故乡去，那么这片高原对我将永远会是神秘而美丽的，那么，我还会念念不忘，在灰色的车行道上眺望它在的远方。然而，这个人在这片无人区的出现，却在10分钟之内改变了世界。

我们花了两分钟朝他走去。他赤脚，披着羊皮，拿着一支猎枪。他活像罗丹大师遗弃在这儿的一尊塑像。他的面孔诚实得惊人，看不出一点邪恶。我们像走向一所寺院那样朝他走去，看见他的脸，就由警惕转为放心，乃至放肆。我们又一次举行了记者招待会，这个男性的牧羊人站在我们中间，回答我们的提问。他说他有49只羊，天天都来放羊。他家在草甸后面的那座山后面的那条河后面的那片草地后面。问话进行了两分钟。他拿出一个笔记本来让我们看，我们得知他从前当过兵。他拿出一瓶酒来请我们喝，我们一人喝了一口。在两分钟的问答中，我问的是你有几岁。熊胆问的是你是不是一个人来放羊。苏迪问的是你中午吃什么。教师问的是，你为什么不听音乐。那个操德语的家伙最后问了一句，大约是孤独之类，谁也没有听懂。这就惹恼了牧羊人。他突然跳到一边，把猎枪抬起来对准我们："举起手来！"这也许是我在这片高原的历险中永不会忘怀的一句话。他的"举起手来"说的是普通话,说得那么标准,那么令人叫绝。我一辈子只在电影院里听到过这句话,现在我不明白这句话是什么意思。另外几个人似乎也不明白,只是木立着。这标准的普通话又重复了一遍——举起手来。

我高高地举起了双手。另外 4 人也是。这个牧羊人现在看上去一点也不老实了,他显然干过不止一回这种事。他发出了第二道命令:"把衣服脱光掉。"这句话是用方言说的。我们立刻就听懂了。我们飞快地脱衣服,似乎有美女在等着我们。那支猎枪黑洞洞地望着我,我觉得我是最大的一个目标,并且还在不断膨胀,好让它百发百中。我们脱得只剩了短裤和汗衫,那个人再次命令我们:"赶快跑,我要开枪了!"我的腿软软的,跑不快,边跑边等着后面枪响。我们不停地跑,没完没了地跑,谁也不等谁,谁也没有拉下。等我们把一个两公里长的草甸跑完,回头看时,牧羊人不见了。

这就是我的高原之旅的结局。我们冷得要命。幸好汽车还在,撬门、发动、开走。几个人在车厢里大笑,回忆着刚才的细节。最后都沉默了。爆发了争吵,怪罪操德语的家伙,影射我,说如果不是我,就不会有今天,等等。最终我们几天来的友谊忽然就结束了。大家心怀怨恨,巴不得我第二天就走。当晚我一个人回旅社,没有人陪我回去。他们还好,借给我一套衣服,但讲明以后折价寄钱来还。

我在第三天早晨离开这片高原。昏昏地睡,醒来时已出了那个州,呼吸顺畅多了。回头望望,那些群山像是一个巨大的假象,仍然令我感到困惑。然而我知道我不会再去了,我知道我应该待在什么地方。

火车记

心虚悬着，处于古汉语所谓"惴惴""忐忑"之中，像断了线的气球，落不在实处。因为，将乘坐火车。

距离火车还有48小时、3000米之遥，日常话语就更换为与火车有关的词语，诸如：购票、方便面、硬座软座、正点晚点、小偷、抢劫、流窜犯以及肮脏、混乱、拥挤、小心、警惕之类的动词、名词、形容词。家人设身处地、经验十足地预见忠告着一切："父母在，不远游。""出门靠朋友，一个朋友都没有，就不要出门了。""带那么多包，挤不上火车怎么办？""提前一小时去就行了。""钱放在哪里呢，万一被偷掉，你回都回不来。""我缝在短裤上啦！""半夜怎么办，睡不睡呢？""不睡，半醒半睡，包和箱子全用软锁锁住，隔半小时检查一次。""可谁是你的下铺呢，万一是个坏蛋乘黑捅你一刀？""我只带了两百块钱，抢也抢不到哪去。""他怎么知道你是带钱不带钱啊，他想捅你就捅。""万一他是好人呢？""万一不是呢？""只有豁出去了，他捅我一刀，我捅他两刀！""又何苦啊，得不偿失啊，真叫人担心啊！"

还有吃饭怎么办？上厕所怎么办？谁替你看守箱子？生病怎么办？万一翻车怎么办？万一……如果……假如……云云。习惯于在家里闭上眼睛待着的家人把出门乘火车这件事描述得危机四伏、兵荒马乱。仿佛将要去闯龙潭虎穴。仿佛是置身动乱时代的前夜，平静熟悉的生活将结束，火车上充满的是陌生、不安全的动词。火车并非第一次坐，但每次都会心情紧张，心不会像散步时那样落在实处。

车站就不是个好去处，同样是有墙、有门的建筑，却可以容纳成千上万的人自由进出，光这一点就相当凶险，哪有四合院来得安全。人处于车站，没有任何屏障，正面、侧面、背后、左右都为陌生人所包围。孤立无援，到处是人而没有熟人，没有熟悉的声音，没有靠惯的老墙，什么都不能靠，只能自己依附自己。大不了蹲下来，依偎自家那几个藏着私人财产的箱包。混乱无序的地带，活动、喧嚣、摩擦、碰撞，来自中国各省各市、县的气味混杂成一种车站特有的气味，令人窒息憋闷。处于陌生人的集中营，满脑子是"小心、谨防、提高警惕、不能讲真话"之类的诫条，连自己是谁都忘却了，脑袋和神经全副武装，像战争动员令中的国家，随时准备对付一切破坏活动；人人如此，因此车站时常会发生争吵、打斗之类与人性不合的动态。没有档案的地段，全是身份不明的人物，底细隐私绰号无法掌握，政治面目、婚姻状况、经济收入、血型、手相、前科、气质一概不清楚。生存的安全感靠的就是对上述方面的收集和掌握。车站是可怕的，可怕的陌生，永远是陌生在乱动、变化，经验报废了，陌生是一条到手就滑的泥鳅。分不清左中右，分不清是与非，看不见事件的本质，好人说话，坏人也说话，好话坏话分不清楚。只有各种各样的身体、面目、衣着在动。看不出动机。心怀鬼胎，心怀不轨，心怀叵测，心地善良，心胸磊落，心血来潮，心情复杂，心思单纯，心烦技痒，心急火燎，心神不定，以至心事浩茫连广宇，谁又看得出呢！真正是所谓人心难测。心不可见，却人人是乘客，个个一样平等，无论贫富贵贱，都大摇大摆进进出出。公然与你挨在一起，挡前跟后，在左在右，却不必对你将一切和盘托出。你得忍受他傲慢的陌生，你得忍受他在你周围动作，却不能对一切究根问底；你无法将他的档案调来细究，一切都靠不住，一切都非常可疑，不能信任。并且这些身份不明的人全都活动频繁，公开的活动，活动口舌，活动四肢，活动车票，活动食宿。旅行的、买卖的、打工的、盲流的、调动的、出远门的，都是活动。活着就要动，在车站是真理中的真理。但活动可不是个好字眼，以前不是常说吗，某某最近"活动频繁"，打击"地下活动"，警惕"一举一动"。车站是一个城市活动最频繁的地区，因此"打击""警惕""严防"一类的动词也使用得最频繁，贴在墙上，写了挂在大红布上，通过大喇叭高音量覆盖下来。它们绝不会弄到活着不动、安生守分的好人家里。这个地方再杂以无数专治梅毒、腋臭、脚癣等等与活动有关的细菌的广告，真正是令一个好人一进去就发痒、流汗、生疮化脓的场所。车站并非归宿，它只是人类出发与抵达的中转站，成千上万的人集合在此，并非为了一个共同的目标，大家全是个人主义者，自由主义者，各有各的去处，各有各的心事，各有各的方言；每个人都是暂时的，偶然的，过眼云烟的。一见如故，很可能是骗局的开始；志同道合，难说有否扒窃的嫌疑；促膝谈心，讲的全是弥天大谎。人由于互相不知底细，也就比平时更大胆、更自由，不再注意风度，不再拘泥于表面的敷衍，实实在在，痛痛快快。这是一个没有本质的混乱的表面，因为没有本质，所以警察们安然自得，如巡视鱼群的鲨鱼，他知道这种表面不会发生动乱。但一个多年不动的人进入这里，安全感就消失了，经验不再适用，对策全是下策，面对活动，面对陌生，面对变化，面对种种可能性，他感到孤立无援，只有自己帮助自己应付一切了，心落不在实处。

拎着几大包财产和一颗绷紧的心，像一条警惕的蛇那样穿过陌生人的墙壁，向火车靠进。火车比车站安全，它面积小，封闭、牢固、稳定，各人有各人的一隅。站在车厢口的女乘务员给乘客换票，车票递过去，就换给你一个硬牌，上面用钢印打着号码。一瞬，人的安全感又回来了，仿佛得到了一本工作证、一个户口册，有了档案编号，但心还是落不下来。自己的铺位是中铺，上面和下面都是生人，"看不见的手"，心里一紧；而对铺也是三个生人，心里再一紧；隔壁还有七八十个生人，心完全收缩，如捆上了绳子。自己已将自己捆起来，交流开放已断了路，这将是一趟戒备、寂寞、漫长的旅途。铺位没有门，没有帘子，你的任何活动、姿态、言语都将自动处于不设防状态，陌生人的目光可以随时粗暴地侵犯你。你必须当着这些生活习性、世界观、审美方式、幽默感完全不同的人进行私人生活，你不可能为了一点面子就不吃饭、不睡觉、不洗脸、不放屁。一切风度都完蛋了，大家像是置身于一个洗澡池，彼此心照不宣。处于陌生中，处于偶然中，处于不可预测中，谁知道那个穿红衬衣的男子的一瞥意味着什么？很可能就是一次凶杀的序曲；谁知道那个女人的微笑暗示着什么？说不定有一段韵事在所难免；而为什么最后上车的这个男子要一直戴着墨镜？他非常像电影里的坏蛋……满脑袋的念头、心眼，这个为什么才落下去，那个为什么又拱起来，一心往深处、秘处去揣测、分析、捉摸。完全不顾眼下、当场的事实，其实如果当时车窗外有局外人瞥见这场景，他会觉得这儿充满和平、安全，像某大学的集体宿舍。可是一旦置身其中就不同了。一个包厢6个人，凭着看麻衣相的经验先得给他们分分类，凡有人群的地方都有左中右。我上面这个厚嘴唇、愣乎乎的乡下佬，也许可以归为憨厚老实一类。下铺这个三角眼的四川小子，颇像古典小说描写的偷鸡摸狗的角色，要小心。我对面的中铺，是一个黑大汉，穿着军装、军裤，没有领章帽徽，但是有安全感。上铺，是一个美女，徐娘半老，风韵犹存，对她不必担心，女人嘛，怕什么。下铺，一个衣冠楚楚、在墨镜里看周围的人物，这种人特别令人反感——伪君子，自以为了不起，不就是当个小官么，何不坐软卧去，资格还不到吧？肯定是见死不救的自私鬼——此人被我归纳在档案中有问题的不可信任一类。再次不动声色地将五张素昧平生的面孔暗视一遍觉得自己判断基本可靠，才找个地方安顿自己行李。当然这些心理活动比我这些文字写下来的时间快得多，那么一瞥并分析、整理、归类、下判断，只是一分钟左右的时间。这种功能在这个古老的国家可以说是一种遗传了，我当时根本意识不到我的这些个内心活动。内心的设防完成了，现在的任务是把自己私人的财产储存妥当，要将它在行旅架上安置成某种想象中的八卦阵，以最大的限度防偷防破坏。最重要而又不怕压的一个包要放在最底下，用软锁锁在架子上。然后才是相对次要的包。其他人也忙着抢滩夺地，建筑自己的八卦阵，彼此寸土必争，但也会互相妥协，因为都是陌生人，没有领导，出了麻烦告谁去？所以得忍着点儿，不得罪为好，在车上还要相处许多时间。最终大家的八卦阵都调整得稳妥、坚固，彼此防备又彼此依赖，从整体来看，这个行李架可以看成是一个由6个人的私人财产堡垒组成的一个更大的对付外来侵犯的共同防护圈。这也正是这个包厢6个乘客这个旅次的真正关系，关系一旦确定，彼此才稍稍放松，但在这个旅途中，完全的放松是不可能的了。彼此进一步察言观色，我被厚嘴唇的人归为心狠手毒的一类；而黑大汉又视我为傻帽；四川三角眼将我划为一旦有危险时的依靠对象；戴墨镜的男人则将我在生意人一栏下归档；那个美女对我有好感，考虑了私奔的可能性和后果。我还是我这一个，却在其他5个人潜意识中成了5种角色。而6个人各有6种分类法，在B省被视为正派的外表在G省却视为傻帽，在南方被视为好汉的活动在北方却是淫荡之举。所以6个人的车厢，六六三十六，实际上是36种角色在活动。

火车动了。载着陌生的人向陌生的地方驶去。心里并不踏实，像进入黑暗的隧道一样，整个人处于日本兵侵入中国村庄的状态，似乎随时随地会有什么爆炸。女人最先打破沉默，一一问每个人要去的方位，就像问您吃过饭吗一样，无非缓和一下气氛，却立即引起了众人的怀疑。我发现至少有4个人谎报了他将要下车的车站。人人都说去的是终点站，却有4个人在中途就下了车。但谈话还是终于蒸发了起来，先是试探性地，如猫的触须，但碰到的全是墙。没有人会傻乎乎地"敞开心扉"，谎言成为交流的最佳工具。谎言保护着每一个人，要获得保护就必须杜撰，杜撰是合法的，犹如一种集体创作，每个人都杜撰了自己梦想中的自己，而不会有人来揭穿你的梦。因为不存在事实，你的说法就是你的事实。于是每个人都变得像诗人一样，靠传奇来征服别人。在座的每一个人都是天真的、烂漫的、勇敢的、经历丰富的，大家像初恋时代一样，全把自己往美丽动人的方面描绘。于是车厢里开始愉快起来，一种建立在美丽的谎言之上的新型关系开始建立，甚至有了一种家的氛围，它体现在彼此之间的谦让和照顾：轮流去打开水，把一个鸭蛋分成6份，一包花生米大家传递着吃，等等。开始有了安全感，这就是大家一致将本车厢之外的世界都看成危险，看成世界以外的最初形式。世界以外指的是什么？如果他占据的是一张桌子，那么桌子以外就是丢垃圾的地方；如果他占据的是一个铺位，那么铺位以外就是丢垃圾的地方；如果此时他的脚正占据着一片地皮，那么，地皮之外就是；如果他们占据的是一个包厢，那么包厢以外就是；如果他们是在一节行进的列车中，那么列车以外的辽阔地带就都是这列火车的垃圾场。基于对这种关于世界以外的共同认识，这6个人组成了一个族党或山寨之类的小集团，其公认的原则是所有的污物都可以朝车窗外丢（这些人中后来有人躺在卧铺上开始阅读散文选集，他们从未意识到,那个被他们当作天然垃圾场的"车窗外",正是这些散文所赞美的那些"美丽无比"的原野、山冈、河流)。在每个车站都要把窗子关上,对每个闯进寨子的"陌生人"都要盘问。这些个公认的原则并未讨论过,而是大家自觉默认的。人们虽然素昧平生,但对事物和世界的基本认识却源于一个传统。正是这种传统,使陌生人彼此产生了安全感。如果有人公然无视这种安全感的保护,拒绝加入这6个人的党,自命清高,那么该人立即会成为公敌,被孤立起来:中午卖饭的车来了,不提醒他,由他饿着肚子呼呼大睡;有人翻弄他的财产,装着没看见;他上厕所,得提着财产去,没人愿意替他代眼。更可怕的是,他会成为众人闲着没事时的品头论足的焦点,他的一举一动都被从精神病的角度去理解、分析、研究、观察。在一个远离同乡、熟人、同事、领导并且永不固定、永远在流动的场合,人本来可以自行其是,却发现他仍然不能放任自流,他在任何地方脱离群众都会带来灾难性的后果,这就是车站和车厢的不同。车站也是流动的,但它难以封闭;车厢也是流动的,但它相对封闭,容易建立起固定的关系,人们往往害怕车站,而信任火车。

内心有了安全感,身体才可能休息,往往要在开车之后一两个小时,身体的僵硬状态才会解除。现在,炯炯的目光可以转入暗淡、闭合;巧舌如簧的嘴唇可以愚蠢地张开,口水决堤。严阵以待、正襟危坐的四肢可以弯曲、松弛、垂下、垮下、塌下、倒下。但耳朵不会失聪。白天要抓紧睡,以便对付危机四伏的夜晚。在黑暗抵达之前,先要再次检查财产是否健在,再次加固。然后每个人都按照自己精心设计的程序,将钱财放在贴身的某处,把贵重物品放在近身的某处,最后才把身体转向早已估量好的最安全的一面。在这方面人人都有一套秘方、一套隐匿财产的复杂操作。一切妥当,并不意味着可以高枕无忧了,恰恰相反,这是行动开始的信号。耳膜像猫一样溜进了黑暗中的车厢，在巨大的车轮摩擦声中辨识那些对"响"最忌讳的部分。这是一个非常累人的活计，"响"既导致紧张也导致瞌睡，它如果是瞬间的，人会惊而警觉；如果它是漫长的、无休无止的，就会催眠。那"猫"在黑暗的仓库里坚守了一两个小时之后，终于麻木，责任心被肉体的困顿击溃，如果真有"手"想动的话，那么现在正当其时。然而，大多数夜晚，百分之九十九点九的夜晚安然无事。上帝早就知道这一点，可他对不可言语的就保持沉默，因而害苦了人类，害得他经过三天三夜的提心吊胆之后，血压上升，形体消瘦，寿命缩短。其实他一开始就可以放心睡去，他睡得像回到母腹中一样也是安全的。正因为人类的顾虑太多，太依赖熟悉，越了如指掌越容易"时刻准备着"，放不下心。陌生也许是一种比熟悉更具有安全感的东西，因为陌生意味着偶然性，意味着流动、变化，也就意味着个体之间的互相尊重、承认、妥协，对游戏规则的建立和遵守。陌生没有等级，它既立足于个体的无法干涉的自在，也有赖于个体与个体间彼此的谅解。陌生是设防的、自卫的，而最终是不设防的。在陌生中人可以独处，可以自在，他自己掌握自己的档案，他可以以一种在熟悉中完全不同的面目出现。例如，他在故乡本来是人人厌恶的二狗，在陌生人中他可以变成宋江或林冲一流人物，而不必担心突然冒出一个老面孔来揭发："别装样了，你的底细我还不知道？你原先如何如何……"你一阵自卑就丧失了尝试新角色的勇气。而这种角色的转换很可能最终成为个人命运的新的可能性，成为事实。在熟悉中，这种可能性是永远不存在的。在陌生中，可以在众目睽睽之下干你从未干过的事。陌生是自由的、放松的、创造性的、未知的，没有规范和拘束的。当然，这一切都要你自己负责，这是陌生所要求的最基本的代价。其实在火车上真正的乐趣正是你可以在人群中独处。独处本来不易，在这个人口超编的、林泉幽谷已然不多的世界，你完全可以坚持一种与众不同的生活方式。如在钓台或茅庐，无视公认的常规，令人不快、令人嫉妒、令人不满但不侵犯他人的权利，让他有怒不敢发。你不必担心他日后找碴儿收拾你、整治你。到站了，拜拜！你扬长而去。但人们总是认为火车上是更需要彼此依靠的地方，一上车就想着关心、依靠、互助、团结。人们更希望的是熟悉，是人和人的联系的陈旧化，是彼此的放心。至于独处，那无异于在一个没有帮手的环境中四面树敌，是非常危险的。因此，敢于独处的人并不多。

又一个白天到来了，火车早已远离故土、乡音。现在，大地、天空、周围的人全是陌生的。睁开眼，第一眼先看自己在行旅架上的八卦阵，坚固完好；再摸摸裤腰上的票子，妥帖安分。于是心情大好，于是彼此之间越看越顺眼，又发现谎言也确实为自己塑造了一个新的形象，倒比自己真正的档案更真实。干脆顺势为自己这个新形象加光添彩。谎言越发淋漓尽致，越发无羞无耻、妙趣横生以至炉火纯青。信任开始巩固，友谊开始产生，如果火车是开到西伯利亚去的，那么经过二三十天的相处，难免发生真正的韵事，或结为拜把兄弟。现在，36个角色已精简为相对清晰固定的6个，他们当然不是遥远故土档案袋中的那6个人，这是6个新人。如果故乡人知道这6个出远门的人在另一类人群中竟然是这般嘴脸、神态、性情、举止，一定会以为他们被上帝改造过了。但陌生仅仅是在这个小圈子中暂时地潜伏着，在更大的周围中，在未来的每一秒，陌生依然存在。只要你仍然置身在这个永远在流动、变化的空间中。在这儿，熟悉永远不可能战胜陌生，陌生是充满生命力的大河，熟悉只是一些暂时的漩涡。它总是刚刚成形，就又被新的陌生无情地卷走。

这趟火车的这6个人临时捏成一团的小组，在和平共处、相安无事的安定团结局面中混了500公里之后，这种关系突然被一个闯入者结束了。车过F省某站，上来了一个在传统麻衣相看来是"一脸凶相"

的人物。F省在中国历史上是以激进著称的省，在火车抵达这个省之前，种种有关F省的谣传就已经在车厢里被大加渲染。据说就在最近该省还出了几桩命案。一路上大家都互相告诫：要过F省了，当心啊！此人在一片拥挤和混乱中挤进了卧铺车厢，一个黑煞煞的小个子男人，"神色自若地"从第一节包厢走到最后一节包厢，又折返回来，在那个6人党的包厢边的靠窗的折叠椅上一屁股坐了下去。此人其实长得颇像鲁迅画过的阿Q，并且衣着破旧，要是在七八十年前，那么人们是不会去注意这样一张脸的，在当年这种面目往往是畏缩的、被侮辱与被损害的，它或许永远不会在卧铺车厢出现。可从现在的角度来看，这张脸却意味着某种反文化的、不守规则的、无产而又不能无视的、无赖的、铤而走险的状态。此人一副旁若无人的样子插在那里，谁也没上前对他进行盘问，按说盘问应该是理直气壮的，这是卧铺车厢，并且那个位子早已天经地义地属于这个包厢的6个人。大家彼此谦让，轮着坐。这是小包厢唯一一个可以独坐而不必与别人肌体接触的座位。按规定闲杂人员是不能随便进卧铺车厢来的，但无人盘问此人，因为不明此人底细，又处于无法把握的时空中。要是这儿是自家的四合院或本单位的走廊，那么对这种情况已不是盘问的问题，而是大声喝斥，要他老实交代了。本来嘛，既来之则安之，如果这6个人采取一种开放容纳、视陌生为日常的态度，对不速之客投以友善，设身处地地理解他，与他对话，那么剩下的旅途也许会仍然愉快，渐渐陈旧的话题或许会插入一段新鲜而生动的独白。但那6个人一个都不理他，都巴不得这陌生人赶快离去。而此人恰恰喜好当众独处，他对那6个人面部的不满视而不见，只管占了那个位子将头朝窗外一扭，欣赏大好河山去了。这个刚刚建立起来的"党"开始分化，和睦的家庭气氛渐渐僵硬，陌生又占据了内心。猜疑、揣测、戒备，企图把握此人的底细。他从何来，将会做什么，他是好人还是坏人，等等。十万个为什么在

6个人的脑筋里翻来滚去，分析、归纳、总结、归档，此人才在6个人的麻衣相中固定成6个。当然是大同小异，因为此人的外貌、举止都属于熟悉中的某一类。大家共同的结论是：要小心噢！并且有人还进一步怀疑在座的是否有他的同党。这是有道理的，要不然他为什么别的地方不坐，偏偏选中这儿呢。一个人老挂念着"要出事了"，旅途当然就变得漫长而乏味。大家不再关心大好河山，而是集中精力注意着那个人的一举一动，但出事的时候姗姗来迟，那人先是数小时一动不动，"他在盘算如何动手"。后来，他拿出一把水果刀，摆弄。"要动了"。但摆弄了一阵，他却用这刀子削起了瓜。"到底想干什么？"之后，他抽烟、玩火柴盒、挖鼻孔、把鞋脱下来，光着脚丫，污染空气。忽然转过脸来，"凶光四射"，从6个人脸上一一扫过。于是那6人赶紧假装看地板、看手、看外面恍惚的风景。如此僵持了两个省的路程之后，那人忽然在列车即将进入的一个并不停车的小站到达之前猛地站起来，走掉了。"他上哪去？去叫同伙，去取凶器，他回来怎么办？"但他再也没有回来。这个"党"就这么惦念着，时刻准备着，信任再也没有恢复。其实上帝在天上可以做证，那个人不过是走错了车厢，他非常紧张，他试图道歉，但没有机会。这可怜的人虽然一直坐在那里，但他始终在指望会有人赶他走，这样他就会得到一个解释的机会，会轻松一些。这个善良的人本来准备为他的过失向那6个人贡献他自己种的、准备在这路上解渴的甜瓜。他后来不得不到别的车厢去，因为这里实在是太压抑了。此人走掉很久很久，人们确信他不可能再返回了，因为火车距终点站已经只有几公里了，于是大家才在松了一口气之后，打破沉默，开始发表对那人的感想。一致的看法是："他不敢下手。"旅途已经抵达终点，城邑呼啸而来，陌生开始消散，离站台还有一万米的距离，大家已纷纷收拾东西，蜂拥向车厢口。如同一场逃难，弄得人心惶惶，唯恐落在最后。

到站了，人们普遍地处于松弛状态，何谓"故乡"，很多人有了更真切的感受。在汉语中，没有比这个更亲切的词了。人们心有余悸地再看一眼火车，那空荡荡的怪物，陌生得可怕。他们坚决地转过身，朝着有门、有户口、有熟识的人群、风景、建筑、有亲爱的老家、稳定、安全、闭了眼睛也不会摔跤的、永恒的故乡奔去。他现在唯一的念头就是到了家，要立即解开四肢、蒙头大睡，这个可怜的人啊，被陌生累坏了。

治病记

我母亲在 60 岁的时候平生第四次住进了医院。她第一回住院是生我的时候，第二回住院是生我弟弟的时候，第三回住院是生我妹妹的时候。此后，过了 41 年，她才第四回住进了医院。这回是因为极为严重的心绞痛，在她不知道的情况下，我们自作主张将她送进去的。痛一缓解她就出院了。我怪她住都住进去了，公费医疗又不要自己出钱，忙着出来干什么。她说她开了药了，在家里慢慢治还不是一样，在医院不习惯，家里有你爸爸呢。说着她边收拾从医院里拿回来的药，边告诉我，这些药好得很，如果不是你姨妈在这个医院当医生，这样的药也难开着。你别给人家说啊，知道了你姨妈要犯错误的。你姨妈也说，在家里自己吃吃药得了，何必到医院来活受罪。

我母亲平常都是这样，有病就熬着，自己治。她即使去医院，也是为了开药回家来储备着，有病就叫我爸爸为她对症下药。不独我母亲有这种习惯，我父亲、我、我妻子，还有我认识的许多人，都有这种不上医院有病自己治疗的习惯。一般人家都有一个装药的箱子，甚至药柜，里面装满了各式各样的药品。临到病起来，才去找药的人要么是太年轻、不晓事，要么是小孩子或大官，不用操这份心。药柜是我们这个国家的每个家庭拥有安全感的根本基础之一。我在春节前整理房间，一项工作就是整理药箱。我的药大多已过期，我已有很长时间没有去医院开药，因为这个药箱给我一种安全感，我反而不大生病，如果我的药箱空着，我没了安全感，病说不定就要来了。我的药还清楚，都是我曾生过的病留下来的药，也无非就是克感敏、阿司匹林、甘草片、胃舒平、跌打止痛膏之类。老彭的药柜就不同了，老彭是1949年以前参加革命的干部，可以在高干病房开药。他的药柜里不只有他生过的病的剩余药，还有他至今未生过的病的预备药。看他的药箱，好像老彭在时刻准备着把各种病都生一遍，否则真是白白亏了那些好药。那是一个装衣服的三门柜的一扇门里的整整一格，可以挂五六件毛呢大衣的部分，整整齐齐地放置着各种五颜六色的药：瓶装的、纸包的、盒装的、片剂、针剂、膏丸、散粒……并且分门别类，按内科、外科、五官科、妇科，从眼睛到心脏，从痔疮到前列腺，从肝到胃，从皮肤到头发……归档，一目了然，垂手可得。他的药很高档，他早在1966年以前就在收藏印着外国字母的药。他儿子秘密地告诉我，他父亲用的避孕套都是印着外国字母的。少年时代，跟着老彭的儿子小怪物溜到他家去看他爸爸的药是我的业余活动之一。如果为老彭的药柜开一个清单，大约得耗费两千字的篇幅，这里我只列出最令我好奇的一些：奋乃静、克脑迷、对氨基水杨酸钠、普鲁卡因胺、雌二醇、苯乙酸睾丸酮、肝乐、L-门冬酰胺酶、至圣保元丹、香砂六君子丸、十香暖脐膏、二丑丸……其实老彭并不完全知道这些药有什么用途，他储存它们，只是为了一种安全感罢了。小怪物没有药柜，他到40岁还和他父亲住在一起，用他父亲的药治病，用他父亲的电视机看电视，用他父亲的水费电费煤气费伙食费，就像他父亲有终生的公费医疗一样。他乐滋滋地告诉他的女朋友,他的工资全存在银行里,"娶你么,不成问题。"他的女朋友说:"你太有福气了,太划算了。"就让小怪物拿他爸爸的乌鸡白凤丸给她吃。还说,不吃白不吃。小怪物的爹年轻时,家里还整整齐齐的,药柜也整整齐齐的。到了50岁以后,他的药就像霉菌一样从药柜里蔓延出来。桌子、柜子、冰箱、床头柜、茶几、电视机柜、橱柜的面上都是药瓶、药丸、药盒、药酒瓶,空的、还剩一半的、满满的、过期的、新药、旧药……房间里弥漫着一股混杂的药味。小怪物说,只消闻闻病就好了。但他父亲的病并不见好,而且病越来越多,真正是把他年轻时储备的那些药所能治的病都害上了。他总是身体稍有不适就服药,就去医院检查、化验、观察。他总希望通过服药,总有一天他会身上一处也不痛,各种指数都正常。但这一天从来没有到来过,他总是脖子上的炎症刚刚痊愈,胃肠功能又出了毛病;上半年与神经衰弱搏斗,从7月份又与关节炎纠缠上了。他父亲在50岁以前,服药是为了工作、革命。50岁以后,他的工作就是服药。生活越来越混乱,用洗脚帕洗脸,在浴缸里小便,但服药却特别讲究,用30个原来装施尔康的一模一样的小瓶子,每10天配一次药,每瓶都要放进七八种十多粒药片,刚好满满的一小瓶;每天服三瓶,每隔6小时服一瓶,上好闹钟,铃一响就服药,像上班一样准确。小怪物说,看他爹服药就像看有特异功能的人吞食玻璃,又残酷又快感又过瘾。此外,还要服食种种浆液、丸散。小怪物继承了他爹的传统,才40岁,就开始储备80岁用的药。他现在已拥有速效救心丸、前列康和专治脑血栓的一种特效药。当然都是在他父亲那里报账。最近他知道他爹已不久于人世,全报销的公费医疗就要作废,他就加快了储存药品的速度。他的药像邮票一样新崭崭的、一板板一瓶瓶地收在柜子里,比他父亲的药好看多了,小怪物越看越喜欢、越爱,舍不得吃这些药。

我家也有一个药柜,是我父亲的书桌左下方的柜子,这个柜子他用锁锁住，说是怕我们乱拿药吃。童年时代在我的心目中，药是很稀罕的东西。那个时代从外观上看，是贫穷而丑陋的，药算是当时很漂亮的东西，我抵抗不了药作为食品和小玩意儿对我的诱惑。8岁那年的一个没有食物的下午，我父亲一时疏忽，没有锁上药柜就出门了。于是我成了那个药柜的临时皇帝，我立即打开一瓶钙片，从第一片开始，思想激烈斗争，战胜假想中的父亲，胜利，吃一片；失败，含着口水，晃晃瓶子，以为还看不出来已吃过的迹象，就再为自己虚构一个理由，成立，就再吃一片。就这样，斗争，胜利，吃一片。节节得胜，吃一把。在3个小时中，我把一大瓶钙片吃掉了大半瓶。当我吃烦了钙片，开始把其他的药倒出来，堆起一座小山时，门突然开了，父亲魔鬼般高大地走进来，一把夺过我手中的瓶子，吼叫着，罢免了我的帝位。在我的记忆中，那个柜子是一个聚宝箱，"仓库重地，闲人免进"。在任何时候，我只要身体不舒服，父亲就会从这个柜子里拿出一些黄色或白色的药片来，我的病就会好转。在我的印象中，这个柜子是属于我父亲的，只有他有权力从这个药箱里拿药。连母亲也不能随便碰这个柜子，母亲也有这个柜子的钥匙，但她要吃药总是让父亲去拿。我母亲很少去医院，她和我父亲一样，有公费医疗。但她是教师，看病开药得上医院去，她不喜欢去。我父亲是干部，单位上有专门的小医院，开药很方便。我父亲的药箱虽然不及老彭家的高档，但各种药品也还是一应俱全的。从我出生到今天（我已40岁），这个药箱像我家的米袋一样，从未空过。与我外祖母装药的捧盒比起来，我此前提到的这些药柜可说是很专业的了。我外祖母一生都没有住过医院，她40岁以前在家里生下又带大了5个孩子，以后就一直在家里做饭、喝生水，脖子永远由于刮痧而紫着一块。她没有公费医疗。她的药装在一个清朝留下来的朱红色捧盒里，曼陀罗水、气痛散、清肝散、明目地黄丸就这些。

不去医院，有了病就自己医，自己服药。有文化的家庭，就自己买些医书，病来了，就自己对着书查症状，自己服药。许多人因此成了业余医生，一般小病是能立即就对症下药的。我父亲不仅能看小病，有些中病他也能看，这得归功于"文化大革命"，当时什么书都要烧，只留下革命的书，连讲吃的书都要烧毁，因为孔子讲过：食不厌精。但医书却可以留下来，并且再版，但要加上前言。我父亲的书架上，除了领袖和导师们的书、革命文艺家的书就是几本医书。可以说他的书都是治病的书，治思想上的病和身体上的病。他的医书有这几本：《急诊手册》《赤脚医生手册》《内科手册》《中医学新编》。在当时，他在业余时间看这些书是可以的。我发现我父亲把这些书当作文件来看，他在每一页上都画上许多红杠杠，他画得最多的是中医的那本。在第一章，开头就是毛主席的语录："马克思主义者看问题，不但要看到部分，而且要看到全体。"然后讲五脏六腑的关系。在第三节，毛主席又说："每一事物的运动，都是和它周围的其他事物相互联系相互影响着的。"然后讲气的作用。毛主席的语录确实和中医的理论相吻合，指导它是很贴切的。那时候的书很少，根本没有什么大人看的书和小人看的书之分，我父亲看什么书，我也看什么书，我更喜欢看西医的书，什么病是什么样子书上说得一清二楚，还有图，人体的各个部位，它都清楚地画出来，男人也画，女人也画。我对中医不感兴趣，我觉得它太深奥，什么气啊神啊，一个"气"字就有好几种意义，这里是肾气，在那里又是肝气，在全身又有中气，我确实搞不懂。在西医的书里，毛主席语录只有前言里有，中间各章就没有了。《急诊手册》的前言是这么写的：急诊是指突然发生的疾病和意外的损伤而言……因此，急诊是一场争分夺秒的战斗。在抢救过程中，医务人员必须高举毛泽东思想的伟大红旗，全心全意为人民服务，在党的领导下，群策群力，克服一切困难，去争取胜利（见人民卫生出版社《急诊手册》，1971

年2月第二版第九次印刷）。我13岁时，得了手淫这种急诊，不敢问父亲，只好争分夺秒自己秘密地治。我从西医的书上为我的病转为慢性找到了可以继续快乐地病下去的根据。书上当然没有与之有关的章节，我是通过一种复杂的推理，从它关于其他病的叙述中再结合民间传说猜出来的。例如：实验室及其他检查。七，精液。"精液最好直接射入洁净干燥之玻璃管内，及时送检。"后来，我也学会了自己看书治病，我发现这一点对维持一个人的尊严非常重要，难言之隐，一看了之。我父母至今不知道我13岁时患过手淫这种病。我母亲不喜欢看医书，她的病由我父亲诊断，通常是十不离九。但她喜欢和我大姨妈讲自己的病，她的病就是腰疼。大姨妈的病也是腰疼。但她们关于腰疼的话也就是"腰疼"这两个字。这两个字像是一大串唠叨的源头、动力。腰疼一开始，话就要流到对儿女们的数落上来。腰疼的隐喻，就是：我、我弟弟、我妹妹、我表弟、我表哥、我表妹全是饭递到手里都不会动一下的吃完了抹抹嘴就走的不知道农民的粮食是怎么种出来的等等。这是事实。我们这一代人从小接受的教育，就是要有远大的理想，要做大事，要胸怀全球，所以我们一般都以为跟"腰疼"有关的事（如扫地、洗碗、拖地板、腌咸菜之类）是小事、琐事、妇人妈妈外婆之事，不会自觉自愿地去做。我母亲也找不出理由来证明做这种形而下的小事是与国家社会的前途联系在一起的，她只好说腰疼。我母亲的腰疼也切实有效果，它形成一种话语压力，常令壮志凌云的我感到内疚。于是我就会在内疚中勤快一阵，小不忍则乱大谋。我大姨爹也好钻研医术，他甚至学会了针灸。他和我父亲谈起医学来，口气很专业的。大家都盼望着国家能出现一种包治百病的疗法或好药。有一段时间，这种好药终于出现了，叫作红茶菌。我父亲买了好几只玻璃缸，养红茶菌，让我们每天都喝一碗。味道有些酸，加了红糖要好喝些。那是一个业余的时代，专业没人搞，专业的书成了禁书，大家都去搞革命。革命是什么，就是治病。先是治思想的病、精神的病。治的时间一长，人们就开始怀疑自己浑身是病，所以红茶菌出现了。包治一切的医术也出现了，叫作甩手疗法。我母亲很热衷于此，动员我们全家都学这种疗法。我们一家5个人跟着她，把客厅里的茶几抬开靠墙，腾出空间，然后一个个闭目甩手，还要默念着：把感冒甩掉！把失眠甩掉！把胆结石甩掉！把风湿甩掉！把乳腺癌甩掉……其实那时我才十二三岁，活蹦乱跳，却以为把什么甩掉是天经地义的，做得认真得很。我外祖母也懂一点疗法，但任何病她都让我服气痛散，或者刮痧。

当然，自己业余学习医术也好，储备药物也好，病重了还是得上医院治疗。上医院是大事，病总是一拖再拖。自己先拿着书对症状，试着服药，无效了，熬不住了，才上医院。进医院是倒霉的事，无谓的麻烦，倒不仅是与医院的环境有关的麻烦，还有其他的麻烦。在我国，一般都认为，病是不好的、不正常的、不吉利的、不雅观的、不道德的、有损尊严的、有碍面子的、需要遮掩的。人的理想境界是"无病无灾"，"正常人"。没有人会把病看成人的一个组成部分。一生病就认为一切都完蛋了，不正常了，不是人了，没脸见人了。在汉语中，"病"是一个贬义词，它的意思是：1. 生理或心理上的不正常状态。如疑心病、神经病、红眼病。2. 弊病、毛病。如政治上的幼稚病，工作方法上的急性病。3. 错误、缺点。如语病、通病。4. 祸害。如祸国殃民，天下骚然。5. 某事向坏的方向发展的程度。如病入膏肓、丧心病狂。"他有病"，在汉语中是一句很严重的话、骂人的话，往往就意味着他这个人的智商、能力、精神状态有问题了。某人红得发紫，嫉妒他的人就巴望他大病一场。病了不是还会痊愈么？不会了，在我国，大病过的人一般是不会再被重用的。在医院里，遇见熟人，问了："噫，你不是过得好好的嘛，怎么到医院里来了？"这话先就暗藏了判断，来医院肯定就是不正常，过得好不好，话已不只是指身体，已暗喻你的经济、婚姻、前途、命数，现在你得赶快为你的病找一个说法以证明你很正常，日子是过得火火红红的。消除他的胡思乱想，一般都赶快说："我来开点药。"开药是公认的比较正常的来医院的理由，正常的没有大病的人、与某医生相熟的人才会来医院只是开点药。熟人也就会心一笑，相信你来医院，是由于日子过得好。你即使真是来治重病，也只好这么说。就像平常人家问你，吃饭了吗？你饥肠辘辘，也得胁肩一笑说：吃过了。难道你敢说，我是来人流的？我得了二期梅毒？或则，我右下腹隐隐地疼，眼球发黄、不想吃饭……但如果是在精神病院或性病专科遇到熟人，那就要飞快地解释，我是陪某某来的。这时候说话则一定要具体：陪的是谁，开药的是谁，病到什么程度，症状如何，之前如何，预后如何，越具体你越摆脱干系。被人说，他有病。你耸耸肩，依旧我行我素。但被人说，他神经不正常。那么，在我国，就没有人会和你谈论爱情友情人情了。被人说，我在治性病的地方遇见他。嘿嘿……你试试。我有一次肾结石发作，没去学校上课，上课的老师问：某某怎么没有来？班长洪亮地答道：上医院了！又平静地补充道：他肾疼。全班学习现代汉语的56个人，一起哄堂大笑。我19岁时患了急性肝炎，痊愈后，有两年的时间害怕被人提及。有好朋友总喜欢在聚餐时揭我的老底，大家筷子此起彼落，口水早已混为一谈，他忽然揭发，筷子指着我：他有肝炎！立即激起一片惊叫，我只好一遍又一遍地解释。我知道大钟早在3年前就患上了乙肝，但他至今不敢告诉别人。他只是开朗的性格突然变得孤僻了，再也不与朋友下馆子。他的不懂事的女朋友一开始还把这件事抬着逢人就讲，以博取同情。但后来发现"同情"可怕得很，人家真的提着苹果、黄果、罐头去看望，但眼神特别，举止小心谨慎，言谈客气礼貌。朋友之间讲到大钟，说，你知道吗，他得乙肝了噻！好像早就在等候这一天。其实他们都很爱大钟，但他们就这样说话，让大钟的女朋友听出了意思。他女朋友后来明白了，又逢人就讲，大钟得的不是乙肝，是甲肝。好像大钟犯了什么错误，现在减轻了一等。但大家不相信她，大家相信大钟得了乙肝，但不相信他还会恢复正常，他不再是原装的了。小怪物为何至今未结婚？因为，他有慢性肾炎（初恋）。他得过肺结核（第三次恋爱）。这也怪不得小怪物，因为我国的习惯，在介绍对象时，一个最关键的问题，就是：他或她有没有病？肝炎结核倒也罢了，你无非成为别人的可怜对象。如果你得的是梅毒艾滋病（通过注射感染的，但无人相信，当着面，人人都说，是啊，是啊，而心里却坚信，这种病只有乱搞才会染上），一旦传开去，那就不仅仅是生理上的不正常状态，而且是道德、政治、名誉上的不正常状态，你就要被开除。被朋友、同志、恋人、熟人、生人、大人、小人、邻居、单位，被今生今世吾国吾民开除。所以没事最好不要去医院，不要把你和病这个不吉利的字眼联系在一起。治病，就是既治了病，又摆脱了与"病"这个字的种种引申义、转义、暗喻、象征的干系的一种复杂的艺术、语言活动。我母亲是教数学的，在表达方面比较笨拙，在医院里她经常面红耳赤、羞于启齿，无论在熟人还是在医生面前。她又比较正统，连开药这样的话她都说不出来。她去医院开药，总是很紧张，似乎那药是偷来的。所以她尽量避免去医院。

　　一般都认为进医院谁不会进，捂着肚子就进去了。看病谁不会看，生来就会。所以中国的学校也不教"上医院"这一课。但许多人被上医院这件事弄得昏头昏脑，他又不好意思说出来，他怕人家认为他是一个笨蛋，连上医院都搅不清楚。首先，挂号就是一件令人头痛的事。我经常看见一些病人，茫然地望着密密麻麻的挂号牌，不知道自己的病该挂哪一科。他既不敢问医生，也不敢问病人。"同志，我的下身这个地方痒，该挂哪一号？"他说不出来，他懂礼貌。他从小看惯了中医，中医讲究的是整体。一个郎中，就是一家医院，内科外科妇科小儿科跌打癫痫全能看。老郎中平易近人，与病人不隔，不穿白大褂，不用消毒液洗手，不用脱衣服不用打针不用抽血开刀，不用冰冷冷的钢铁在肉上捅来捅去。不用挂号，不用你开口，不用你罪犯似的老实交代那些难言之隐；早些年代更讲究，如是妇人，连面都不照。用通灵的手，摸摸；用神仙的眼，看看。就知道你哪里不适。就知道你的病在上还是下，在外还是内。还问问你生辰八字，意思是这副药是只为你一个人开的，只你吃得。一大堆名字取得像诗的草药：神曲、桂枝、蝉衣、佩兰、郁金、泽兰、谷芽、菊花、甘草、梭罗子、木蝴蝶、山慈菇、银柴胡、使君子、绿豆衣……混在一起煮煮，就能从头治到脚，还兼壮阳补肾。且说话含蓄中听，梅毒雅称为花柳，批评了你又暗示你到底还是好样的："十年一觉扬州梦，赢得青楼薄幸名"，寻花问柳不是为大诗人津津乐道的么？在医院里，人却要把他的五官四肢拆散，胃到一楼去看病；肝又在另一个房间；腿要上到五楼去诊断；检查鼻子，又得到三楼。取西药在东二幢，配中药又要到西一楼；用针头注射在一个地方，用针头吸血又在另一个地方；肺要用刀来割，鼻子又要用电烙（激光疗法），肝可以用长针穿刺，胃可以用玻璃从喉管里塞进去，屁股上的皮可以移植到脸上……如果李时珍来这医院看病，恐怕当场左眼麻痹、右耳疯瘫抬去看急诊了。人在这里不是人，是一些可以随便用刀子针头化学品装配切割摆弄的没有姓氏的耳朵、舌头、牙齿、神经、肺叶、输尿管、蛛网膜下腔、脑表面大动脉分支连接处、上运动神经原性延髓……医生动不动就要洗手，弄得你很自卑，仿佛自己是个大细菌。而且先生开的是什么药啊，天爷！撒烈痛、索密痛、康毗箭毒子素、易蒙敌、磺胺异恶唑、磺胺苯吡唑、碳酸氢钠、对乙酰氨基酚……讲汉语的人一见这些名词就害怕，就不信任，就怀疑，就以为是毒药，不是毒药也肯定是副作用很大的。好在这些名词一般是用英文写的，倒另有一种神秘感，效果和看见汉语十全大补、万金油差不多。有时要写汉语，也要另取一个顺眼些的名字，如：磺胺甲基异恶唑另命名为百炎净，异丁嗪酒石酸盐叫作小儿宁，去氢甲睾酮叫作大力补，苯丙酸诺龙叫作多乐宝灵……病历本也不敢轻易给人看，上面什么都写得一清二楚：外生殖器溃烂、脓肿……虽然诊断并非性病，你敢让人看么？看病的时候，周围有许多人旁听（其他病人，他们排队排得不耐烦，对每一个人的病都产生了旁听的兴趣）。你发现你必须当众交代你的隐私，你想叫医生请这些旁听的出去，可你又没有勇气说出来，这个要求首先就暴露你有见不得人的隐私，你要证明你的病是见得人的，你就不怕旁听。何况一个诊室有四五个医生在看病，四五个病人在说病，四五个人在陪四五个人看病，你叫谁出去？临了，你结结巴巴说不清楚你到底是什么病，你考虑着是不是隐瞒某些细节，把情节说得含蓄一点、朦胧一点、好听一点，能像中医那样说就好了。

农村来的汉子，在一幢门诊大楼里穿来穿去，捏着一大把单据，牵着病歪歪的婆娘，目光疲惫而茫然。他要把这一大把单据处理完，至少得进出10个房间，而这些房间分别在一楼到七楼、东一单元到住院部。他觉得这个医院像个大迷宫，比一个公社的自留地还难搞清楚。他甚至连在医院里为什么要排这么多的队都搞不清楚，他清楚的是他外祖母给他刮痧不兴排队，他母亲喂他药不兴排队，他因此认为在医院里排队是被迫的。排队和看病有什么关系，从未有人告诉过他（在我国，人们一般都认为，排队与所要做的事是无关的、被迫的，没有人将排队视为做成某件事的一个必需环节，所以人们一排队就以为是在白白浪费时间。所以人们永远要抢在红灯中过马路，集体不排队使这个国家成为一个很慢的国家）。他永远被医院里的各种长队弄得心情恶劣。存自行车，排队；挂号，排队；交费，排队；取西药，排队；取中药，排队；验血，排队；照X光，排队；灌肠，排队；排队，验大小便；排队，看内科；排队，看外科；排队，看五官科；排队，交住院伙食费。排队，站着排、蹲着排、左顾右盼地排、心急如火疼痛难耐地慢慢地慢慢地排；两眼目不斜视地盯住前面排；聊着排、吵着排，骂骂咧咧怨天尤人地排……他永远无法心平气和地排队，因为总有人插队，而他又梦想成为那个插进去的人，他又不敢，他害怕成为队列之外的众矢之的。他像一个心怀不满又不敢反抗的奴隶，期待着不排队看病的自由。但这种自由永远不会出现，而又没有人告诉他，排队正是使看病能够自由的条件之一。但这个病人一旦发现一个可以插队而又不会成为众矢之的的空子，他就会毫不犹豫地钻进去。正是他这种心理和行为使队列变得漫长无比，而他又不可能每一次都钻着空子，因为窥睨着空子的人是无数的他人。所以这个期待着总有一天能不排队或者有现成的空子出现的病人永远在医院里情绪沮丧。他边排队边把排队归罪于社会时代这些无所指而又人人以为知道的名词，自己则在夸张的诽谤中成了被迫害的清白的一员。

有文化的住在城里的人也不见得就搅得清楚。有文化的人之所以还能分清自己的某个部位属于哪一科，要挂哪一号，靠的全是自学。但这自学也很歪人，西医和中医不同，中医有天然的业余性和普及性，会讲汉语的人，耳闻目染，"熟读唐诗三百首，不会吟诗也会吟"，多少都懂一点。我父亲掌握着祖传的治疗雀斑的秘方；我母亲知道治跌打的草药怎么配；我舅舅会医小儿夜啼；老侯用胎鹿和淫羊藿泡了一罐酒，其于补阳的奇效邻里皆知；小怪物去了一趟大理，回来用一长者秘传的偏方：把子弹里的火药就着水火油日服三次，胃就不疼了。在这个国家，掌握着一到两个秘方、单方、验方或偏方的人一条街都是。人们会在征婚广告中说，业余爱好：酷爱文学、艺术、摄影……却不说爱好治病，因为这是人人都会一手的，就像不会说酷爱烹调一样。但自学无非是一种带着问题学毛选的老办法，不病就不学。所以自学者要么精通于阳痿不举的秘方,要么烂熟于治疗胆结石的疗程。他并不会去钻研前列腺是什么,脑积液在哪里,氨甲环酸吃了治哪个部分。他皮毛看些医书,治愈了几回感冒鼻塞,再次到医院去用公费开药,医生问他哪里不舒服,他就据经验说:感冒。医生鬼火起,既然你敢下结论(这本是医生的专业)说是感冒,我就当感冒治。结果这个业余医务工作者一病不起了。原来,他的发热、多痰、咳嗽是急性肺炎,被诊断为感冒耽误了。呜呼了倒也罢了,无非自己害了自己。但另一位自学者就不同了,他因此以为看病是一件业余的事,他就敢业余为人看病。感冒会治,梅毒也敢治,还做无痛人流、拔鸡眼、灭痔疮。一个人这么胆大包天倒也罢了,他最多不过误个二三百号人。但现在我国一般都以为业余行医和业余卖肥皂胰子是一回事,许多人都准备有朝一日在本行混不下去了就下海蹚它一家伙。专业只能干一种,业余倒样样能干,敢干。这种业余化波及医疗,就使你不得不时常会在一个很专业的地方遭遇一些业余的人物、业余的念头、业余的行为。人都这山望着那山高,学中医的想兼通西医,以便晚上去业余为人做人工流产;在中国做手术的想到外国去做手术,私下把自己的专业调整为攻克英语;当护士的以为自己低人一等,羡慕当医生的;当医生的以为自己低人一等,盘算着调到银行去;在妇产科的羡慕五官科清闲,在门诊的想调到住院部去;守大门的又嫉妒守单车的。人人都以为生活在别处,专业不是生活,业余才是生活。总盼着把专业时间变成业余时间,干点什么改变生活。你要到一个很专业的地方去看很专业的病,在我国,你必须先专业些,或者,一病成医,才会少惹上些业余造成的麻烦(这也是中国有文化的人都喜欢看医书的一个理由)。

  为了减少麻烦,一般人去医院,都要有人陪着去,丈夫陪着妻子,情人陪着情人,本单位的陪着本单位的,大的陪着小的,少的陪着老的……我从小到16岁进工厂都是我父母陪同我上医院的,他们陪着我我才在医院里有安全感。我从来不会自己一个人上医院。一到了医生面前,我就口齿混乱,我永远无法在医生面前说清我的病症。每当这时,都是我父母代替我说话。我像个傻瓜一样,我父母说我哪里不舒服我就哪里不舒服。我习惯于在家里由我父母给我看病喂药。这种习惯导致我成人之后也喜欢有人陪同我上医院,尤其是住院的时候。我发现如果你住在医院里没有人陪同你,没有人常常来看望你,在别人看来你就不正常了,你的病比别人的病更是病。我患急性肝炎住院时,一间病室住8个人,每个人的一举一动别人都看得一清二楚,你不可能像在家里那样独处,做一些很不像样的动作。所以病室就像一个生病的单位,大家都过一种可以公开的生活。能认同的部分就都认同,但有些部分是病人无法自主的,比如谁会来看望你、陪同你,有多少人会来看望你,来的人会带着什么东西来看望你,都是不同的。这种不同事实上就为这个生病的临时单位建立了等级制度。比如当时住一号床的是个60岁的老同志,他是因为高干病房的单人病室满了,先暂时住在这里的。来看他的人是这个医院的副院长、科主任、主治医师等同志,所以他在这病室里最有威信。来看我的人一般都穿着牛仔裤、大皮鞋,病室里的人和我讲话就比较小心。三号床是个农民,大家都穿着医院发的条子睡衣,怎会知道,就是来看他的人都是农民模样的同志。只有四号床的那个中年男子大家都不知道他的背景,但一致断定他是这个病室里唯一一个不会活着出去的。因为从来没有一个人来看望过他。这个可怜虫必须自己去取化验单据,自己去打饭、打开水;当一瓶点滴注射完,他得自己扯着嗓子喊叫护士;他得自己爬到另一幢大楼的七层去照CT,两天后又爬上去取片子。当他去取片子的时候,我们就热烈无比地议论他、分析他:"他肯定是把所有的人都得罪光了,才落到这一步!他的单位组织上怎么也不来看看?他是不是有什么问题?他没有单位,总还有爹妈、兄弟、姐妹、朋友、老婆、娃娃……怎么一个也不来？怪了，怪了！要不要向医院反映一下？他是流窜犯怎么办？晚上睡觉小心着点儿！"在对此人同仇敌忾的批判打击中，大家的友谊增强了，关系密切和谐了，肝胆相照了。只要他一不在，大家就议论他，从他的背景的猜想，到他的长相、动作、病的程度、夜里的梦话……统统不漏过。那个可怜虫后来被转到高危病房去了，大家失去了打击目标，还空虚了几天。占据他的床位的是一个6个人陪着来的青年，他没有引起大家的特别注意。陪同既是一种精神上的安慰也兼及护士的功能；陪同的人并不轻松，他必须知道诊断、交费、化验、注射、取药、照片子、动手术……各项程序运作的所在地点。疼得死去活来的病人是不可能找到这些所在的。他还必须记住各个部门不同的作息时间，避免无效的排队。在关键时刻，他还必须帮病人说话，报告病情，让医生相信病人应该吃某种药，做某种检查，请某位专家来看看……在医院里经常会看见这些精力充沛的陪同者在各个门诊部大楼里从弥漫在空气中的各种细菌和呼吸着它们的患者中匆匆穿挤过去，他们其实是一些业余的护士。一个医院，真正有病要看的病人不过三分之一，其他的都是来看望病人的人，陪同病人的人，找医生开药而不看病的人。

所以医院总是拥挤喧嚣，挡脚绊手，问这问那，像一个患了遗忘症的蚂蚁国的问事处，永远给人某种充满福尔马林气味的乱麻的感觉。就像看病的"看"这个字一样，你不太清楚它究竟指的是什么，它有时意思是，中医所谓望诊，有时的意思是"治疗"，有时又似乎是"自疗"，有时又似乎是说诊断结果。轮到你看病了，里面有4张桌子3个医生，你第一眼就瞄定那个样子最显老的，你相信老医生（老中医、老军医、老华侨，一……就……）：看病找医生的次序，是先找最老的，七八十岁左右；其次，五六十岁左右也行；无可奈何，才找年轻的。可是样子老，不见得就是经验老，你今天刚好碰到一个老样子的实习医生，你还抢先一步，抢在一个妇女前头把病历本递给他，他受宠若惊，你以为他是胸有成竹。他"看"，哪里不舒服？你说，重感冒。你说的是一个诊断，是"看"。你这样说，倒与那个自学成才的业余医生不同。你是基于一种话语习惯。从小老师就教你看任何事情都不要只看表面现象，而要透过现象看本质。说一件事，只唠唠叨叨地叙述一些枝枝节节的表象是一个人没有文化没有头脑没有思考能力的特征。只有文盲才会这么说话：医生哎，我脖子里面、舌头根上疼咧，脑门后面也疼咧，屎也屙不出来……这种不知"道"的话，就让医生心烦，听着像是感冒的症状，但又不敢下结论，只好叫这个文盲去进行各种检查。其实在医院里，对病人来说，就是一个讲述现象的地方。下结论、判断正是医生的专业。文盲的病人倒无意促成了医生的专业性、责任感。文化人却让医生省事成了业余的。医生一听就知道你是个会看病的，知"道"的，有文化的，就有些肃然起敬，更和蔼地问，要吃什么药？你说，开点儿先锋霉素、板蓝根、川贝枇杷露。吃这些药也没错，医生就照开。你又有些不放心，真的就是吃这些药啊？你又不愿意核实，怕被看病的笑话。文盲呢，医生就不得不为他设身处地地考虑该吃什么药。他的专业被文盲的无知搅醒了，他得用脑筋去想想，他只能根据现象和化验结果下判断。他给文盲开的是阿司匹林、甘草片。还要一一交代，一日服几回吃几片。他不敢疏忽，该开什么开什么，该说什么就要说个清楚。有文化的由于自学，看到可以治感冒的就吃，但同是治感冒的药却有轻药重药，配伍不同效果也就不同。他吃先锋霉素治好了本来吃阿司匹林就能治愈的感冒，下次他的感冒吃阿司匹林效果就不大了。他进化了，要后现代的药才能治了。他吃亏吃在半清不楚，吃在业余，他碍于面子，不想在医生面前"不知道"，这是文化造的孽。自学成才的病人见多了，有些医院就以为病人都是知道的人，就免去了许多专业的操作细节，看病的"看"就更乱，不知道的人到以为人人都知道都会看病的医院去看病,就会觉得自己像傻子一样,自卑得很。照 CT 和照 X 光有何分别,不知道;打青霉素皮试,不知道;人流要预约,不知道;厕所在哪里,不知道。在医院你到处都会遇见这些不知道的人,像进了迷宫的绿头苍蝇,想问又不敢问,找又找不着,惶惶不可终日的样子。常见人大声喝斥这些不知道的人,喝斥者毕业于名牌大学,他肯定懂礼貌了,他只是见怪于这些人啊,怎么连克感敏一日服三回、每次一片这样的常识都不知道。小怪物在医院第一次验大便,他不知道验大便的量是多少,医院也不公布,化验的人以为这是常识。小怪物包了一包屎从小窗口递进去,被医生大骂着摔出来。小怪物委屈得很,"我不知道他们需要多少啊",他抱怨道。我见《大众医学》某一期登的笑话说:某人把避孕套拿回去当药引子煮;某人把避孕套套在鼻子上用。不知道,不敢问,也没有人告诉他。这还用问么,还用告诉么?在我国,问避孕套怎么用的人,很可能要么被视为流氓,要么被视为傻子。我的孩子刚生下就出黄疸,医生叫我去买人血球蛋白,说是医院没有,我以为这是买酱油一样的事。找了好几家药店,都没有,偶然听说这药是冷藏的,一般药店不会卖。就到另一家医院去问,说有,四百多元一支。我听了狐疑,因为有买过的人说,是三十多元一支。细问,说是成人用的。才知道还有小剂量的,供婴儿用的。我算幸运,花了 3 天时间,跑了十来公里路,学会了买人血球蛋白。另一个不知道的,大大咧咧买了四百多元一支的,只用了五分之一,剩余的就作废了。他不知道,这药只能打开一次,用不完就报废,因为不能接触空气。

"看病"之乱的另一后果,是病人怀疑一切。我岳父是大学教师,教了一辈子书,50 岁时发现肺癌。是在省的一家医院确诊的。发现时肿瘤尚小,医生说,最好的办法是立即动手术割除。但他不相信医生,他相信同病室的一个自学成才的患者,这个患者是他以前在双柏中学同甘苦共患难的同事。"割不得，割了人就废掉了。医生对个个都是这么说，只有开刀，我才不信。再等等看，万一不是肿瘤呢，万一它自己化掉呢，李老师，你不就是白挨一刀么。依我说，还是保守疗法比较安全，先找几服偏方吃吃再说。我认识马街二中的一个体育老师，他掌握着一个专治肺癌的单方，好像是用白果树的树叶煮这棵树上爬着的蚂蚁吃，我听说有好几个比你还严重的病人都吃好了。"鲍老师语重心长，真正是为他着想。我岳父觉得这话说得比开刀有道理，他是一个知道的人，我岳父就不开刀，保守疗法。我岳父就去吃单方，蚂蚁煮树叶也吃了，专治肺癌的验方也吃了，楚雄神医在世华佗的秘方也吃了。又听说用桉树叶煮鸡蛋效果好，就吃桉树叶煮鸡蛋。又听说吃蝗虫有奇效，可是昆明没有蝗虫，要坐车出去50公里以外的田野里才有，只好算了。并且是几种药同时吃，前后吃了几千元的药。"好像精神也好了一些，呼吸也顺畅了点，脸色也好了一点。"鲍老师说。于是我岳父又到医院去照片子，结果是肿块已经扩大，阻塞了气管。开刀已经晚了，只有立即住院。但住院他还是不相信医生，阳奉阴违，医生开给他的药他不相信，"怎么就是吃点维生素？"他认为像他这样的重病应该吃很贵的药、好药。但医生不开给他，不告诉他。于是他自己私底下到外面找老中医开药吃，自己买药吃：癌转移到肾上，他偷偷地吃延生护宝液，因为那宝液说它对肾有好处，结果发了高烧。病却越来越重，病越重，他越不相信医生，越发怀疑一切。不相信被单是消过毒的（他发现被单上有印子），不相信针头消过毒（因为他听老鲍说，小儿科去年由于针头感染死了9个孩子，他们的父母昨天还来医院打官司），不相信医院的伙食（他听老鲍说饭里面发现头发），不相信医院的空气（他总觉得气闷，在家里不闷嘛），怀疑护士把药和针水拿错了（他听出护士的口音是专县的；又听老鲍说，妇产科的小护士是两个月前才从农村招来的），不相信医生会真心为他的病尽力（医生闲聊时曾透露,他以前在军队里干过兽医,后来才上的医科大学)。要我们送1000元给主治大夫。但大夫说,送一万给我也没办法。他不相信这个医院的药,相信这个医院没有的药,越没有的药他越相信,越要千方百计找来吃。他不相信为他治疗的医院,却相信外面的医院,他老念叨他现在如果是在某院就好了。我们将他转去这个医院,他又念叨如果是在北京协和医院就好了。吃着中药他又说也许还是西药有效,他不相信医生的话,相信同病室病友的话。那些话其实全是道听途说的谣传,但我岳父坚信不疑。我岳父又出现新的希望,同病室的老乡告诉他,在昆明福寿巷有一个贵阳来的老中医,治好了几百个晚期的,锦旗在墙上挂了三层,一服药要四百多元。于是雇一辆三轮车陪他去。那医生确实不凡,金丝眼镜八字胡,长袍马褂,桌子上一幅太极图。从墙上的锦旗看,先生治愈的癌有十多种。排队两小时,他每天只看两小时,破例为我岳父加班,先问生辰八字,把脉,写处方(用毛笔,柳体),抓药。又拿出一小包,握住我岳父的手,将包置于其手心,郑重其事地叮嘱,15天后的上午10点半面朝北方服此药。我还以为是进了金庸的小说里。我岳父把小包贴胸藏好,紧紧地抱着一大堆药回去煮。两个月后,他在另一家医院里病故。

所以,在我国,开药比看病更重要。医生根据病人知道的开药,病人则省掉排队省掉诊断,去医院就是直接找医生开药。不认识的医生当然不会你想吃什么药就开什么药给你,你想住院就让你住(床位有限)。你想照照胃是不是还好端端的就让你照。开药是医生的权力,开什么药更是医生的权力,让不让你做CT、B超、理疗是医生的权力,让不让你住院更是医生的权力。所以在我国,健康的人都以认识一两个在大医院工作的医生(小医院的医生不行,他开的药不能报账)为个人交际之重要任务,其重要性恐怕仅次于和上司搞好关系。有些病人天真地以为,他的病的程度就是吃药、打针、住院的权力,他不以认识医生为然，我不便多说，他不知道在医院找认识的医生，就好比家里有了一个药箱，健康就有了保障。认识的程度越亲密，药箱的档次就越高越安全（它甚至可以为你储存床位、血浆、手术刀）。到了医院，立即直奔主题：最近有什么好药？因为是为储存而开药，为万一……而开药，省略了看病的开药，它不是对症下药，是为了防止生病而开药，所以这种开药不是专业的而是业余的，不是治病的而是防病的。开药的人不会开什么"去氢甲睾酮"（作用与用途：促进钙、磷在骨组织沉积，加速创伤修复）。他要开好药，好药是什么？这是在中国众所周知的那种药：益气通络，养元安神，扶正固本，滋肝补肾……此药什么都不治，什么都治，在治与不治之间。犹如在中国的寺庙里许了愿，有了好药，好人就会一生平安，就无病无灾，就心安理得。

我母亲在医院里开了药，回到家，把药储存在那个柜子里，犹如快刀斩断了乱麻，心里一阵踏实，病也就渐渐好了。

住房记

　　我小时候没有独自一个人住一间房子的经历,这可能与我一有生命就寄住在我母亲的身上有关。我母亲可以说是我在这个世界上的第一个家、第一个房间。此后,我也是一直与她与我的父亲、弟妹住在一起。到了结婚,我又与我的妻子住在一起。那时我知道的几乎所有所有的家都是夫妻老人孩子共住的。一个人住的房子几乎没有,一个人住,在那时给我的印象是非常可怕的事情。我们讲到鬼、怪、疯、傻、恐怖、死、灾难、鳏寡、老朽这些可怕的字眼,都和一个人住的屋子有关。在我小时候住的那个机关大院里唯一独自一人住的,是谢疯子。他住在二栋楼的六号房。在夜里,我们绝对不敢从他住的房子前走过,万不得已也要结伴而行。在早先,谢疯子并不疯,他是和他妻子住,后来有一天,他妻子搬走了,他就与众不同,一个人住了。再后来,他就有些疯了。他住的房子在他和他的妻子共住的时候开始是正常的,和别的房子里外没有什么两样。里面也是一张双人床,一个五屉桌、一个书柜、一个衣柜,两只箱子,还有一个洗脸架。墙上也贴着毛主席的像和喜字，窗子上也有窗帘，也是遮得严严实实的，从外面看，里面的动静是看不见的。但独自一个人住之后，这屋子和其他屋子就不同了，先是任何人路过这屋，都可以大叫一声：老谢！或：谢疯子！大人小人都可以叫。后来这屋就没有窗帘了，有人干脆把他的窗子上的玻璃也敲掉一块。之后，有人又砸掉了另外几块。再后，窗子最上面的玻璃也给用石块砸掉了，老谢就挂了一块布稍微遮挡着。但布挂了没几天，就被人撕掉了。老谢也就随它去了，再不遮挡了。这屋的窗子就成了几个插着些玻璃尖的洞，里面一览无遗。再往后，他屋里的家具也没有了，只剩下一张双人床，弹簧的。露出一团一团黄色的棉花，尿素造成的那种黄。蜘蛛也搬进去住，蛆也成长起来。老谢就干脆整天睡在这床上，旁边只有一个脸盆，用来拉粪便。人们就用石头往里砸，把垃圾往里倒。老谢的家是我少年时代印象最深的住房场景之一，他也是我少年时代所认识的第一个疯掉又死掉的大人。我看着人家连同他的弹簧床一道把他抬上大卡车，把他下垂的暴露在锈弹簧上的黄色瘦手收回被单里去，拉到小红山去埋掉了。我工作之后才知道，原来这是有规定的，单身的人不能一个人住，要么和家里的人同住，要么住集体宿舍。在《现代汉语词典》里，家的意思是：以婚姻和血统关系为基础的社会单位。这也是住房分配的依据之一，他结了婚又离婚，没有了家的社会基础，却又不能自觉地及时搬回集体宿舍去，这大概是他倒霉的一个原因吧。

  我小的时候一开始我们家有三间房，是我父亲的单位分给他的。我们家只有我父亲一个人有房子，我外祖母和我母亲都没有房子。我外祖母原来是有房子的，住了160年的老房子。听我外祖母说，她的祖父是300年前从中原流放到云南来的。听我外祖母说，她的老家在南京；听她说，她的父亲是个铜匠；听她说，她的房子是来云南100年后才盖起来的。我外婆的老宅在昆明武成路福寿巷的一个四合院里。

但革命一来，她就自动把她的家用低廉的价钱处理掉了。她当时只是一个小商贩，并非革命的头号对象，但她是一个安居乐业、清静无为惯了的人，怕麻烦、怕是非。那时，没有家的人还安全些。我父亲就是抛弃了在四川省沱江边上良田千顷、朱门深户的家，投身于一穷二白的革命。他不是又分到家了么？反而倒是他那些视家如命的哥哥弟弟，一个个后来落得个无家可归的可耻下场。我外祖母的老房子，处理的时候，有一个小表姐贪便宜，出钱买了下来。这个表姐是个老处女，一直住在她母亲的家里，因为嫁不出去，受尽闲气。她的理想，就是有一天能够有一所自己的独门独院，朱门深闭，种上梅花和丁香花，在月明花香的晚上，在家里弹琴唱歌，"诗意地栖居"。这种不合时宜、过于精致和贵族化的理想令她鬼迷心窍，她公然在1953年的春天，用她父亲遗留给她的钱，买了我外婆畏之如虎的老房子，还有一套清代式样的家具，包括床、梳妆台、圆桌、太师椅等等。她要"一个人睡一张大大的床，睡到12点也没有人来叫我起床"。她种上的梅花还没有开花，这个院子就成了居民委员会的办公处，她只能自觉地搬到耳房里去住，清式家具无偿献给人家办公。她没有成为想象中的唐宋时代的仕女，而是成了一只丑陋的灰老鼠。不过，她并没有倒霉倒尽，甚至还被分派了负责每天打扫这个院子的革命工作，每个月19元人民币的工资。每天6点钟就要起床，在居委会主任到来之前把院子收拾干净。她毕竟还被允许住在她自己的院子里。时间长了，她打扫这个院子，像弹琴唱歌一样愉快。但15年后，这个有着空谷幽兰的心灵世界的老姐姐，却瘦死在异乡，一个开满野梅花的流放地。我外祖母的家一处理掉，我母亲和她的哥哥弟弟姐姐就都没有家了，他们立即轻装上阵，一个个哼着进行曲加入了革命队伍，住进了集体宿舍。但我白发苍苍的外祖母就没有队伍可以加入，她已经60岁，又是文盲，她甚至不会唱歌，她因此没有被接纳入集体宿舍。幸而我父母及时地结了婚，我父亲分到了住房，她才在我父亲分到的家里有了一个床位。过去她可是一条街上最能干的妇女，我外祖父40岁时在进货的途中被土匪杀掉了，她一人要照顾两间卖土布的铺子、进货，往返于昆明和马街之间，养活4个孩子。如果以今天的生存能力的标准来衡量，她当之无愧是一位女中豪杰。但现在她却成了一个没有单位组织、没有工作、脱离时代、思想糊涂的家庭妇女。那个时代大家都投身于革命，最多余无用的就是她这种人，最被人看不起的也是她这种人。每天，当我的父母去上班，我们去上幼儿园，院子里空无一人，她独自一个坐在草墩上，看鸡。她本以为可以守住祖先传下来的老宅，在故乡的夕阳鸦鼓中善终，却在最后成了一个没有家的人。

当时我父亲分的房子是旧社会的老房子，也是一个四合院，住了同一个单位的十多家人，在一条小巷里边，这个院子是一个有两层楼的四合院。这院子所有房间的窗子、地板、天花板、墙壁都是木头的，走廊的栏杆也是木头的，并且处处画栋雕梁；墙上有壁画，院子中间还有花台。但我们搬进去时，雕梁画栋和壁画都被油漆和石灰涂抹掉了。这是后来住久了，涂上去的东西剥落了一些，才被我发现的。二楼的走廊尽头还有一个阳台，中秋节可以在这里赏月。这个院子要请曹雪芹这样的作家来描绘，用词才会到位。有时候在瓦蓝的天空下，听着邻里的鸡叫，看着炊烟在瓦上散去，会让人误以为是住在与世无争的明朝。这里肯定从前不会是好人住的房子，要不怎么会让他们一家人住我们要十多家人住的房子，并且无缘无故就连家都不要了，让我们搬进来住？应该说，这个院子作为家来住的话，是相当不错的，它完美地体现了人类在"栖居"这件大事上的文明进程和想象力。院子里的十多个房间大小结构不同，各具用途，有正厅、堂屋、厢房、耳房、过道、走廊……有的房间以前是客厅，有的是婴儿室，有的是客房，有的是盥洗室，有的是洗澡间，有的是书房……但现在所有房间都统一只有一个用处,就是住宿。房间按每个家长在单位参加革命工作的年限长短计算面积,大小搭配,恰好够家长在里面睡觉和从事与生存密切相关的基本活动,如吃饭、洗脸。至于那些不是与家长的基本生存有关的活动,如会客、看书、养花养草是不分配面积的。生儿育女也不分配住房面积,并没有谁生下一个人,就给这个人分一间房这种荒谬绝伦的规定;更没有给临时来住的亲戚客人分配住房的规定;更不可能有什么偏房、填房、闺房、陪房之类的乱七八糟的东西。当时有的同志还担心革命可能不彻底,其实再顽固的社会结构,只要把它最基本的物质元素——人的住房,用一种新方式来分配,把它复杂而多余的用途简化为一种,旧社会的生活方式也就随之瓦解了。每家人除了有资格分配房子的家长外,其他人都是寄居在家长的房子里的。因此,房子虽然分配得很公平,但每家人的居住空间并不一致。有的人家无子无女,居住空间就大。有的人家寄居者多,居住空间就小。穆家住的是从前的客厅,宽敞明亮,只有一个小孩寄居。他家有一张铜制的双人床,散发着与一般家具不同的光芒。在光线柔和的卧室里,像资产阶级的床那样支在房屋中间,而不是通常靠墙那种支法,还挂了垂地窗帘。这场景是我少年时代印象最深的住房场景之一。我不明白他家怎么会有与我家的床不同的床。我家的床是公家统一发给的木床,床边用白油漆编着号。穆家在1957年被举家流放掉了,不知道他家去了哪里,我想他家的厄运肯定与那张床有关。鲁家住的两间,一间是过去的厨房,一间是过去下人住的耳房。这两间房子暗无天日,但面积和我家的一样。我从来没有看清过他家的床,但我知道他家的床与我家的是一样的,因为后来搬家的时候,它们被抬了出来。杨家住在西厢房里,西厢房一共有3间屋,东边的一间原来是储藏室,中间的一间原来是游戏室,北边的一间原来是书房。他家寄居者太多,娃娃有5个,还有两个老人。分配给两个家长的面积有7口人寄居,只好3间房都用来住人，还用上了集体宿舍那种高低床，厨房就占用了阳台的一半。客人来了就搬个小凳坐在走廊上。但那时很少有什么要来闲聊的人，大家有什么事都是工作上的事，一般在单位上也就解决了，所以一般来的人都是亲戚，在走廊上坐坐也不见外。他家的房间光线最好，一到星期天，这家人就大开着门和窗子睡午觉，阳光可以照到他家的床上，一直照到下午。他家的床和我家的一模一样。我家住的是东边的厢房，结构和西厢房相同，但我家把中间的一间用作饭厅和洗脸间；另外两间，一间我父母和妹妹住，一间我和外婆、弟弟寄生。原来我父亲想把中间这一间作为客厅兼书房，但如果这样，就不能保障基本的生存活动，没有地方吃饭洗脸，只好算了。这间屋的内壁中央还有一个壁炉，因为不可能使用，这个位置又要放置吃饭的桌子，我们就用旧报纸和旧杂志把它塞满，又用布遮住。我父母住的那一间，以前原来是客厅，有两个门，一个通向楼梯口，一个通着阳台，为了安全，就把通向阳台那个门封了，去阳台就从走廊上绕。我家把厨房搭在走廊上，阳台上堆杂物，当储藏室用。这院子唯一保留原用途的，是厕所。这个厕所只有一个蹲位，男女共用。每次去解手，都要问里面有没有人，虽然麻烦些，但方便的时候相当清静，绝不会像公共厕所那样，老有人站在你的面前旁观，并暗示你快点。这个院子由于木料用得多，院子坐向好，所以屋子冬暖夏凉。但住在这院子里的人并不高兴，因为单位上的大多数人是住在另一个机关大院里，那个大院才是这个单位正式的住房。而这个院子是因为那个大院住不下了，才让一部分人临时搬进来的。这个院子周围的住户大都是旧社会的老住户、小市民，像我外祖母一类的人。他们的生活方式、衣着、口音、幽默感、惯用语与新搬进来的住户是格格不入的。他们都讲昆明老话，而搬进来的全是北调南腔，并且都是有高度革命觉悟的、艰苦朴素、严肃活泼、憧憬着未来的、穿洗白了的铁灰色干部服的、来自五湖四海的同志。当时我们家与这个四合院沆瀣一气的只有我外祖母,她常常赞扬这个四合院比她从前的那个四合院好,她公然穿着旧时代手工缝制的阴丹蓝袂子、黑色兜裆裤,在正午的阳光中,搬个草墩,在八小时之内,坐在阳台上,扯开一卷长长的布带裹绑她的三寸金莲,很有些邻居看不惯。当时这个四合院距机关大院不太远,所以这个院子的住户基本上都是到大院里的食堂打饭吃,那时能在一个食堂打饭吃,是相当光荣的。我记得我那时很羡慕住在那个大院里的孩子们,他们不说"单车",而说"自行车"。每个人都穿着鞋厂制造的"解放牌"胶鞋,缝纫机缝合的衣裤。而那时我还在穿我外祖母手工缝的布鞋,他们说我穿的是刀豆鞋,我非常难堪。我记得那个大院里有一块黑板,上面常常发布什么"今天下午到食堂办公室领国庆节会餐券""明天上午机关分苹果,每人二公斤""星期六在机关大会议室举办联欢晚会"之类振奋人心的消息。大人们一进了那个大院,就像回到了自己的家里,声音表情都开朗起来,平时紧绷着的阶级斗争的弦大约也就放松了。我们住的那个四合院,连个可以砌黑板的空墙都没有,空着的墙都被从花坛里爬出来的藤蔓和花遮住了。1966年红卫兵来贴大字报,砍掉了藤条,还是贴不上墙去,那院墙古老到那种程度,纸刚一粘上去,整个的墙皮就剥落了。我们虽然住在这个四合院里,但乐业而不安居,犹如住在一条要沉的旧船上一样,都知道是不能长住的,只是暂时地住一下。不久,机关大院空出了两间房子,我们家就欢天喜地搬过去,回到了革命队伍的怀抱。后来的事实证明,留恋这个院子的人,全都在后来的革命中和这个院子一道沉了下去。这个院子、我外祖母当年的老宅今天都早已荡然无存,在轰轰烈烈的对旧世界的改造中,一条条欣欣向荣的大街踏平了它们。

  如果作为家来住的话,那么这个新的住址可不太好住。这个大院是解放以前的法院,并不是人们的家。修得坚固牢实,栖居不是建筑的目的。这种建筑根本不考虑光线、朝向、温度、人性这些因素。我的意思是我小时候去动物园,看见黑颈鹤、大灰狼、非洲狮、蟒蛇住在完全不同的地方,是根据它们不同的兽性安排的。例如,黑颈鹤是住在一个水池中间的岛上,而大灰狼是住在铁笼子里。这个大院却是完全照着"囚"这个字的意思和样子建造的。不分男女、不分是老人住婴儿住还是青年人住,你说它是审讯室也可以、办公室也可以、会议室也可以(多年后这个大院还真的又成了一家单位的办公室和会议室)。每间房大小、结构完全一样,窗子和门的位置一模一样,就像文件柜两边的抽屉。每家人住在里面,床放在哪里,领袖像贴在哪个位置,柜子放在哪个角落,桌子靠哪边的墙,在哪里洗脸,在哪里煮饭并没有明文规定,但基本上都是一样的。因为房间都一样,你想把床支在一个与别家不同的位置,你就要冒一开门就要被人看见你的床的风险,甚至把领袖的像挂到边上的危险。因为没有专用的厨房,所以每家人的厨房都是自己搞的,公开在外,走廊、过道、有空处的地方都用来作了厨房。所以做饭的时候,隔壁这一家吃什么,怎么吃,请谁来吃,都是有目共睹的。那时大家吃的都差不多,并且基本上都是在公共食堂里吃,自家开伙的时候很少。邻里之间关系密切,犹如一个大家庭。在这种居住环境中,一个人不大敢搞特殊,他如果有什么可疑的行为,别人立即就会发现。他想吃点好的,也得背着人偷偷摸摸地享用。如果被人发现了,就会说你吃独食,那是很难听的。洗澡就到机关澡堂去洗,两个大池,男女各用一个,一周洗一次,所有的人都脱光了在一起洗。所以一个单位的人,不仅彼此的历史、现行都一清二楚,身上的某个部分有个疤或鸡眼也是清楚的。有一个干部从来不去大池和大家一块洗澡,大家对他就有怀疑,但也不好强要他来洗。后来,运动开始了,就有了机会,他不得不去当众洗澡,结果发现他的胳膊上有刺青,这是旧社会流氓的印记,结果是才脱了衣服就被抓起来，立即送去游街了。当时我跟在后面，看得一清二楚，刺的是一颗心，下面是两个字母：S·T，在左臂上。整个大院只有一个公厕，每天早上，每家人都要端着痰盂去厕所里倒，这件每天要做的事被大人们视为不雅，倒痰盂都做贼似的。而走到厕所这一段路至少有三分钟要处于光天化日众目睽睽之下。所以干这事都要早早起来，快速行动。如果错过了清早神不知鬼不觉的黄金时间，就只好让它在屋里捂着，夜里再去行动。但孩子去倒就不怕，随时可去，一院子的人都端着碗在吃的时间也可以去。大人们以为孩子倒痰盂是勤劳、思想品德好的表现。所以大人都让孩子去倒痰盂，以便从小养成热爱劳动、不怕脏的习惯。这是那时的社会风俗。由于当时干部群众好人坏人都要在里面解手，所以经常会有这种事：干部们在正在开展的运动中斗得你死我活，有人明天可能就要被送去劳改，今天却相逢在厕所里，臭气相投，很不舒服，这是公厕的不足之处。老谢在没有发疯之前，被揭发和外国人有来往，就开始批斗他，"打倒反革命分子谢××！"喊得天摇地动，我们（这个"我们"指的是全大院的少年）也跟着喊，少年人的脸气得通红。但批斗会完了，老谢还和我们一道在同一个厕所里小解，都用一样的动作，我们就很生气，但也说不出不让他这么做的理由。所以后来他疯了，不再到公厕里来，独自拉在洗脸盆里，我们倒觉得这样才对了。这个大院的好处是有利于集体生活，宜于编号管理。从外边看，这院子真是铜墙铁壁，有很长很宽的墙面，为粘贴标语口号提供了方便。我父母都为能搬进这个大院而庆幸，只有我外祖母与这个大院格格不入，最格格不入的就是她的小脚，全大院就她有一双，一副顽固地继续在老路上磨蹭的样子。她一在院子里修她的小脚，就有一窝孩子围着看，像看江湖艺人卖艺。她可能感到一种受侮辱，再也不在光天化日底下清洗修剪她的脚，她躲在房间里，拉上窗帘老眼昏花地摆弄。她离开了太阳光就看不清东西，所以经常被剪子把脚尖戳破。

我家的两间房，一间在三栋楼的一楼，另一间在四栋楼的二楼。我父母和妹妹住楼上的那间房。我、我弟弟和我外祖母寄居另一栋楼楼下的一间。我父母的房间是什么样，我不太记得，依稀的印象是，墙上挂着一幅叫作马克思恩格斯和农民在一起的油画印刷品。一张大床，一张桌子和一个书架。书架上的书籍的陈列次序和老谢的书架是一样的，第一层是革命领袖的著作，第二、三层是干部学习材料，然后才是其他的书。这些家具和老谢（就是本文开头提到的那个离了婚而没有及时搬回单身宿舍去的倒霉鬼）家从前的家具一模一样，都是公家发的。侧面统一编着号，印着单位的名称。只有床和老谢的弹簧床不一样，是木床。那种弹簧床在我们大院里只有老谢家唯一的一张，那张床是没有编号的，来历不明（我听到大人们私下里议论，想想看，在旧社会，谁能睡这样的床？这话使我对老谢有了警惕心理。当时他还没有疯，得意扬扬地"把那些弹簧弄得直叫唤"）。我和外婆住的这一间，一块旧床单缝成的大布把屋子隔成两半，里面支了一张大床，一张单人床。外婆睡单人床，我和弟弟睡大床。床和床之间，是一张写字桌子。桌子不用，放着我外祖母的黑箱子，这只黑箱子和装食品的黄色大橱柜以及一面木框雕着花的椭圆大镜子是我家唯一没有编号的家具。我外祖母虽然没有家，但她留下了一两件实在舍不得扔掉的老家具。里面一半住人，外面一半就做起居室，洗脸、洗脚、漱口、吃饭都在这里。做饭就在楼梯口的空处。那里支一个煤炉，放一只装煤炭柴火火钳通条的大木箱、一只水缸、一张放置碗碟作料的小桌。碗碟作料要用的时候才从屋里拿出来。水缸每天要打5桶水，水管是一百多家人共用的，用桶去提水的话，经常是要排队的。地上一溜全是铁皮桶、木桶，那时还没有塑料桶。做饭烧水是用柴和煤炭，一时不用的柴和煤炭叠放在床底下，那时床底下的意思就是储藏室。煤炭、烧柴、鞋子、瓶子、腌菜罐等等统统放在床底下。老鼠一家也寄居在床底下。有很多年，我们一直是和老鼠同住的。当时我外祖母养着几只鸡，鸡白天在院子里放养，晚上就回家里来和人住一屋。我家的鸡住在饭桌底下，一到6点钟就扯着脖子歪叫。6点钟正是我做梦梦见我当解放军打仗的时候，鸡一叫，梦就散了。气得我用被子捂住头，它越发叫得狂了。那时我最恨的除了地富反坏右，就数这些鸡了。我老盼望过春节，好杀了它们。但春节一过，我母亲又买鸡回来了。我们睡的床垫着棕垫，每到夏天，棕垫上就生跳蚤，把床板咬了许多洞，住在里面。一到晚上，跳蚤就跑出来咬我们，咬得一屁股血。一整个夏天，我身上全是红疙瘩。我们想办法整治跳蚤，用开水烫，把床板拆下来，把开水从那些洞里灌进去，再撒上六六粉。但第二年夏天，它们又生机勃勃地出现了。

由于我一直和我弟弟睡一张床，所以我们几乎养成了完全相同的生活习性、相同的说话声调，如果统计一下的话，可能我俩储存的词语都大同小异。睡觉的姿势也差不多，也没有什么坏习惯，或见不得人的秘密。但他小我3岁，他10岁的时候，我已经13岁。13岁的人身体开始发生一些变化，对某些事开始有朦胧的渴望，开始想入非非。在暗地里，我渐渐成了一个和我弟弟不一样的人，真正是同床异梦，但我们仍然睡在一张床上，我只是觉得不像以前那么方便，可以撑撑脱脱（昆明方言，无拘无束一类的意思）地睡了。我实际上早已和这种寄居格格不入，但我从来没有想到一个人可以单独有自己的房间，因为那时全世界都是集体居住的。我即便先知式地觉悟了，我也没有分配房子的资格。后来我的脸上开始长出粉刺，并且越长越多，长得一脸稀烂。镜子往往就在一个人意识到自己变丑的时候到来。我开始有了照镜子的习惯，老觉得自己在和大家所公认的那种正确的相貌背道而驰，越长越不像样，企图通过镜子，找出些与正确的长相在外表上的近似之处，以获得些安慰。对我这个恶习我父亲相当不满，一见我照镜子，他就要批评，说这是小资产阶级作风，我弟弟也跟着讽刺挖苦打击。以至这件事成了我生活中的一个压力，我那时又没有钱去买一面小圆镜，只能用我外祖母留下来的老式圆镜。这面老式圆镜挂得比我高出一个头，是供我父母洗脸时用的，我必须踩在一个小凳子上才能看见我的脸，所以照镜子往往是提心吊胆，一有动静就吓得脚板蹬空。那时我成天担心自己成个麻子，越担心越想照，一照就要很长时间，微观、宏观、比较、分析，一会儿沾沾自喜，一会儿垂头丧气，有时到了一天要照十几次的地步。由于我父亲对我照镜子极端鄙视，我只好经常到大街上的商店里的镜子里或借着橱窗玻璃反光去发现自己。但在大街上，我发现，也很少有对着镜子左顾右盼的人，如果不是试衣服或帽子的话，是没有一个人会专为了一张脸站在镜子前面的。我一般只是经常绕路从镜子前面路过，利用经过的那一秒迅速地偷看一眼自己，往往看见自己就是一个大麻脸。而在橱窗玻璃的反光里发现的自己呢，往往是：像魔鬼。只好回到家里乘父亲不在时再证实。但我弟弟的阶级觉悟也相当高，一发现我照镜子，就向我父亲告发。我父亲不知道，我在相貌方面的自卑感就是这时期形成的。

我们搬进这个大院的时候是1965年底，惊天动地的日子，发生的一切和住房已经完全没有关系了。住房啦搬家啦床啦这种事在那个大时代，真是鸡毛蒜皮，想都不应该想，写都不应该写。一位老同志提醒我说，当时这个大院里自杀了多少人，你记不得了？但我当时只是在玩玻璃球的时候听其他孩子说过这些事，自杀的人我一个也没有看见。我唯一记得的一件大事，就是大约在1970年前后，大院里的一个干部家买了一台电视机。这是我们大院里的第一台电视机，那个干部很得意，欢迎我们到他家去看。一到晚上，他家就成了电影院，大人小孩每人拎一个小凳子去他家坐着，床上就坐他的小孩，看到10点才散。如此几天,这个干部耐不住了,因为影响他第二天工作,就宣布不要我们去了,他立即成了这个大院孩子们的头号公敌。我们恨他的程度超过了恨美帝约翰逊。我们当时第一个想到的报复他的计划就是破坏他的住房,因为我们直觉到这是他的身体的外延部分,是我们唯一能使他受到伤害的部分。我们用粪便堵了他的锁眼,爬到他家的屋顶上,把他的电视机的天线切掉。但我们没有能使他恼羞成怒,他只是和颜悦色、公事公办地叫来机关大院的修理工,帮助打开锁,重新装了天线。然后对我们说,这是公共财产,要爱护,懂吗,你爸爸怎么教你的?他照旧关着门在家里看电视,我们只能一伙地集结在外面听听电视机传出来的声音,咬牙切齿、跺脚、怪叫、吹口哨。

我 16 岁还差几个月,就到一家工厂去当学徒工。住在单身集体宿舍,这是厂里规定的。这是一栋用红砖草草砌起来的四层楼房,这栋房子盖得和我父亲单位的那个机关大院的楼房差不多,图纸上的数据我都能猜测出来。不就是长多少、宽多少、高多少,然后用高除以 4(因为是四层楼),用宽除以 2(因为每一层楼两排房间),最后用长除以 20 再乘以 2(因为每层楼有两排各 20 间房),再乘 4 就是这栋楼房间的总数。楼道里光线很暗,白天要摸索着走,夜里才开一盏 40 瓦的灯。永远有一股尿臊味,因为楼里没有厕所,解大小便得到楼外面的一个大厕所里去。晚上没有人愿意跑那么远去上厕所,就都在过道里撒尿。有时早上起来,一条过道都被洗脸水和尿淹了。有人就扔几块砖泡在脏水里,踩着走路,这种走法,要有技术,才不会摔倒。这个楼道是我印象最深刻的住房场景之一。工人把这栋楼叫作光棍楼。每间房子都是 15 平方米,支 4 张单人的两层木床,两张写字桌,3 个没有靠背的椅子。住 8 个人。所有的家具都编了号,是公家的。我们这间房住的 8 个人都是一个车间的,最小的是我,最大的是李师傅。这房是分给 8 个人的,但很少有 8 个人一起住的时候,因为大家都上不同的班次，但这个宿舍人最少的时候也有 4 个人在住。在家里睡觉，因为从小就是血缘相通的集体，所以彼此之间也没有多少隐私。但在集体宿舍住呢，譬如打鼾、放屁、脚臭，这些隐私就不能随便。更不能当众照镜子，这是工人最瞧不起的一种举动。不过这时候我有自己的工资，买了一面旅游用的小圆镜，藏在衣袋里，没有人的时候就照一照，粉刺也好掉了，但对自己的外表的信心一直没有恢复。别人也不会故意要监视你的一举一动，但你的一举一动肯定和单独一个人的时候大不相同。睡觉洗脚更衣之类的事，毕竟是人类生活中最基本最日常不过的私事，但在集体宿舍，你睡就要有睡相，吃要有吃相，让公众看得过去，必须合群。大家打牌，你也要打牌；大家喝酒，你也要喝酒。你得容忍在看书的时候，有人也在后面看，并在精彩处由他伸手抓过去，让他先睹为快；得容忍在你写信的时候，有人在后面斜瞟，看到有趣的段落还可以念出声来；得容忍别人笑嘻嘻地翻你的枕头，打开你的抽屉随便翻翻，并把翻出来的某样稀奇什物立即公布于众，提着："你们看，你们看，他还藏着这个！"；得容忍半夜睡得正死，有人把牙膏挤进你的鼻孔里或者把你从床上拖起来，陪他一起熬夜；得容忍有人随便拿你的肥皂用，穿你的拖鞋上厕所……当然啦，你同样可以这么对付他。这些行为并无恶意，而是风俗习惯，被大家公认是彼此之间情投意合、亲密无间、能够长期共存的基础。是将各种不同的生活习性都调整得彼此可以适应、形成相同的生活规律和对事物的共识的必要规矩。你不能将任何东西私有，你的一切都必须时刻处于向公众开放的状态。你如果有什么需要用一把锁锁起来的东西，它立即就会成为公众关心的焦点。如果你要自私，不让哥们共享你的私物私心；或者人家聊天，你却要午睡；大家一起骂天骂地骂某某领导，你却保持沉默……那么在这个天天吃喝拉撒都在一起的群体中，你是一天也待不下去的。由于我从小就习惯于集体居住，所以这样的环境对我并不特别难受，很快就适应了。在集体宿舍住，大家都成了无性的人，性成了和泌尿系统无关只和舌头有关的热门运动。性虽然在集体宿舍里是天天讲月月讲，但在这儿一般是无法对这些话有所体验的。带未结婚的女友来体验，那时候想都不会想。三皮是我们这宿舍最有想象力的，他捂在被子里体验，弄得床很有节奏地响，有人立即明白了这不同凡响的声音来自何处。也不知道这只耳朵怎么就能那么准确地辨别出这声响的源头。本属于三皮个人身体的事，并且是在他自己的床上，但集体宿舍的每一张床都无一例外地被视为公共场所，所以也就马上在厂里传开，众所周知了。大家，几乎是全厂（一千多人）都知道三皮"天天晚上"躲在被子里"射电筒"。不久，三皮的绰号就被大家改成了"电筒"。本来加工车间的团支部正准备发展他入团，也就取消了。三皮从此在大家眼里和流氓、坏分子差不多。有了三皮的前车之鉴，没有人再敢在集体宿舍私下体验与泌尿系统有关的行为了。但据我所知，当时我们这个宿舍的青工，除了集体宿舍，另外的住处就是自己的父母家，他们是否在别的什么地方偷偷摸摸地体验，我就不知道了。但我觉得他们个个讲到这方面的事，切实是只有深刻体验过的人才能讲出来。

我们这个宿舍除了5个青工，还有3个是老工人。老的意思不是说年纪，而是说工龄。这3个人是铜蛋、老木棒和李师傅。他们都是专县上来的，除了这间房，就无处可去。李师傅50岁了，还住单身宿舍，因为他没有结婚，老家又不在昆明。没有结婚就不能分房子，只能住单身宿舍，这是规章制度，谁都不能特殊，50还没有结婚也不能特殊。宿舍里的空处大多给李师傅的东西占据了，一屋子都是他的味道。他甚至把他的床位三面用木板封起来，又裱上报纸，在上面挂着茶叶、干辣椒、腊肉、水烟筒之类，看着就像一个猎人小屋。李师傅有些什么东西，我们都知道。8个人住在一起，什么看不见啊，当时大家如果吵架的话，最常用的一句话就是："你有几条汗裤我都知道。"他每个星期都要整理他的两个木箱子，两个箱子里放的都是新布，有十多块，毛呢、咔叽、灯芯绒都有。李师傅把它们叫作料子。一到休息日，李师傅就把它们一块块取出来，放在床上。每取出一块，他都要抚摸一番。仿佛它们是猫。但他自己从来不穿新衣服，他所有的衣服，连内裤（他叫作汗裤）都打着他自己缝的补丁。李师傅因为一贯艰苦朴素，所以年年被评为先进工作者。当时都认为，穿的衣服上补丁越多的人越是好人。除了两只木箱里的布，还有床底下的木材、焦炭和几块玻璃、一袋子水泥都是李师傅的。他说将来成家，要用。每到春节或什么节，李师傅老家就会有人来，把李师傅攒下的布带回去，把他攒下的水泥带回去，把他攒下的玻璃带回去……我才知道，老李并没有把这地方当成他的家，他的家永远都是马关县的大营村。这可能也是他一直没有在这里娶媳妇的一个原因吧。很多年后，李师傅退休，立即回家去了，听说，他是55岁当的新郎。我们为了让他起居方便，自己的物品就尽量简单，尽量少在宿舍里待，只是下夜班的时候才溜进去睡一觉。李师傅的对头是老木棒。老木棒的家也不在昆明，可他已经结婚3年了，还住在集体宿舍。他老婆是电工厂的女工，每逢星期三是休息日。他和同宿舍的每一个人都达成了协议，逢星期三这一天就让他和他老婆同房，只是白天。我们都很通情达理，他是领了结婚证的，当然比"电筒"有资格体验。逢这一天老木棒的老婆必来，从不缺席。每到星期三白天，我们就自觉地不回宿舍，这已成了舍规。这一天我们都确实地知道有两个人大白青天在屋子里体验什么，心情就很复杂。三皮每到这一天，就不知躲到何处，踪影全无。唐甸生一到这天心情就格外好，大声说话，想入非非地笑。李础娃就心情特别烦，干什么都心不在焉，容易出工伤事故。弹子就蹲在厂门口，逢人就说："今天是星期三噻！"他把"噻"这个音拖长一拍，听说的人就会心一笑。到了晚上，老木棒像个得胜回朝的大英雄，被大家围着问长问短。老木棒吞吞吐吐，讲半句不讲半句，我们就帮他把不便讲的部分补充齐全。老木棒其实是个很笨的工人，技术拙劣，不懂几何，不会看图纸，经常出废品，闹工伤事故。但就由于他在性方面不仅仅是嘴上说，而且还可以体验，所以受到大家的敬佩。白天李师傅也不回宿舍，他蹲在车间里抽闷烟。但时间长了，老木棒会发现李师傅悄悄地蹲在宿舍门口，也不知道是几时蹲在那里的。老木棒很气愤，但又不好说。但此后他和他爱人在里面，总觉得李师傅蹲在门口，听得见他在喘气。有时铜蛋偶尔回宿舍拿些急用的物品，猛敲门，发现老木棒脸色寡白，淌着细汗。她老婆在蚊帐里抽泣，震得蚊帐直抖。后来，老木棒和他老婆离婚了，他老婆逢人就说，他不行。什么不行？我很纳闷，就问铜蛋，他哈哈大笑，说："电筒漏电了。"老木棒离婚，铜蛋却结婚了。他也没有房子，只好扮演从前老木棒的角色，只是他老婆是星期四休息。这些事现在听起来像是虚构，可当时情况就是如此，有些当事人现在都还在，你可以去调查。铜蛋比老木棒厉害多了，他对我说，你搬回家去住吧，我有老婆，你没有。我觉得在集体宿舍住太累了，就搬回我父母家去住了，那里虽然也是集体住，但可以随便一些。他又设法把其他在城里有住处的人都支回城里去住。只剩了他和李师傅、老木棒3个人，他又把房间一分为二，李师傅和老木棒住外面一半，他住里面一半。虽然隔开了，但鸡犬之声声声入耳，大家是否相安无事，我就不知道了。我在这个工厂工作了10年，再也没有住过工厂的房子。厂里虽然一再强调要住集体宿舍，但很多在昆明有家的人都不住，要回城里自己父母的家去住，厂里也没有办法，而且厂里房子也实在是太少了。那时厂里几乎就不盖什么住房，因为一开始的时候，工人大多数是年轻人，一两栋楼足够全厂职工住的了。厂领导忘记了他们都会长大，都要结婚。有很长一段时间，厂里对结婚这种事是不考虑的，提倡晚婚。因为没有房子，多一对结婚的，就要多一份与革命生产无关的麻烦。当时工人们觉悟都很高，结婚的事能拖下去就尽量拖，如果早早地就结婚，一般都被视为不求上进没有远大理想的表现。当时的先进人物，大都是晚婚甚至终身不娶。由于社会风气如此，分房子是大家不会当回事提出来的事，要房子和闹名誉闹地位都是属于思想落后的行为。房子，在我们这些新社会长大的更年轻的人看来，根本就不重要。我在结婚之前，可以说从来就没有过一个自己单独有住房的愿望。这是我这一代人和那个空谷幽兰的老表姐的最根本的区别。有人以为我们和老表姐们的区别是由于一代人与一代人的不同，我认为恰恰就是对待家这种最基本的问题上的区别。一个可以幽居的家是她一生的愿望，而我却以为这根本不重要，无足轻重。

但这种区别在我是很快就动摇了，这是由于我认识了芒。芒是另一个车间的。他是我中学时的同学，以前关系并不密切，中学时代，我从未去过他家。我和他密切起来后，就觉得这个老同学有一种以前我没有感觉到的对我来说是很陌生的魅力。后来关系密切起来，芒提出来邀请我去他家玩。我很想去看看芒的家，但一开始我很犹豫，因为怕见他家的大人。我搬回家去住了，但仍是和外祖母和弟弟住一间，而且外面半间就是全家的起居室，全家吃饭做事、父亲与单位上的同事讨论国家大事都在这里。有时我的朋友来找我，我们只能坐在我的床沿上，拉上隔布，窃窃私语。但年轻人的话和父母的话是不一样的，而父母又控制着可以讲什么不可以讲什么的大权，所以，我和我的朋友要讲并且非讲不可、不吐不快的话是一句也不能叫父母听到的。可那时的父母，又特别喜欢听孩子们讲些什么。因为他们早已习惯自己讲的话被人听，并且时刻严格要求自己只讲一千句一万句都可以被别人听的话。他们都坚信，孩子的话没什么不能听的。他们很害怕孩子们讲出什么不能被别人听的话来。但事实上在很小的时候,我就有许多一句也不能叫父母听到的话。很多孩子为了掩饰他们的另一种语言,很小就成了说谎者,为的是让父母们相信他们和他们都有一样的语言。所以,凡有可以胡说八道的好朋友来找我,我就十分压抑,我们和父母的距离那么近,犹如监狱里探监时家属和犯人的那类距离,我们只有相视而笑,神秘地眨眨眼睛。乘父母出去散步或做别的什么事的空子上,我们才能讲讲自己的话。奇怪的是,我们讲这些话,并不害怕我的外祖母听到,她好像是和我一样有那种不能公开讲的共同语言的人。当时我认识的同龄人,几乎都是像我一样,住在父母的家里,处于他们无微不至的倾听下。这也是我从小就不喜欢待在家里的原因。我实际上认为,这里只是一个睡觉的地方,我的家是在另外一些场所中,比如厕所后面的空地上,学校附近的乱草丛中,圆通山的石头群里。在那些永远美妙的去处,我们干了多少父母们永远不知道或者他们知道但不准我们干的好事啊。芒与当时的大多数年轻人不同,他居然没结婚就一个人有一间自己住的房子。他告诉我时,我立即不祥地想起了老谢。我问他怎么能够一个人住,他说他父亲是某一级的干部,他家的房子很大,他和他哥哥妹妹都是一个人住一间。

  其实到一个人家去玩,在我国是很日常的事。在乡村,自古以来彼此串门子是村民们团结和睦的一个重要基础。门不闭户是一个家庭光明磊落的象征,因此我之所以从小就可以随便进入许多邻居的家,把他们睡觉的床都记得清清楚楚,这并非偶然。就是今天我已是人到中年,我还是可以参观许多朋友家的床。就在我写作《住房记》的期间,还曾停工应邀去庆祝一位青年作家的乔迁之喜。他特意把我们领进他家的卧室,让我们欣赏他"价值一万多港币的啦!"的进口双人床、床垫和床罩。我国人民的日常问候语之一,就是"改天上家来玩啊"。我以为,"家"的意思,除了以婚姻和血统关系为基础的社会单位居住的所在这个意思之外，它还是由私有化所衍生的一个私人生活之场景（由于《现代汉语词典》的"家"这一条，没有这一意义，我自己补充了我的这一发现）。也就是说这是一个夫妻进行房事、养儿育女的所在，家人点数钞票收藏存折家私的所在，议论家常的所在，私人洗涤内衣、内裤、乳罩、袜子的所在，可以嗅出一个人的真正气味的所在，也就是专供私人进行藏污纳垢的所在。这样一个关键的内幕，竟成为像公共场合那样可以随便让人去玩（玩，《现代汉语词典》规范的解释之一是：用不严肃的态度来对待）的场合。可以想见一般人对家的无足轻重的观念是很普遍的。严格地说，邀请别人去的地方应该只是家的可以公开的一部分：客厅。既然整个的家都可以邀请别人进去玩，说明客厅的功能已经覆盖了全家。这种家无论其居住方式，还是居住内容，都不再是私人性的。用卧室取代客厅，这正是革命最深刻的成果。只有这样的家才可以公开地自豪地邀请别人去玩、去串门子、去参观、去庆祝乔迁之喜。试想一个在私生活上有见不得人的秘密、成天忧心忡忡、担心家丑外扬的人敢成天把"有空来家玩呀"这句口语挂在嘴上么？只有客厅式的家，才有利于广泛地评选五好家庭，并在全社会形成向这种家庭看齐的良好风气。为了让我家成为五好家庭，我父母总是不断地督促我，要我和弟、妹把床铺收拾得整整齐齐、干干净净，要外婆把桌子椅子等家具擦得干干净净。衣服朴素大方，灵魂深处一言一行都要符合标准。他们自己更是不仅身为父母，而且身为师表、心如明镜，让我们一眼就能照见自己身上的灰尘。父母总是说，被子不叠好，让人来看见像什么话！这也是真的，从小到大，我睡觉的地方从来都是外人来了可以参观的。而来的生人都会要求参观一下这个家。我父母在摆设家具的时候，念念不忘的一件事就是别人来了看见会怎么说。他们觉得家是他们最大的一个面子，一切都要让别人看了满意，所以有时虽然某种布置会令家居很不舒服，也硬要这么搞。比如我们家因为地方小,几面墙被家具一放,挂印刷品的位置就只有支饭桌的这一面墙,当时我说把挂历挂在这面墙上,因为天天要看,还要记些备忘的事在上面,挂在这里用起来最方便。但我父母一定要在这里挂领袖像,说否则别人看见不好。只好把挂历挂到我和外祖母睡的里间。我父母每天要把头伸进隔布来看日子,每次看都要开电灯才看得清楚,浪费了不少电。后来到了"文革"末期,昆明社会上流行在家里的客厅摆设木沙发,其实大多数人家都没有客厅,但风气一开,就都要在接待客人的那间屋支上两个沙发。我家也在我和外祖母睡觉房间的外面那一半支了两个沙发在饭桌旁边。这样一来,房间就更小了,如果进出不注意的话,膝头就要撞在沙发扶手上。尽管这个世界对于我一开始就是一个大客厅,我来到这个世界一开始就是寄居的身份,后来又习惯于集体宿舍的床位,还是从我外婆那里不加批判地继承了一些现成的与"家"有关的套话,"有空来家玩啊"就是其中之一。梦里不知身是客,每逢熟人就要言不由衷地说,有空来家啊。实际上我指的是集体宿舍,那个支着高低两层的单身床铺的地方,而不是有沙发茶几的客厅。我记得,我中学时的一个同学还上过当,她相信了。当时我还住在厂里,她冲着"来家玩啊"找上门来。一宿舍的人都停下来,将这个人体上下打量,弄得她很紧张,满脸通红。最后我只有带她到工厂外面的田野里,坐在田埂上,开始我们的初恋。这次初恋从未进入过房间,在春天田埂上开始,在夏天的田埂上结束了。

我到芒的家里去了,我相信芒家也是"客厅"一类的所在。那是1972年左右,那时候还会有不是客厅的家么?一排平房,都是他家的房子,家具等什物倒也没有什么特殊之处,和我家的差不多,也是编着号的。芒的房间比他本人的床位大七八倍,有我在厂里的集体宿舍的一间半那么大,他的房子给我留下了强烈的印象,立即成为我永远难忘的住房场景之一。这间房子像个垃圾堆,鞋子啦袜子啦短裤啦啤酒瓶子啦罐头筒啦扔得满地都是。他睡觉的地方不是床，而是支在地上的一个大垫子，我估计是运动员翻跟头用的。上面乱七八糟，像是刚刚干过了什么需要激烈运动的事。所谓罪恶的深渊是什么，在我的想象中，不就是一张这样的床吗？稍微仔细些看看床单，就知道他肯定经常关着门在这床上体验那种令"电筒"倒了大霉的事。被子肯定是从来没有叠过，只是打开盖上，盖上打开，散发着芒身上特有的味道。墙角还放着一面可以照出全身的穿衣镜，我立即把自己清清楚楚地看了一遍。最令我吃惊的是，他居然在墙上挂着一张他本人的黑白照片，并且放得有通常挂在墙上的毛主席的像那么大，并且也就挂在那个位置。我也有自己的照片，但它们都是一律放成大一寸，或是120底片那么大，别在相册里。我从未想到可以把它放那么大，挂在墙上。那时候，墙上是不可以挂任何私人照片的，中国所有的墙都留给了领袖像和标语。这虽然没有明文规定，但早已在人民中间约定俗成。事实上在此之前，我从未在哪个人的家里见过这样大的私人照片，我因此怀疑芒是不是思想反动。这个家真是令我目瞪口呆，我觉得这里不是什么"家"，而应该是叫作"窝子""巢穴"之类的地方。我在词典里有关"家"或"住房"的词条下找不到关于这种"家"的解释。我还真在"窝"这个词条里发现了这个"家"的某些含义，窝：鸟兽昆虫住的地方。坏人聚居的地方。【安乐窝】泛指个人（构筑的）所谓安逸舒适的、与世无争的生活环境。窝，虽然与世无争，但肯定是人所难容的，如果被单位上的人看见，芒就倒霉了。我记得那天在芒的房间里，我的第一句话是说，人来了看见怎么办？芒说，不会，这是我的房间，不会有人来的。他又说，即便来了又咋个呢（咋个，昆明方言，"怎么"的意思）？我爸爸都不管我，谁又敢管我？我自己的房间，我想咋个就咋个。想咋个整就咋个整，我又不整给哪个人看。这种明白如水的话，当时在我听来，就像经过深思熟虑的异端言论。芒的住房充满了令我心痒毛扎的秘密。我在有礼貌地喝了一杯茶之后，终于不由自主地开始翻弄起来。芒说，随便翻，随便翻，就当你的家一样。我于是连床垫都掀起来看过之后才罢手。

芒的住处立即成了我的窝子，而我的父母的家倒成了旅馆。我觉得只有睡觉这件事才和它有关系，我父母也看出来了，他们说，你怎么成天到晚一得闲就往芒家跑，他是你爹还是你妈？我们这里是不是不收钱的旅馆？我觉得这话很对，但我说谎道，不是不是，我是在他家练哑铃。我在芒家又结识了另外一些像我一样、在这个世界上只有床位而没有家的人。芒家的门从来不锁，我们可以随时在任何时间到来，以最流氓的姿势出现在房间里，犹如脱下了笨重的棉衣，你做什么都可以，只要你想象得出来，并乐于体验。但我们的想象力是十分有限的，因为没有这种私生活的参照物，我们只不过学会了聊天的时候抽烟、吐烟圈、上床不脱袜子、躺着喝酒、大声说话，学会了胡说八道，学会了直言不讳，学会了唱黄色歌曲，学会了跳两步舞……学会了当时社会上见不得的许多名堂。往往，在我们得意忘形之际，会猛然听见一阵钥匙转动的响声，我们闪电般地复原，这时不是芒的父亲就是芒的妈妈会探进来一个头，说，声音小点，不要影响别人。我们发现，芒的父母都有芒的房间的钥匙。我问芒，他们是不是随时会进来？芒说，偶尔过来看看，不过他们不会说什么。有一回我正在看一本手抄本，忘了锁门，猛回头看见我父亲正站在我后面，吓我一身冷汗，也不知道他是什么时间进来的，我看迷掉了。李壳是我们中间最有想象力的，甚至把他的女朋友带来这里，借芒的床用。他的理由是，那些30岁的人可以日，我19岁的人为什么不可以日，我还不是长着一根鸡巴。说得如此痛快，以至我忽然发现以前我基本上就没有撑撑脱脱地说过话。我实际上一直在吞吞吐吐，说些我不知道为什么要说的话，比如，有空到我家来玩呗！在芒家我们慢慢养成了撑撑脱脱说话的坏习惯，这种习惯像手淫一样，一时痛快，后患无穷。那毕竟是一个大多数人都在被一只看不见的耳朵监听着的时期，最痛快的话实际上也就是在家里不准说的话，出了家也不能让人听见的话。所以后来我们又长大几岁，懂了些世故，意识到已经养成的恶习会带来多么严重的后果时，已经来不及了。所以，我后来干脆选择写作这活计作为自己一生使用舌头的方式，因为这是唯一一个可以把撑撑脱脱说话视为职业道德的职业。但其他人没有选择写作这种方式，而是选择了学会说大家都可以听的话，所以这些当年曾经一句顶一万句的青年，后来都学会了形容啊比喻啊含沙射影啊口若悬河但不知所云者何。芒的房间让我看见独自一个人住是怎么一回事，这种住房甚至会改变一个人的话语方式。那时芒对我们说过许多话，我闻所未闻，张口结舌，仿佛是在听一个精神病人的自言自语。这个房间使未来的时代提前到来了，使我在 10 年前就能像 10 年后那样说话。幸运的是我在 19 岁这样的年纪，就及时地遇上了芒，否则我得等上 10 年才能明白许多事。10 年是什么意思，就是一个人稀里糊涂就被时间熬成了傻瓜。其实芒并不是先知或天才，也没有什么九死一生的经历，一如那个时代的许多人那样，仅仅是他有一个自己的单间，因而可以过一种与众不同的、别人看不见的、可以自言自语的私生活。但这种拥有私人生活场景的房间当时却成了对抗公共生活的一间展览私人生活的"客厅"，至少它在许多年里成了我和好几位青年的客厅。因此，这个房间其实是最不具私人性的。这其中一个原因，我以为是由于这个单间从根本上来说并不是芒的家，芒也是一个寄居者。芒现在还在昆明，是一家医院的药剂师。

到了 70 年代末期，开始盖了一些住房，分房子这件事才渐渐开始成为人们生活中的一件大事。当时我和我弟妹都参加了工作。但都还是住在我父母家里，相当挤，因为我们每个人都长到 50 公斤以上了，而我们住的房子是我们只有 10 公斤左右的时候就在寄居的了，早已容纳不下，我们每个人在家里实际只是有一个床位罢了。幸亏我父亲又分到了房子，他是我们家第一个分到房子，并且又一次分到了房子的人。那时我们都觉得，分房子这样的事，只会与他有关。我们又要搬家了，这回是搬到另一个新建的大院里去，所有人都想象得出来的那种大院，今天已经铺天盖地屹立在欣欣向荣焕然一新的祖国大地上的那种大院。一家人先过去看房子。17 栋 504 室，有厨房、厕所、阳台、计算了一下，这房子足够我们一家 6 口住的了。还可以有一间真正的客厅。一家人高兴得像分到了天堂似的，讨论如何布置房间就讨论了几晚上。别人家都是用油漆刷墙裙，我家也刷；别人家都是用油漆刷客厅，在卧室铺地毯，我家也是；别家把窗子敲掉改成铝合金的，我家也改。我建议把阳台封起来让我住，父母同意了；我建议房间里不用床，像日本人那样，直接睡席梦思，父母不同意，说，外人来了看见像什么话！在搬家后的第二天，我外祖母就去世了。她是坐在为我家搬家的大卡车的驾驶室里搬过来的，怀里还抱着一个水壶。我听到她在车上嘟嘟嚷嚷地说，这里连鸡都养不成啦，太阳也晒不到啦……到了新房子后，她说要睡一下，就自个去睡了，我们也没怎么在意。当我们把一切收拾好后，才发现她已经不在人世。第二天，我看见楼下放着一口黑漆棺材，这是我外祖母多年以前就买下的，一直藏在我姨母家里。她早就知道后来的人都是要用火烧掉的，她害怕她的棺材放在我父母家里，会被没收。所以这件事我父亲也不知道。这口用陈年楠木造的老古董式的棺材，依据的是晚清的样式，与这栋新房子很不协调，但我外祖母安详地睡在里面，那样子我永远都记得，那是睡在自己家里、自己的床上才会有的样子。

　　我终于有了一个自己住的单间，是阳台改造的，7 平方米，刚够支一张单人床和一张写字桌。布置这个房间令我兴奋了好几天，我终于也成了我的朋友中独自拥有自己的房间的少数幸运儿之一。我在墙上贴了诗人普希金的像，因为我见过一位诗人的家里也是贴这张；贴了用毛笔书写在宣纸上的颜体字：奋斗；贴了大海的风景、高山的风景、落日中的河流，还贴了足球明星的照片；把以前放在木箱里的书籍都陈列在桌子上。这个房间布置得充满隐喻，使来客绝对想不到我当时实际上还是一个工厂里的工人，而以为这里住的是一个多愁善感的、热爱大自然的、有文化和教养的将要写出不朽的抒情诗篇的不知道靠什么混日子的青年。这个长达3天的安居工程，费尽心机的是墙，然后是书架、桌面，为了让一个维纳斯的石膏像与墙上的印刷品协调，我反复多次地调整她的位置。至于床，我后来随便抬了一张那种编着号的木板单人床，它是我父亲单身时睡过的，我父亲对此举颇为满意，认为我继承了艰苦朴素的家风。他只是对我在墙上挂的条幅"奋斗"有些意见。他的意见是，为什么奋斗？不清楚。是不是个人奋斗？外人看见不好。这次我是我行我素了，没有采纳他的意见，只是为了让来玩的人印象更深刻，我又用水笔抄了一段马克思的格言贴在"奋斗"下面："只有在崎岖小道上攀登的人，才有希望抵达光辉的峰顶。"这个房间的缺点是没有锁，我说要装一把锁，家长说没有必要，都是一家人，锁着干什么，我想想父母的房间也一样不锁，就不再坚持，但在里面装了一个插销。我终于能在夜晚独自一个人以我个人的姿势睡觉了，这是我认识芒10年之后，当时我才19岁，现在我已经29岁。芒早已结婚，结束了寄居，有了自己的房子，与一个女人和一个男孩建立了新的集体。那夜，我像睡在一间陌生的客房里一样，无法入眠，胡思乱想，忽然想到自己今后或许会有和女人同房的机会，心一阵猛跳，就爬起来打开灯，拿出专门为住这间房而买的折叠式台镜，把年近30的脸凑近了，细看微观。

城市记

80年前,窄轨的铁路从中国南方的边境进入云南高原,穿过那些红色的高地和白色的石头抵达昆明。来自巴黎和河内的乘客在一个暮色苍茫的黄昏所见到的,不过是广阔农田包围中的一个用大砖砌起来的灰色岛屿。岛屿?这是一个勉强并易招致误解的比喻,这个城仅仅与一个被海水包围的岛屿在被包围这一点上可比,但它不是岛屿,它是建立在陆地上的与周围的传统景色完全不同的一个砖砌的聚居着人类的城市。火车站没有电灯,在油灯或烛光微弱的照明中,乘客们见到一条条狭窄的石板铺设的街道和漆黑的木阁楼,细微的黄色光线从木板墙上漏出来,犹如中世纪寺院中的僧侣在窃窃私语。旅客们高一脚低一脚地在街上走,马匹的庞大屁股从他们的行旅间粗笨地擦过。与这些个乘客印象中的城市一词有关的事物,恐怕就是他们刚刚离开的火车。在乘客方面,立即激起了一种怀旧的感伤,仿佛祖先的世界被上帝移到了东方。本地的居民们却望着浑身冒烟、黑乎乎的火车发呆。关于它,他们一句话也说不出来,他们要把他们所见的告诉另一个人，只能说，它长得像龙，黑得像木炭，比马比轿子跑得快。但那个没有见过的还是不明白，问，那么它是不是在飞了？那个见过的人就觉得他再说也说不清楚，无话可说。这个东西，在这个农业社会里实在找不出经验里可以"像"的相似东西来。它就是 huo che。说你也不会知道，它在我们的说法里本来就没有"道"。要看见才会知"道"。火车这个新词只靠口头流传，就是 huo che 这个音节所代表的东西，一个叫作 huo che 的东西。居民们不知道，huo 如果写成汉字，就是火焰的火。幸而那时印刷品尚不普遍，不然他们望文生义，就更糊涂了，着了火的车如何能够坐人？而这问题就更难回答，它和 huo che 无关，而是和语言学有关了。

  正如 80 年前那些本地的居民面对火车处于失语状态一样，我今天写这篇《城市记》，也不知从何说起。关于城市我能说些什么？我诞生在里面、吃饭睡觉在里面、说话做事在里面、娶妻生子在里面，今天我写作这篇文章就坐在昆明市某某街某某号某幢某单元某层楼的一间屋子里面。我在电脑上打出了"城市记"这 3 个字，之后电脑屏幕空白了一周。我不知道关于城市我能说出些什么，我的言语习惯是，要说一个事物，我必须说出它像什么或相似什么，形象思维。如果我仅仅说"这里有一座城市"，那么我什么也没有说，读者也不接受，以为我的想象力没有开动。可是我确实不知道对于一座城市，我应当说它像什么。犹如一个核桃坐在核桃壳里面，不知道核桃像什么。终于说出了一个"犹如"，可是核桃和城市有什么关系，无非在被包围这一点上可比。我知道我的生活被一个城市包围着，可是我不知道对于这日日夜夜包围着我的一切，我应该用一些怎样的动词、名词、状语、形容词……告诉给人。我的词素就是那两万多个，它们在数千年前就被创造出来了。那时，包围着我的这一切尚闻所未闻。我无话可说，不是不想说，而是想说，但是没有说法。啊，那儿一定有什么事情正在发生着！但我说不出来。

　　我对我的这个寄生之地毫无灵感。我从不把故乡一词和我居住的城市昆明联系在一起。我以为只有我的祖籍才是我的故乡，我的根。我常常从父母的只言片语中听到我的故乡，那是一个有着水田和大河的位于盆地上的大村子。可爱的故乡，关于它的说法早就成为中国文学的经典，"漠漠水田飞白鹭，阴阴夏木啭黄鹂"，怎么说怎么美，谁不说我的家乡美？我回忆我自18岁以来的习作，发现我的写作是从距我的诞生地20公里之外的乡村开始的，我最早的诗歌写的是郊外山冈上的落日、蒲公英、落日之下的村庄和凡是孩子都会有的那种外祖母。我的文笔稍微熟练些之后，就涉及四时风光、庄稼、牲畜和广大农民以及他们祖传的善良、朴实、勤劳这些看不见只能悟的更深处的东西……我的作品越精彩，我的写作范围距我的诞生地就越远，我的灵感就越喷发不止，妙语连珠。实际上，我在日常生活中并不说这些话，我使用得更多的词语还是由城市所派生出来的。譬如，我每天至少要说十多个"买"这个词。早上我至少得说一回与吃什么早点有关的"买"，其他时间，我还得在若干方面用到"买"。在城市里活，一个人不买他一天都过不下去，这地方毕竟和自己动手丰衣足食的乡村不同。今天一天，我买了一支牙膏、一包味精、两张电影票、一本《大众电影》等等。但我只要一拿起笔来，脑海里出现的句子从来没有一次是由"买"开始的。而是从那些与我今天的买毫不相干的名词开始，例如从免费的泉水或蘑菇、动物、荒野、洞穴、植物开始。我的目光神奇地越过横挡在我眼前的城市，乘着灵感的天马，视线从我的眼前绵延出去十多公里的建筑物、街道、公厕、巷子、商店、银行、钢铁厂、市民……于不顾，驰向远离我的5幢1单元202室的乡土中国。小时候，睡在钢制的摇篮上，我外祖母永远在念这样的歌谣，"三月三，荠菜花儿赛牡丹……"或者讲述遥远的山冈和森林里发生的故事。在我外祖母、母亲、老师或其他长辈的故事中，美丽、纯洁的世界永远在远离城市的地方，而人们几乎不在童话里提及城市。在故事中，城市总是和鬼宅、鬼医院、鬼楼梯、男女关系、市侩、老鼠、梅毒、癌症、尔虞我诈等一切罪恶、丑陋、庸俗的语词有关。在我的母语中，生活中具有价值的东西，例如，大英雄、桃花仙子、古铜色的皮肤、结实的肌肉、善良正直、勇敢、贞操、"美好的生活""梦中的天边外"无不来自城市郊区以外的乡土中国。我的母语分裂成两部分，作为世俗的市民我说一种话，作为精神的遁词我说另一种话。我的说法和我的行为在组成我的存在时是分裂的，用语言学上的说法，就是能指和所指的分裂。实际上我就是一个市民，有户口册为证。在行为上，我和任何一个市民都一样，睡觉、吃饭、洗衣服、上班，过着挣钱、付费、交易、收支、得失的碌碌生活。为物价上涨而忧心忡忡；为孩子上学而焦头烂额；为和各种关系搞好关系而胁肩谄笑；为搞到一笔外快而站在人行道上咧嘴小笑；随便地把一口痰吐在地上；在家里讲卫生，在公共场合不讲；为在公共汽车上混了一回票始而紧张继而得意；看电视，听广播，读晚报，关心国家大事、国际风云；吃红烧肉、啃卤猪脚、舔冰激凌、嚼煮花生、喝大碗茶……当市民当得心甘情愿、心满意足、如鱼得水、心安理得、如胶似漆、心宽体胖，但我对市民一词深恶痛绝，我尤其憎恶小市民、市侩这类名称。我知道在这俗不可耐的城市之外，存在着一个与我的精神境界和话语结构吻合的世界。语言是存在的家园，我的家园远离我的户口册。多少年，我在我家的窗口眺望看不见的远处，内心一直有一个声音在呼唤，总有一天，我要回家。但我直到今天也没有回去，明天也不会回去。我的成天念叨故乡谣曲的外祖母没有回去；我的动不动就说"老家如何"的父亲没有回去；我更不会去了，我才不会愚蠢到那种程度，把我的城市户口销掉，跑到乡下去当农民。条条道路通罗马，世界上的道路都是通往城市去的，或者说是为了与城市发生联系的。看看世界地图,所有的公路、铁路、水路、航线无不是为了把世界与城市联系起来。人们在青年时期常常爱说,总有一天,我要到远方去,这个所谓的远方,不是指另一个村子、另一座山或另一个盆地。远方这个词,意思虽然诗意朦胧,但具体起来,却是指一个会使他幸福起来的地方,会使他有种种机会战胜命运,进而不是退,放开而不是关闭起来、不再什么事情也不发生的地方,这指的就是城市。城市像一块黑色的磁石,吸引着农业世界的精英、美女、好汉和无赖。啊,那儿一定正在发生着什么!人们一边拥向城市去,一边用母语诅咒着这个把他们早已在某个象征中被固定了的人生刺激起来,搅乱、重新开始的地方。城市是什么?它和公厕这个词一样肮脏,任何一个外乡人都有可能在这里找到一个蹲位。人们一边为自己获得蹲位而暗自庆幸,一面捂住鼻子,一面怀念在他出发的那个"远方"的原野上拉野屎的温馨往事。而城市,它提供了蹲位,但它不是任何一个人的"亲爱的故乡",在这里没有母语和乡音,人们即使私下里喜欢它,也无话可说,就像一个童男子无法公开当众表达他对一个美妓的爱,不是他不敢,现成的话语中就不存在对妓女的褒义词。他必须先从良家妇女说起,指出这个妓女和良家妇女的相似之处,可他爱的就是这个妓女与良家妇女完全不同的东西。他喜欢城市,他必须先说出它像乡村的什么,可它实在是什么也不像,所以他无话可说。

  在我的诗歌中我从不提及我的诞生之所。我诞生在世界上无数的城市之一的昆明市的一家医院里,这家医院今天还在,并且我的小女儿也诞生在这家医院里。从我的小女儿的诞生,我知道了"诞生"这个词在视觉里是什么样子。在以往的时间中,我一直拒绝把"诞生"一词和这家医院联系起来。我的"诞生"只和太阳、植物出土、乡村中国的稻草堆上庄严的生育有关。事实上我诞生的地方位于城市阴暗的下水道之上的一群灰暗的建筑物中。我不由自主就使用了贬义的词语"阴暗""灰暗",那儿的能见度确实很低,称为阴暗是吻合的。但阴暗或灰暗的意思不仅仅只是一种能见度,它在汉语中更多的是作为一种精神向度使用。我实在想像言说乡土那样言说城市,但我无法使用我知道的词语把它说得像乡村那样明亮、朴素、自然、准确。同样的词,在乡村是亲切的、朴素的,在城市则是陌生的、不道德的、生硬的、做作的、虚假的……试比较:老鼠,在故乡的充满牛屎味和泥巴味的打谷场上蹲着。老鼠,在城市的充满废物味和水泥味的下水道边蹲着。你觉得有美感的是哪一句?事实上我的诞生地距那个储存着种种污物,常年麇集着大批老鼠,肮脏、腥臭、细菌丛生的下水道不过数米之遥。充满着药物味道的房间里,使得"诞生"一词有所指的女人们疲惫地躺在钢丝床上,地板上扔着用过的卫生纸,泅出来的血迹像一朵朵红蔷薇。事实上我看到的就是卫生纸上的一些形状各异的血斑,但我立即就联想到蔷薇,我只能这么把它录入文字中,我无法实录。"用过的卫生纸,上面有女人的血迹"这是什么意思?令人恶心。"地板像夏日多情的天空,姑娘们的红蔷薇在那儿开放",每个人读了都明白这有诗意,都高兴。诞生一词的视觉效果如此糟糕,如此缺乏诗意,我目击的诞生和我知道的"诞生"是如此不同,以至当我要对它进行描述的时候,我找不到象征,找不到形容词和状语,我只能把它们说成一些它们根本不是的东西。我可以富于诗意地想象一头豹子在草叶中的诞生,一位农妇在玉米地里的诞生,但我找不到合适的有意蕴的词语来描述一场发生在医院中的诞生。事实上,在这里的诞生是安全的,卫生和合乎科学的,但当我描述它的时候,我却忍不住要诽谤和诋毁它。它是如此枯燥乏味,仅仅与器皿、药物、子宫、胎盘、阴道和生理活动有关,这些词语能登大雅之堂吗?能写成条幅挂在客厅的北面吗?我不能把献给乡土中国的美丽、朴素的关于太阳的诞生的词汇献给一家城市医院。我的小女儿诞生了,我内心充满着对医院的感激，但我不会像歌颂太阳那样称它为母亲，我无法把母亲一词和手术刀、污物桶、血绷带、针头、医生联系在一起，虽然正是这些词的使用，母亲一词才成为我生活的事实。

  关于城市我能说些什么？我从来不提及我的初恋，我的初恋无可奈何地在城市里发生。以至我所知道的一切关于初恋的状语都无效了。在我少年时代以来的理想中，某个有着溪流和森林的山谷才是初恋的所在。我却不可救药地爱上了一个女工，她在机床喧嚣的车间里使我想到屈原诗歌中的女神，那些车床铣床刨床就变成了一丛丛春兰秋菊。我勇敢地穿过它们去找我的女神表达我的爱情，但她说她在上班，让我下班之后再去找她。于是在下班之后，我们找了一个厂里看上去最适合于谈恋爱的地点去约会。那儿是一个废弃的防空洞，灌满了水，水里泡着一些生锈的钢材，一些红色的泡沫浮在水面上。这儿距厕所有100米左右，距锻工房155米，距食堂200米，距职工宿舍100米。唯一与恋爱一词有关的事物就是头上的蓝天和白云，以及水池里的波纹。我记得那时我19岁，我们谈到了林黛玉、蘑菇、蒲公英、小时候、外祖母，回忆了各自有限的乡村见闻。如果不看我们的谈话地点，只把我们的话录下来听，听众一定会以为我们俩是坐在月光下的山谷中。在整个的谈话过程中，我不停地搔抓右耳根，并几次把裤带解开又慌忙系好。我知道这种动作不雅，可我过一会儿就忘了。她的动作倒全是大家闺秀应有的，只是做得太勤了，她的辫子没有落到前面来，她也要把头甩一下，做个把辫子甩回去的假动作。末了，上班的时间又到了，我们就回去上班，在经过厕所的时候，她进去了，我一边在外面等着她，一边看墙上不知何人用粉笔写的一行字：李毛是个小杂种。看了3分钟。我们的爱情几天之后就结束了，原因是，我后来约她晚上一起出去走走，"在月光下散步"（其实是电灯光下），她说，今天晚上停电，不想出门。这话把我气疯了，高尚无比的爱情，竟然和停电这样的词联系在一起，我从此结束了我的初恋。在好朋友一起回忆各自的初恋的时候，我私自把我的初恋上演地移出了原址一百多公里，移到了我们工厂的农场里，并把5月份发生的事篡改为一个含混的季节——秋天。把炎热的中午改成"明月松间照"的晚上。把那个防空洞涂掉，改成"一片洒满碎银（注意：碎银，是隐喻月光和珍贵的时光，美吧？与金钱无关）的干草地"。把锻工房所在地改成"山谷"，把其他糟蹋了我初恋的肮脏部分一一抹去，重新填上夜莺、森林、小溪、微风等等。唯一没有抹去的只是她，当然也有少许变动，我们的初恋不是以"停电"告终。而是在最后的时候，"她忧郁地说，起风了"，我发现我的篡改轻松得很，没有引起听众的丝毫怀疑，他们相信初恋这种事当然应该滋生在这些词汇里。我发现，如果我老老实实地交代我的初恋，他们倒可能怀疑我编造了自己的恋爱史。

我发现我只能用谎言来说我的城市，我只能从既定的象征系统（已经建立了经典的美学地位，已经盖棺论定，封闭在历史和传统中的，通过语言支配着我的思维方式的象征系统）中来获得关于它的灵感。说起城市，我得先想想它和什么样的美相像，这毫不费力，我可以立即就想到一句：城市的海洋。但它绝不是海洋。海洋是自然的造化，是透明的、流动的、没有交通规则的……而城市却是人为的、阻隔的；海洋的大令我想到自由，而城市的大却和"囚"这个字有关。海洋常常令目击者产生一种整体感，但城市却是人无法把握的。我住在一个庞大的由人造起来的世界中，我仅仅是这个"大"中的一个什么也不知道的碎片。我站在它里面看不见它，站在它外面同样看不见它。我看得见的只是它的一个片断、局部。譬如某堵墙的一部分，某堵墙上的广告中的一张，某条街上的某一辆汽车，某栋房子的某一个窗子……但大海我看一眼就够了，水、蔚蓝色、辽阔、宽广，从任何一个方面看过去都不外乎这些。关于城市，我知道或看见的眼熟的不过是我现在拥有的我在单位上分得的这30平方米的房间。而这个城有上亿平方米，几百万间房子，我不知道其中任何一间在我写作的时候在发生着什么事。它们肯定不是蔚蓝或者辽阔。但我知道大海，我的阅读经验告诉我，它现在无非是风平浪静或巨浪排天。大海这类非人造的大地原生物，最适于进行整体的形而上的把握，随便一句"红钢琴落进了蔚蓝的大海"，色彩感出来了，音乐感也上来了，上帝或魔鬼也若隐若现了。但我无论是站到城市最高处（钟楼或摩天大楼）还是它的地下室里都无法把握城市。在高处，我见到的不过是形状各异的屋顶，以及屋顶上的种种杂物。我不知道对这些灰色红色白色的屋顶和飞翔在它们之间的鸽子和麻雀说什么，我只觉得它们像塞尚的画，而我没有一支塞尚那样的笔来解构拆除它们。望着这庞杂的我无法把握的坚硬的水泥和瓦织成的网状的遮蔽物，我幻想自己忽然伸出一只上帝那样的手，一把就将这些遮蔽物揭开，我就能立即说出城市的真相。但当我真的揭开了，看见了表面之下的里面，深处，我却看见形形色色各不相同各得其所的生活内幕，没有人处于同一种状态中。不像此时在郊外的田野上，成千上万的人都同样在太阳下高举锄头。我不能说它们是蔚蓝色的。那是在同一时间中，但我会看见人们在干着各种各样的事，无以命名，匪夷所思。所有的人都处于一个城市里，但所有人对别人都是局外人，你不可能像知道那些农民此时此刻都在干什么那样自以为知道一切。有些事在经验中以为是在晚上干的，但会看见它们在光天化日之下进行，"阳光下的罪恶"。有些事在象征中都说是春天发生的，却在39摄氏度的炎热正午开始。在黄色的事件中夹杂着红色的细节，在灰色的过程中闪烁着金色光辉；在阴谋里谋的是透明度，在罪恶念头里实现的是善的事实……并且我只能看这形形色色的一个点，亮的或暗的一点，凸起的或凹下去的一点，否则我就眼花缭乱，视而不见了。我形容说它就像一个巨大的魔鬼，可是这个世界上可以用魔鬼来"像"的事物实在太多了,这个魔鬼与其他魔鬼的区别在哪里,特征是什么?制服它的剑有什么样的巨手才能把握?如果上帝已被公认制服的是撒旦,那么这个魔鬼又是谁来制服?我说它就像一个地狱,可是它的出口和入口又在何处?是在写着"进入市区,减速"的那个牌子下面吗?而它可能也正是许多人梦寐以求的天堂,不信你问问那个坐在第二十二层某个写字间里的正在使用某种塑料的动物。而在地下室内,我看到的就是一间地下室,它是城市的下面吗?是它的深处吗?在这里我并没有置身于深处的深刻,我反而肤浅地焦虑起来,我觉得我被这个世界抛弃了,我不知道别人在干什么。啊,外面一定在发生着什么!我逃命似的逃出了地下室,逃到我以为中心所在的光明中的外面,却发现那儿只是条平庸的街道(平庸?我多么不幸,一条长500米的,住着几百户人家,有着几十个店铺,无数的成长史、交配史、奋斗史、恋爱史、发迹史、无数悲剧喜剧的街道,就被我的一个形容词抹杀了)。看不出任何"发生"着的迹象。但城市永远在发生着,这种发生不是革命,不是造反,不是暴动。它也许是一根电话线,在5月的一个下午接到了你的房间里;或者一本新书摆上了书店的架子。它日日新,但看不出来,无法象征。每一个"像",都是对城市一词的毁灭,我无法完成一个不动的象征说出这个生动的变幻无常的城市,我也不可能创造出一个象征来获得普遍的同感,就像1966年公认的"太阳"这个象征那样。任何象征都是对这个生动的现场的绞杀。

  我说不出城市,我的舌头被往昔历史中完成的无数的"像"捆住了。说出城市,把它在文字之间捉住捆牢,我得像处理一个垃圾场那样处理它,这与过去时代人们在荒原上猎捕羚羊不同,在这里,象征"垃圾"和"羚羊"并不具有贬义或褒义,它仅仅是动词"处理""捕捉"上的象征。捕捉城市不像捕捉羚羊那样是面对一个整一的实体。你打到的任何一只都是羚羊,你捕捉到的实体也就是羚羊这个词。而城市你可以感受到它的巨大的存在，并且你就在它身上，你无法像捕获羚羊那样用一粒子弹或箭头就击中它，你的一粒子弹只能击中它的一根毛一个局部，你没有办法一次就击中它的整体；你不可能在它的外面击中它，因为你就在它的里面。你用语词捕捉城市就像处理垃圾场一样，你不可能在这个垃圾场之外处理垃圾。你必须在里面，每次都只能处理一个局部、一个角落，并且你每天处理的也不相同，垃圾每天随着生活的变化而变化。和平年代的垃圾和战争年代的垃圾是完全不同的，早晨的垃圾和傍晚的垃圾是完全不同的，黑人居住区和白人居住区的垃圾是不同的，无产者和贵族的垃圾是不同的。在处理垃圾的总概念下，你今天处理的是易拉罐，而明天处理的可能是一批啤酒瓶造成的碎玻璃；你早晨处理的是一只旧拖鞋，而下午同一角落你却在处理一具猫的遗体。在这里有整体和局部的区别，而整体永远是不确定的、无法把握的，它不断地被局部改变着。如果这个垃圾场有百分之七十都是啤酒瓶，那么它就会把垃圾这个词埋掉，人们会说，瞧啊，那里有一座啤酒瓶山。在这里，昨天很新鲜的象征，明天在这里可能就成为被废弃的古汉语。严格说，这是一个只能使用拼音字母的场所，象形字在这里是无法象形的。你不可能画一个瓶状物代表啤酒（它实际上代表了所有的酒瓶，因此它一瓶酒也不是，没有人知道它是什么），你只能用一些转瞬即逝的声音来表达它。你今天使用啤酒瓶这个音节，明天你已经在说啤酒罐，而后天你喜欢说马爹利瓶……这些声音是偶然的不确定的变化无常的，它不像永恒不变的羚羊那样，永远只是一个内涵。它不是一个已经完成的内核，不是核桃，而是一个过程或者说是在途中的运动体。上帝也不知道它将在什么时候完成，也许它永远不会完成，永不完成就是城市的完成。那么它是不是那个把石头推到山顶又滚下来又往上推的西绪弗斯呢，我说西绪弗斯是一个已经完成的象征，沿着既定的路线，暗示着同样的内涵，所谓"知其不可而为之"。城市是不会完成的,你看到这个城市有哪一条道路完成过?哪一片土地完成过?这个城市有哪一幢房子完成过?你身上有哪一件衣服完成过?家具?家用电器?房子?书架?这个地方永远在出新,永远在"发生"着,像面包店的广告所说的:"分分钟出炉,秒秒钟新鲜。"我只有抛弃象征,我才能言说城市。象征要以相似性为基础,你言说城市的某一个局部,你尚未找到与这个局部相似的象征,这个局部已经变化了,不在了。你的象征一说出来就作废,没有人会会心一笑,因为没有什么事物与它相似,会引起同感。城市是什么,这个问题让上帝去回答吧。你看见了什么?你看见墙的一部分或家具的一只腿,你看见你坐在你的房间里,干你自己的事。你看见你房间的窗子之外,有一排刚刚立起来的用于建筑物的钢筋。对于一篇文章来说,城市这题目实在太大了,它应该是若干世纪作家们的写作的主题,而不是一篇文章的内容。乔伊斯是对的,他写了 800 页,只写了都柏林市的一天。可是我连一分钟都不能写,我没有话,我不知道它像什么。

  啊,那里一定有什么事情在发生着! 80 年后,一列同样的火车在同样的黄昏时分驶入昆明,一个乡下来的于连(类比,司汤达小说中的主角之一,一个野心勃勃要打入巴黎的外省青年),肌肉结实,精力旺盛,在距昆明城还有 20 公里的郊区目光炯炯地用家乡土话感叹道。坚信他已经抵达时代的中心,新生活的指挥部。他觉得我这篇文章开头的那些话,全是弥天大谎。这里既没有什么青石板路,也没有什么"中世纪僧侣窃窃私语"似的灯光,更没有什么"马匹庞大的屁股"。他笨拙地踏上车站的电梯,身子一闪晃,几乎摔倒,不一刻,他就看到一个叫他说不出话来的由玻璃、柏油、电、煤气、金属等无数他叫不出名字的物结构起来的人造的世界。他在这不可思议、莫名其妙的辉煌中几乎晕眩。他问路,发现这里没有人听得懂他的土话,他要想表达,他就得重新学习说话。他回头看看那可以清晰地想象,但看不见的、什么事情也不会发生的故乡的山野，叹了一口气，在大都市苍茫的灯火中消失了。60年后，一具死于高血压和胆结石的肥胖尸体被从一家医院里抬出来，上帝在那个永恒的窗口看到的，正是这个青年死而无憾的表情。

一日记

我的一日在哪里？我是否能够在已经被文明记录在案的那些有意义有价值的日子之外，在那些被历史的剪贴簿郑重地撕下来保存着的日历之外，想起我的某个庸俗、无聊、毫无意义、千篇一律的白开水似的日子（小学时期，老师经常用"白开水"比喻这种日子）？当我在40岁上，在度过了14000多个日子之后，忽然想起我的过去的每一日，我发现我只能想起一小批日子：小学三年级加入少先队啦——"鲜红的队旗，五月的鲜花……"，平生第一次上台朗诵诗歌啦——"我流下了幸福的眼泪……"，某年国庆节坐在观礼台啦，13岁受到某某人的接见啦——"他的有力的大手，就像祖国和母亲……"，革命时期的某个惊天动地的一日啦——"广场上人山人海，东风劲吹，红旗飘飘……"，拿到大学录取通知书的"那个不平静的早晨"啦，评职称被通过啦，与某某人的一见钟情啦——"我的心都快跳出来了，她穿过孤独和寻找的岁月终于出现在我的身旁……"……这些日子多半是在我的生命所谓"有进步有收获"的"闪光的时刻"。当然我也记得些倒霉的日子，某年打架在腿上留下的伤疤啦——"当时,我咬着牙,复仇的火焰在心灵的荒野上燃烧……",生病住院啦,被某姑娘无情抛弃的那个冷酷的夜晚啦——"闪着电,下着雨,世界忽然变得陌生了……",诸如此类,其余的大部分日子呢,都在我记忆的硬盘上无影无踪了,我一丁点也想不起它们来。要么是光明普照,要么是暗无天日,总而言之,我记得的只是在我的生命线上凸起或凹下的部分,至于它们之间那些平淡无奇的直线,我早已忘得干干净净。如果把某一年写篇回忆录,那么可以有滋有味有思想有深度地写下来的肯定不是 365 天,而是"永远难忘的一夜"、"震撼世界的 10 天"(我的世界)、"地狱中的一星期"、"阳光灿烂的某某节"……其他日子是什么,阴或晴,风或雨,上班或休假,生病或健康。我认识一个喜欢在台历上记下每一日的朋友,他的大部分日子,都只是在那个日子下面记着寥寥数行:某日,阴,上午去单位。下午买米 20 斤。某日,降温,7 摄氏度。电表 92。晚上邓来访。他如果觉得某个日子特别重要,特别有意义,他才郑重地记在日记本上。有时,一天就写一千多字"心得"!他说。不过一年也就是精练出万把字,他不好意思地补充说。我和他一样,有许多不值一提的日子,无聊、乏味、庸俗、毫无价值。什么也没有得到,什么也没有收获。但这些米粒般的日子肯定一分一秒,一时一刻,一日一日地在我的生命中光顾过了,即使仅仅是作为一颗米那样渺小,它们也在我的生命中划掉了一段,它们肯定留下了蛛丝马迹。但我从未将它们存盘。一日,在我们的生命中,早已被从文明史中放逐,属于生命中多余的毫无意义的垃圾,它不会令我们的生命升华、进步,不会使我们天天向上。它仅仅是通向人生中那些关键紧要时刻的阴暗乏味的过道,柳暗花明又一村,它不是柳,不是花,不是村,它只是联结这些光明目标的意义暧昧的空间。我总是在"盼望着那一天到来……""那盼望已久的一天终于来到了……"。人生就像一次次意义不断升华、深化的作文一样，盼来了有意义的一次，又盼望着更有意义的下一次。我不喜欢那些位于这一个有意义的日子和下一个有意义的日子之间令我度日如年的"已久"。在一日中，我们觉得人生无比空虚、无聊、漫长。生活在别处，我们期待着一日赶紧过去，生活再次光亮起来，充实起来，充满戏剧性，不是喜剧就是悲剧，这样我们才觉得一辈子没有白活。我们渴望一生轰轰烈烈，大风大浪，一浪高过一浪，锦上添花，在时代的风口浪尖上，在广场的中心地带。谁会记住那些对人生毫无建树、无关紧要的一日？一日，它永远不会出现在国家图书馆的某一页上，翻开任何一部书，任何一份报纸，都找不到我说的这一日。它不属于那些重大的节日、纪念日，也不是历史上的突发事件，不是某某节，不是日军偷袭珍珠港，不是原子弹爆炸，不是某某被枪毙，不是某某名垂千古，不是全世界忽然停电，不是预言中的世界末日之类。也不是作家们苦思冥想，去粗存精、精心营构的那些戏剧化的一日，不是《一九三四年的逃亡》，不是《生死恋》，不是《霍乱时期的爱情》也不是《刽子手之歌》《浪得过火》《九个半星期》；它与红白喜事无关，与奇迹或灾难无涉，也不事关初恋啦、车祸啦、中彩啦、调动啦、癌病啦、旅游啦、打架啦，它既无积极意义也没有消极意义，既不舒适也不难受，既不事关革命也不逆历史的潮流而动，它仅仅是毫无意义而已。它在着，像个没有犯法的无赖那样躺在你的阳关大道或独木桥上，你必须从它之上越过，才能穿过你的针眼，抵达你的罗马。它在着，如此而已。它从不进入历史，从不被文明记录在案。在文明的记录系统中，任何人都无法记载它，因为文明不提供记录它的写作系统，也不提供它的读者，它不为进化论提供依据，也不指向世界历史更"某某"的未来。一日是原在的，古往今来都一成不变的，一样的无聊、一样的无意义、一样的无价值，它的存在完全是对时时刻刻在要求着向上、升华、进步的生命的大浪费，它只配永远打入文明史的最黑暗的地狱中，永远遮蔽起来，略过不提。

　　从小到大，老师讲故事，讲的都是有教育意义的、有价值的、有启迪作用的、有指导功能的、鼓舞斗志的、奋发向上的……布置作文，标题一般都是"记有意义的一日""值得纪念的一日"或者"某某节有感"。从小学到中学到大学作文无数，我写的都是有意义的事，做好事啦，春游某某地啦，秋游某某山啦，语文得到五分啦，幸福快乐而有收获的一天啦（不幸福不快乐不无聊也没有意义，毫无收获的一日呢，老师说是流水账，0分）。老师批改作文，都是以是否有意义为评分标准。开始，我不知道什么是有意义的，头次作文，我以为拿着笔，又会写字，就是随便写得了，我把一日中看见想到的都记下来。看见天啦，树啦，看见房子汽车啦，"我想起了我的裤子上有一个补巴，就忘记了看蝴蝶"（原作），圆通山动物园的猴子啦，吃早点时候数手指头啦，太阳的影子啦，上公共厕所啦……老师当然不是随便叫我写任何一日的，她规定的是写去圆通动物园（学校一年才组织我们去一回动物园）这"千载难逢"的一日，老师也只能点到为止。至于观察啦、感悟啦、提炼啦、精练啦、升华啦、往深处发掘啦，得靠我自己，但我像猴子一样不聪明，玩不来这一套。这篇作文，我得了个"差"。我父亲很不高兴，说我一点才气也没有，作文怎么可以乱写、想咋个写就咋个写，你要动脑筋想想嘛，哪些写得哪些写不得？我于是明白了并不是会写字就随便什么都可以拿来写的。世上的文字有些是进得作文的，有些是不能写进作文的（后来我才知道这就是所谓"登得大雅之堂"），但究竟哪些作得文哪些作不得文，我是悟到40岁才明白，不就是那些毫无意义的日子嘛。后来我渐渐聪明，才气也开始乱冒，写春天，我马上往光明、生命的复苏这些方面去想，肯定是优。写动物园，我立即从爱护啦、怜悯啦、人与自然的关系这些方面去想，肯定是优。写登山，自然少不了从人生总是向更高境界攀登这个方面去展开，不是优也是良。我开始把握了那个难以揣度的"有意义",就像我在中年时才悟出菜谱上所谓味精"少许",胡椒"少许"的"少许"是什么。一旦了悟,我就成了才子,我终于养成文雅的习惯。阅读、写作、说话都只指向那些有意义的方面,我渴望的乃是某种有意义的不虚度的有价值的壮丽的人生。当我大学毕业时,那些无意义的日子在我的记忆中已成了植物人的日子,再也不会在我的记忆中出现了,我学会了对人生的大多数细节略过不提,于是我拿到了毕业证书。

  所以,现在当我要写《一日记》的时候,我茫然失措,胸无成竹。只有一些碎片泡沫式的东西浮光掠影地浮在思想的表面,犹如被污染了的河流,我不知道哪些可以抓住不放,哪些会沉下去;我丧失了判断是非的能力,踌躇不决,下笔艰难,犹如在越南丛林中,到处是地雷、陷阱,一不小心就轰的一声。当我在某个这种一日的第一秒醒过来,就看着窗子上的微光发愣。微光,不是光明,不是灿烂,不是熠熠生辉,不是闪烁,只是像一层毛,某种鼠类肚子上的绒毛而已。颤动着,犹如一位老妇人患风湿的手,正在把一种灰色的药粉状的东西抖开,然后慢慢地在一根银勺子的搅动中消散开来。光线混浊、不清楚,还不能说它是黎明(多么健康而美丽的词,但我却不能断然使用!),但也不能说它是最后的黑暗(多么悲壮有力的字眼,我却不能用来造句!),只是一些微弱稀薄的光而已,发着灰,或者在发蓝,或者发出的是白,或者都不是,不能确定。也许是由秋天此日此时的天空或天气造成的,也许是窗子对面的建筑物(记忆中它肯定是灰的)或者某一片玻璃造的孽,或者是布在飘扬中留下的遗迹,抑或是我屋内的事物在燃烧,另一类的燃烧?(这个想象很有诗意,如果展开,我没准会把这一日搞成现代派的,但没有燃烧,只是令我想起了燃烧这个词而已,词如果不管制好,它可是长着翅膀的,它喜欢张冠李戴,把井井有条的世界搞得乱七八糟,让干燥落在水里,肾脏流进玻璃。)我不能把握它的品质，也不能推断它的意义。它是否值得一写？写作的经典定义是，永远必须以是否值得来指导，我没法不顾一切地乱写、胡写。现在才6点不到，它已经溜进来，好像外面有一个灰色的探雷器，在小心地触摸我的窗子，它同时也有吸尘器的功能，它把窗子附近黑夜留下的粉末一点一点吸掉。微光开始扩展，向着房屋中的事物蔓延。先是出现在枕头边，从我的还有一半搁在梦里的鼻头上扫过，可能某处有一个窗子突然打开了，与某团强光打了个照面，闪出另一种光，这光再投射到无辜的事物上，经过曲折的七弯八拐的折射终于抵达了我的鼻子。犹如一个雪崩从山峰滑下。这是什么话，有何意义？吉兆还是凶兆？对这一天，它暗示的是什么？什么也不是，只是6点钟左右，从外面——昆明市区某一部分的天空，习惯性地漫入我卧室的光线，既不美丽，也不难看，既不会引发我今天的快乐的心情，也不会令我的心情更坏。它开始在我的房间里弥漫，犹如毒气在战壕里散开，从下面向上散开。我的衣柜出现了，犹如雾中的岛屿。门缝里夹着一件紫色花裙子的下摆，下面是一个乳罩（我是否应该这么写，我是否已经在暗示什么，它肯定出现了意义，但这意义不道德），没有用过的纯洁的乳罩（更糟了，更有深度，更叫人想入非非，为什么一个男人的卧室会有没有用过的乳罩，嗯？），好吧，那不是乳罩，只是一个被剥开了的球体（达利的画？或者侦探小说的第一页）？算了吧，那就是一个乳罩，"妇女保护乳房使之不下垂的物品"，如此而已。跟着微光，现在我看见了地板，在距离乳罩大约半米的地方，是一堆衣服，它们混乱一团，衣冠不分，犹如一摊硬掉的水泥。某条深蓝色的牛仔裤的一条空腿翘向空中，它竟然没有瘪掉。在我的经验中，裤筒的意义就是如果没有腿在里面，它就是瘪的。这个细节超出了我的经验的范围，它有何意义？我确定它毫无意义，一条没有腿却鼓立着的裤腿，对我们的生活有什么启迪？没有。它立即就从我的记忆的下水道溜走了。

现在我的印象里出现了石灰墙壁，我以为它们应该是白的，已经发表的文字都说它们是白的。它是白这个概念的法定标本之一。但现在看起来，我不能再把它叫作白色的墙，它在灰和白之间，也在黑与灰之间，也在青和白之间，它变得如此复杂，我一句话竟不能概括它。它压制了我捕捉主题的冲动。我无法把它的本质从复杂的色阶中精练出来。我不能肯定它就是白墙，我甚至怀疑是否上面的石灰在夜间发生了某种变化，消解了它的白的本色。但只过了五六分钟，某些面积上就白起来了，或者明确地向白运动了，但我还是无法把一面正在变化中的墙说成是白墙，我不喜欢这种中性、含糊、缺乏主题的、难以把握的状态。它渐渐白起来了，差强人意，白几乎可以说是这面墙的主题了。已经差不多只要套上"白墙"就可以一语中的，将它概括了结掉。但我尚未自信到要把"白墙"一词套用于它，事情已经发生了变化。阴影出现了。因为石灰墙同时也把它的白反射到其他事物上，它目前是房间里最耀眼的部分，具有统帅或压倒一切的亮光。但它的白，却并不对房间里的其他事物发生根本性的影响，它们也许更亮了，或者更清楚了，但并不白。严重的是它们不但没有盲目跟着白起来，反而借了那白的光造出些各形各状的影子，投射到那白上，使那墙无法被称为白墙。就是在它最接近于纯白的时候，各种事物释放了它们的阴影，犹如马群出栏，犹如牛鬼蛇神，群魔乱舞。从各种家具之间，从墙和墙的连结处，从一颗钉子，从一个挂钩，从墙面的石灰层的由于厚薄不均形成的各种微弱的凸凹上，从上个月敲钉子没有敲进去的洞坑里，从镜框的边缘，从我的头到腰的部分、手指和手指之间，从下面的床铺——它们起伏不平，犹如辽阔的群山，从窗子外面那些没有光明的事物中，从天空，从风和世界的摇动中，从时间中……某个无法确定其身份、其动机、其方位、无法捕捉的家伙总是在操纵着万事万物的变化，破坏我的既定方针，令我永远无法给事物定性。它在一面单纯统一的墙上，造出各式各样的奇形怪状，块、圆、"屋漏痕"、椭圆、六角形、长条纹、直角、正方形、线、实心圆、空心锐角、钝角、新月形、三角、半圆……并且在出现的同时也在时间中一点点地死去、变形、消失。它们使这面墙上洁白的含量永不会有100%的时候。总是80%是白，或者50%是白，或者，30%是白，当一日终了，阴暗的东西又开始占上风，白用一个单一的意义统治一切的企图失败了。但同样地，黑暗也无法使这面墙彻底地本质地成为黑墙，它的命运将与白天的墙一样。这种永远没有明确单一的性质，只有变化、斗争，暂时地占领或被占领，没有明确的意义的阴阳交错的形势，我永远把握不住，无从下笔，我不知道描写记录它，对于我那总是得"优"的作文有什么好处。但这一日时间还多，有意义的时刻还有机会出现的。我不必把这些光啦、墙啦无关人生痛痒并且枯燥乏味毫无戏剧性的东西记下来，我只是轻而易举地精炼了它们，让它们在我的一日里位于沉默中。我把以上这一段精炼成："一个黎明。"黎明，也还算有点诗意吧。其他，则略过不提。

　　我揉了揉被光芒刺得发花的眼睛，起床了。从床上怎么起来，如果要老实交代，至少得五十多个动词。例如，光是穿衣服这一项活动，如果要区别穿毛衣和穿棉衫就得用不同的动词，因为毛衣和棉汗衫质地完全不同，手感也不完全一致。当我掀开被子，用右手摸索到那件汗衫，它是冰凉而柔软的，有些像我不喜欢的某个才女的手，还有些湿气；我用两个手指头将它拎起来，另一只手撮紧手指，就像一个蛇头，从领口那儿钻进去，徐徐下滑，寻找袖子的出口，以便把汗衫的面翻出来；我是这种人，我从来不为明天可能发生的战争做好准备，像战士那样把衣服叠好，我总是把罩在身上的一切往头上一抹，像个萝卜似的把自己从衣服里拔出来。翻正了汗衫，再把它套到头上，往下拉扯，当它顺着我的还在发热的身体滑下来的时候，我身上起了一片浅显的鸡皮疙瘩。穿毛衣就与穿汗衫不同，毛衣是暖和的，没有湿气，柔软而有质感，我头才套进去，两只耳朵立即就有一种热烘烘的感觉。当它与我体贴之后，里面的内衣就开始温暖起来，被汗衫弄得有些紧张的皮肤也缓和平滑了。这种事每次都会在我心里泛起一种轻微的感激之情，我相信我之所以会对人生、对每一个日子都有信心，憨憨地高兴着、热爱着，就是由事物的这些细微的难以告诉的无数小恩小惠造成的。但穿毛衣或者汗衫这样的事情即便可能对肉体有些好处，可它们到底有什么了不起的意义呢？我忽然警告自己，不要对这类多如牛毛的小恩小惠感恩戴德。比如一个蓝宝石似的大晴天啦，偶然飘过来的缅桂花香或煎火腿的味道啦，买到一块瘦多肥少的后腿肉并且便宜了六角钱啦，倒头就睡一宿无梦醒来发现满世界阳光灿烂，半月的梅雨已经无影无踪啦，太阳移动，阳光刚好洒满你的床铺啦，这张暖洋洋的床对腰部的爱抚啦，自来水的温度比意料中的温暖啦，在街上，某个倩女对你的韵味深长的一瞥啦，打开窗子，一股好风就扑进来啦，长途旅行，买的票恰好挨着窗子啦，冬天的晚上回到家里，发现桌子上正支着一个热气腾腾的红铜火锅啦，好朋友在金色黄昏打来的约你喝茶吃晚饭的电话啦，你母亲在你下班回家时告诉你青头菌宝珠梨已经上市啦，深夜12点过10分才抵达住处的大门，看门的大爷刚要上锁啦……多了，这种小恩小惠在日常的庸俗的人生中随时可遇，你怎么可以对这些小甜头动用感激？这种感激价值多少？你的感激应该留给更重要的那些，比如全社会的关心啦、集体的温暖啦、时代的进步啦。这样一想，我犹豫起来，是否还要对套裤子、穿袜子的事进行记叙，虽然凭心而论，我确实感激套毛衣、穿袜子之类的小事，我确实害怕这类小事从我的生命中丧失掉，我害怕这一点，胜过了害怕什么什么的复辟、什么什么的颠覆。但我不能说出来，因为这些芝麻大的小事是不值一提的，念念不忘是境界不高的表现。我相信渴望着深刻和高尚的读者对我的这份肤浅乏味的啰里啰嗦已经心烦，略过不提吧。

我是否应该把发生在卫生间的事情记入历史？这是我的寓所中最见不得人的所在。去卫生间这类地方不像去客厅啦书房啦阳台啦那么光明正大、那么理直气壮。人类的寓所中最难挂齿的部分，藏污纳垢，许多设施都会令人想起一个人的隐私，马桶、手纸、浴缸、拖把、晾在铁丝上的短裤、袜子、带子、气味……但无论后面有多么壮丽的事业在等待着我，我现在都得先到卫生间去与这些俗物打交道。我把脚钻进那双棕色格子花的灯芯绒拖鞋（这双拖鞋是我的小宠物之一，它是那么合我的脚，那么呵护我的脚，像是专门为我的脚而造的。它虽是物，却有母亲的品质，套上它，就像是婴儿回到了胎盘。我得承认，我之所以感到我的家比外边好，就是由于这双拖鞋以及其他大批藏在我的衣柜箱子抽屉厨房的小什物。有一回我在西藏的高山中旅行，穿的是一双大皮鞋，它虽然令我看起来像一个国境线外面过来的旅游者，但它也无休止地折磨我的脚，当我在一块石头上像古代充军流放的囚犯那样坐下来养脚的时候，我忽然想起了我的这双拖鞋，它那臭烘烘的气味，那种小市民才有的温顺，我禁不住热泪盈眶。我顺便告诉你，这旅途中，我怀念的还有用昭通酱和肉糜做的杂酱、云南路南出产的油卤腐和我从一个古玩市场买回来的装胡椒的小瓷瓶，它的口子上缺了一小块，表面烤着一个清代的姑娘。我又在对小恩小惠感恩戴德啦，不可救药！），趿拉着我亲爱的宠物，出了卧室，像迟到的学生那样溜进了卫生间。我揭开抽水马桶盖，里面浸着一小湾叫人放心的清水，瓷壁光滑，爬着一围薄光。在下蹲的过程中同时露出了急不可耐的部分，这部分肌肉紧缩，像就要注射青霉素时那样，或者像被捕的奴隶那样准备好去接受鞭挞，我知道我得坐在一个温差五度左右的冰凉的马桶圈上，一个夏天的屁股和一个北极的马桶。但很快我就被快感和舒畅征服了，感激之情油然而生。我悄悄地告诉你，我感激这种在每天早晨7点左右到来的快感和通畅，就像感激上帝每日赏赐给我的圣餐一样。我怎么能不感激呢，这件事会令我一整天通体舒泰，令我对昨日以前的猛吃乱喝胡作非为放荡不羁放心，我今后还可以再次猛吃乱喝胡作非为放荡不羁，谢天谢地啊，我尚未阻塞！谁会钟情于便秘？它不仅令肛门不适，也令生命不适，令爱情不适，便秘的爱情？腰部以下不通。便秘甚至令革命不适，这件事是有重大意义的，当年毛泽东的大便是否畅通不就是同志们牵挂着的吗！可以查阅索尔兹伯里等人关于长征的书。我终于在每一日里都发现了一件有着重大而深刻的意义的事情了，由于便秘，我的每一日可以大书特书了。但仔细再想，我还是不能写，没有便秘，确实是有意义的，有深度的，但这是一件只能心照不宣，只可意会不可言传的事，《论大便畅通的意义》能够作为研究生的论文题么？只能心领。有意义也还要看它是什么意义，也不是随便什么意义都可以乱捕乱捉的。不仅得看它是否关系历史进步、精神的升华、理想的建立，还得看它是否有利于语词的净化、文雅。我现在又明白了一层，不仅是无意义的东西不能写，即使是有意义的东西，也不能乱写。这是要明辨是非的，此亦一是非，彼亦一是非，搞不清楚就要犯错误。从另一方面来看，便秘与否，天天都会发生，并非什么百年一遇的大事，它虽有意义，也被它的俗不可耐日常性消解掉了；天天要吃饭，谁还会感激吃饭？天天要洗脸，谁还会在乎洗脸？天天在大地上住着，忘记了大地才正常。作文的奥秘所在，就是要盯住那些非同寻常的、非同小可的、大起大落的、让人不得安生的总有一天……转折点、关头、关键时刻、决定命运的瞬间、到哈雷彗星里头去发掘人生的意义，拉屎吃饭生孩子则略过不提。

  我畅通之后，就扯下一张卫生纸，把那里搞干净。结果那纸一碰就破了，差点儿搞到手指头上。一头小小的鬼火升起来，又扯下来一长条，把它们折成厚厚的绵绵的一块，才搞定了。就弯腰去提裤子，不料，裤兜碰着了马桶盖板，这家伙就趁机倒下来，搭在我的臀部，只好一只手扶着裤子，一只手把它推回去。小小的狼狈，却令我再次心生不快。接着又放水去冲马桶，可水放不下去，一潭地漂起来。原来里面的橡皮活塞松了缝，漏水，所以水量不够，冲不下去，只好又拿盆，接了一盆水再冲，才了结了这件事。心情已没有刚才那些小快活。不独如此，这种小难过的时候多了，诸如，穿着拖鞋去开窗子，放一窝阳光进来，小脚趾却撞在沙发的脚上，一阵冒出冷汗的生疼！钉颗钉子，把新年的月历安上，一锤子敲在大拇指上！领着欢天喜地的小女儿去儿童乐园玩，走了一个小时，到达门口，却发现自己没有带钱包！在路上走着，一脚踩中某块松动的路板，从缝隙里喷出一股黑水来，溅在了相搂而行的女友的裤子上！在大商场购物，没有看清玻璃隔墙，一头撞在上面！昨天都还今夜星光灿烂，计划着明天去郊游，早上醒来却发现外面北风呼啸！要写回信，却发现信封被你在打开信件的快感中撕下扔掉了一块，这一块上恰好是回信地址！刚刚打开电视机，巴西——意大利，就遇着停电……之类的小灾难，小尴尬，小霉气，有时充满了一日的旯旮犄角，随时与我进行着小小的作对，你要说它不重要，它确实也令你不高兴着三几分钟半小时。但它也永远不会有南京大屠杀那么重要，那么可以作为前车之鉴，那么可以激励民族精神。肤浅的小灾难，你总是立即就忘记了。再次，被盖板击中臀部，往往你只能自作自受，怎么好意思写在作文里说给别人？这些也和小恩小惠一样，无聊，只能略过不提，翻篇。

  略过不提，这一日已经白拉拉过了两小时，登得大雅之堂的题材尚未发生，硬要写，也只有记下，某日，晨：晴朗。残酷但高尚的杀手，两个小时，数千个动词以及它可能牵动的形容词啦、比喻啦、白描啦、夸张啦、倒叙啦、意识流啦，通统一刀切下。快刀斩乱麻——晴朗，历史就是如此写成的。黎明前的黑暗早已结束，早晨八九点钟的太阳看上去已经像是散掉的毛线，一日中最具有希望、活力、生机的时刻已经过去，这段时间一般来说是一日中最具有戏剧性的时间，历史最喜欢用它的各种状态来比喻自己，"时代的黎明"啦，"新世纪的曙光"啦……而生活中有意义的事件也往往在此时开始，"拂晓，战斗打响了……""黎明，紧张的一天开始了……"但一日已经来了，却什么也没有开始。接下来发生的事不过是和什么两面针牙膏啦，舒适牌牙刷啦，玻璃杯啦，牙齿以及它的缝隙里埋伏着的渣滓啦，干翘翘的洗脸毛巾啦、镜子啦、香皂啦、剃须刀啦、发油啦、早点啦——今天是一碗杂酱面，配方有：面条、杂酱（肉糜和云南昭通酱加上香油以及我的"少许"用旺火炸成的，不瞒你说，它是使我在这个世界上活得有滋有味的依据之一。那年我在欧洲待了两个月，最牵挂的就有这碗杂酱面）、酱油、盐、味精、红油、芝麻油、胡椒粉、葱花以及钢锅啦、煤气灶啦、自来水啦、筷子啦、瓷碗啦、桌子椅子啦、抹布刷子啦——之类有关。多了。如果把这些家珍一一数落出来，那就是一个世俗生活的杂货铺，俗不可耐，无足挂齿。也许在陪着我过日子的种种什物中，可以提及的只有客厅里的那个长方形小柜子，我也许可以略微发掘一下它的意义？它是我外婆传下来的唯一的一个家具。它可能曾经是黑色的，但已经不是黑色的了，露出了被表层的棺材漆遮蔽着的底色。从底色上看，木头表面最初被漆过一道棕色的桐油，而桐油下面才是梨木或者柚木。它是被手或者是屁股磨得露出了底色的，这些磨损了它的手和屁股早已成了郊外青山上的白骨。据我家的故事，这个柜子是前清出品的，我外婆的父亲的父亲传下来的。从我出生，它就一直在我家里，但我从未注意过它，它是如此平庸，就像头发长在我自己的头上一样，从来不曾在我的视觉中出现过。小时候，我就生活在这类清代制造的家具中，我不知道它们的名字，只大略地知道它们是椅子、圆桌、柜子、床。它们制造了我童年时代房间中的各种阴影、光线和森然的气氛，可能它们也掩护过到我家来避难的鬼怪。我想我可能在一个大橱柜中挂着的丝绸长衫之间见过它们。我从未在文字中提起过我外祖母传下来的家，这个家是阴暗而暧昧不清的，这种阴暗不是由于缺乏光线，而是储藏了太多太久的光线所致。阴暗不是由于它反动，而是由于它长年累月地处于无意义之中，因此在人们的记忆中暗淡了。我记得那时我尚未到幼儿园去，成为祖国的花朵。某个下午，我外祖母把我放在一张黑色的大床上，床边上挡着一块木板，以免我滚下去。我看见窗子外面瓦蓝的天空，不时有鸟或烟子从那里经过。我看见一只青色的猫从掀开的木格子窗外面跳进来，叼走了圆桌上一个蓝色瓷盘里的煎鱼。我在阴暗中辨认着家的种种细节，看不清它们的整体，只有各个局部在明与暗的交错中摊开着，丧失了名义。那时候我还不知道阴暗这个词，我只是慢慢地看着那些家具如何从光芒中向黑暗深处退去，它们的名字在那儿消失了，只剩下一些形象不全的局部。它们向纯黑撤退的道路相当复杂，先是灰色的白光，犹如旧时代小姐们的脸色，一对黄铜打造的鱼形的门环垂在阴森的表面，犹如小姐耳鬓间的环佩。在这环佩后面，橱柜脱漆的面子流泛着朱黑色的光泽，渐渐向四周化开去，又暗下一些，这儿的色调类似我外婆那条丝绸的青色腰带。然后在灰色与青色之间犹豫着，是青还是灰？又暗下去了一点，已经离开了青与灰，好像在暗中有一个光线的调节器，依照某个配方调配着光线。再后，是黑暗之前的朦胧，接近了黑，但还不是黑……我就这样跟踪着一个大柜子上面的光线，跟着它一直进入我的眼睛再也辨别不出亮度的黑暗中，在那儿，我开始想象这橱柜中的什物，我清楚地记得在它的中间有一对抽屉，里面放着钙片、奶粉、糖果、饼干和外婆的玉手镯以及一只老鼠。我记得在黑暗深处，这两个抽屉就像两只眼睛，闭着，但我知道它们看得见我。这些事我从未对大人或小人提起过，我天生就知道这些事是不可以说的，大人的世界没有关于它们的话。我对那些家具唯一能说的是，它们在革命时期被搬到外面的街道上，大人们四块钱五块钱一件件把它们卖掉。"留着是祸根"，我永远记得我外婆低声对我母亲说的这句话。祸根一词，使我明白了这些旧家具的意义，它们第一次从阴暗的死水里浮上来，进入了我的记忆中。我记得在那遥远的一日，大约是1966年和1967年之间，这些祸根摆满街道，人们迫不及待地要把它们廉价处理掉。不仅是我家的，很多街坊邻居都搬出了他们的老家具。这些遗老遗少，黑暗而陈旧的家族，被无数个毫无意义的日子折磨得光芒黯淡，那些日子留下的仅仅是午餐或晚餐时炒菜做饭冒出的油烟。无意义在一个普遍追求意义的时代是可怕的，无意义也就是落后，甚至是反动。我舅舅一家就由于无聊而喜欢打麻将、嗑瓜子、穿拖鞋……被流放到县上去了。这些明清甚至是元代传下来的家具并不好卖，甚至四块、五块都卖不出去，越精雕细刻以至失去了实用价值的越卖不出去。有一把明末传下来的太师椅，椅背上雕着无人理解的烦琐花纹，连反动的意义（比如花鸟虫鱼所代表的封建阶级糜烂生活）都没有，到一日之末，还没有人愿意出两块钱买走它，它当即被斧子劈成烧柴，家人才得到解放似的松了一口气。他们可能早就对祖先传下来的这种日复一日的、毫无意义的生活感到极不耐烦。除旧布新，新桃换旧符，才能使生活永远保持着与新时代的联系，获得永不过时的价值和意义，这是我家人在革命时代悟出的真理。自从这些黑暗王国的家具从我家消失之后，我家就开始亮堂起来，明白起来，一览无遗了，我从小就害怕的鬼怪们从此也无影无踪了。后来，我们家开始热爱搬家，为搬家而学习工作奋斗上进，30年搬了三回，一回比一回大，一回比一回现代化，终于告别了公厕，用上了抽水马桶。家具也换了三回。今天我父母已经近70岁，在满屋崭新耀眼的新式家具和油漆味中过着风烛残年。这个小柜子是当年那些家具中体积最小最不显眼的一个，它甚至用来烧火也是毫无价值的，它连一锅饭都煮不熟。所以它得以由于不刺眼而留下来。它曾经放过我家族的一些最无聊的东西，纸啦、布啦、相片啦、米啦、小人书啦、老鼠屎啦。在某一时期，它曾被用来藏匿那些见不得人的事情的证据，因为它的构造与一般的柜子不同，它的侧面有一块壁板可以抽起来，下面藏着一个可以平放进两本书的抽屉。现在它是空的，它的实用已经从内部转移到表面。如今它的意义不在于它可以装什么藏什么，它现在已经成为古董，清式家具的幸存者之一，象征着我是一个有来头的人。它终于熬过了无意义的时间，从那些无聊和平庸的日子中脱颖而出，被我置于客厅中最显眼的位置。在我这个历史不长的家中，它可能是我唯一乐为人道的家什。但这个柜子最近被我卖掉了，有人出价3000元。姗姗来迟，身价百倍，物以稀为贵，我立即出手了。见利忘义，一件有意义的东西被我作价出卖了，此事难于启齿，按下不表。

现在我只剩下正午、中午、下午和晚上啦。大家可以看出来，我被包围在一种不值一提的空间和时间中，我就是一生在这种时间和空间中居住到死，也很难自动产生什么意义。我不能指望在这个家里会发生什么大事，两个人由于结婚而建立的小家庭，吃喝拉撒、只生一个小孩，把她养大、嫁人，如此而已。所以，米兰·昆德拉说，生活在别处。现在我离开了家，两眼盯着地面，看是否会遇着什么使一日生出意义的端倪，一个钱包啦、一个跌倒的老人啦、一幢失火的房子啦、一个急需救济的老贫农啦……广阔的天地，大有作为。但我什么也没有遇上，一个国家，整天有无数可以让人当雷锋的有意义的事让人去碰上，还了得？不是房子失火，就是小偷在街上跑，或者老人没有座位，或者同事的家乡又发了水灾……还了得？我麻木不仁地在灰色的街道、垃圾桶、梧桐树、杂货店、邮局、卖烧饵块的小摊子、补皮鞋的鞋匠、咸菜铺、公厕、涂脂抹粉的女人、职员、老板娘、自动取款机……和芸芸众生之间穿过，我才不会把这些毫无意义的现象写下来，它们只是现象。现在不是革命时期，我不可能出了门就往广场那个方向走，我得朝管我的工资的单位那边走。我去上班，大家都知道所谓上班是怎么回事，和集体在一起，回到大家中间，在我们壮丽的事业中。而且更重要的是，它不仅崇高壮丽而且直接发给工资。上班地点，是一切可能有意义的事情通常发生的场合。义务劳动啦，政治学习啦，参加公审大会啦，游行啦，植树啦，捐款啦，排练节目啦……可以说，人生中最有意义的时刻，很多都是在上班时发生的。我父亲最清楚这一点，他退休在家之后，最牵挂的就是每个月的10号回单位去，与同志们聚会，听文件，听当前国内国际形势的报告。每当那一天，他的眼睛从早晨就开始闪出异样的光芒，到傍晚才恢复正常。他穿戴整齐就雄赳赳地直奔单位去了，像一个战争之前应召归队的退役中校，什么也挡不住他。开始我不太明白他何以如此热爱着回单位去，他不是退休了吗？在家里待得好好的，养尊处优，穿着拖鞋，平生第一次披上了睡衣（我给老爷子买的），一天两瓶牛奶，9点左右到公园里去走一遭，看看鸟，听听滇剧，喂喂鱼，风抚弄着衣服，衣服抚摸着皮肤。中午，或者在一品堂吃小笼包子，或者上蒙自馆品尝正宗过桥米线，或者在家里做些家常小菜，清蒸鸡蛋啦、回锅肉啦、凉拌莴笋啦、小炒豆腐啦……然后"草堂春睡足，窗外日迟迟"，然后吃响午饭，喝茶，读旧小说，读报……然后在五点钟，去幼儿园接孙女孙子回家，左手拿着孙女的彩笔画，右手拿着孙子的奖状……丰盛的晚餐、红烧肉、圆桌、三鲜鸡汤……饭后洗澡、看京剧、9点半上床睡觉，一个不知所终的梦，天亮醒来，大脑清楚，闹钟不响，电话不响，外面是春天的雨，送牛奶的人在门口吆喝……他的生活如今充满了日常的碎片。过去他在单位上班的时候，生活是整块整块的，参加某某整风，1年；到某地搞土改，3年；参加某某班的学习，半年；搞某某革命，10年。他的一生就这样一批一批地过去了,回想起来,只是某某运动、某某革命几个简称就可以包罗,但就是在这些日子中,我父亲写下了数十万字的感想、心得、体会,堆在一起,与他的身材一样高。现在呢,他只是每天在台历上草草记着寥寥几个字"晴,上午去翠湖,下午去医院。"退休5年,5本台历,不超出两千字。后来我终于明白,他并不以为如今这种小日子是真正的生活,他内心深处,他认为这种人生毫无意义,他只是无可奈何罢了。他年轻时代,最深恶痛绝的就是这种无意义,只是饮食男女的生活,"天下者我们的天下,国家者我们的国家",他就是为了反抗他的家族传下来的那种风花雪月、吃喝拉撒的数百年如一日的毫无意义的生活,才投奔了革命的(那种生活腐朽到这个程度,我写这篇文章的时候,曾看过李渔的随笔全集,令我最吃惊的是,这个玩友,一生横跨明清两代,但他一直闲情偶记,写什么房舍第一,洒扫墙壁第三,界墙、女墙、厅壁……蔬菜第一,葱蒜韭……谷食第二,饭粥、糕饼……肉食第三……几案、床帐、橱柜、炉瓶、屏轴、茶具、酒具、碗碟、笺简、牡丹、梅、桃、李、木芙蓉……春秋行乐之法、随时即景就事行乐之法、鸡鸣赋、龙灯赋、闰月称觞记、佛日称觞记……那是什么时代?改朝换代,国破山河在,此人竟然热衷于这种鸡鸣狗盗花鸟虫鱼的庸俗写作)。所以,从我父亲的经验,我明白上班,就是生活在意义中。我从16岁就开始上班,并且不断地向着事业的意义核心靠近,工厂、厂宣传科、大学中文系、机关……虽然我每周上班是5天,而不是一天,一年上班是二百多天,不是一天,但我绝不能把它分成二百多天来看待,上班这件事作为一个整块才会具有意义,这个整体是不能一日一日地加以分割的。如果我把上班这件"在壮丽的事业中",一秒一秒地切下来,那么我只消描述其中的几分钟,壮丽事业的意义就会被庸俗化掉。例如,8点差2分,憋着小便(为了不迟到,等见过科长再去小解,可以从容些),穿过阴暗的过道,一股从纸张中散发出来的霉味立即捅开了我锁住的鼻子，强忍着不使自己咳嗽，到了办公室门口，掏出一串钥匙，用手指摸索着钥匙的形状，摸出一把，捅进去，不合；又摸出一把，再捅，还是不合。身上冒出些小汗，小腹越发胀鼓。又摸出第三把，气恼着戳进锁眼，才开了门。每天都要这么折腾一阵，我有11把钥匙，分别用小刀、指甲剪、钥匙牌把它们在钥匙圈上隔成三组，每组三或四把。我怎么会有这么多钥匙？加在一起有四两重，装在裤袋里鼓鼓的一大坨，把大腿皮磨得起老茧。但这重量是一钱也少不得，开家门的两把，防盗门、正门；开房间的两把，还有三把是开箱子柜子的。开住处大门的一把。开办公室的一把，开办公桌、文件柜的两把，还有开父母家门的一把。这些钥匙全是干系着性命的，由它们展开又有几十把不带在身上的钥匙，都是一把都少不得的。开了门，日光立即漫出来，犹如撞进了闪光灯，眼睛有些不能适应，闭上眼皮躲避了一阵，才适应了些。打开雾气朦胧的窗子，晨风就像雅驯的秘书那样迈进了房间，带来了一些新鲜的气味，有花朵的、有泥土的、有树木的，也有远处刚刚打扫过、喷上了药水的厕所的气味……我感到一丝凉意，身上泛起了一层细腻的鸡皮疙瘩。我裹了裹衣服，发现上衣的纽子扣错位了，忙关了办公室的门，把它们一个个解开，重新对位，扣好，拉拉衣角，把领子翻翻顺。一边听着外面的脚步声，担心着科长不要正巧这时进来。有人的脚步急冲冲地穿过整个过道，在尽头消失了，一听就知道是小刘去厕所。忍不住想笑，这个同事永远是下面夹着屎，脑门大汗淋漓，已经忍耐不住的样子。这个印象我从未对人说过，它会永远锁在舌头的保险箱里。我只是有时候忍不住会对小刘毫无道理地笑笑，小刘非常惶惑，笑哪样？笑哪样？他紧张地检查自己，是否有什么漏洞，他是一个很爱面子，却总是破绽百出的人。几页写着瘦金体汉字的稿纸被翻落在地板上，那是科长写的一份工作总结，我用纤巧白皙的手指把它们收拢，拾掇好，像是拾起一把扇子。在我弯腰的时候，第一道阳光一晃就进来了，像是一个拿玻璃片玩反光游戏的儿童的恶作剧。它旋转着，倾斜着，像是一只来自天空的巨大的金笔，笔芯扫描在我的办公桌上，书写下一些东西，在我的桌子上出现了我不明含义的笔迹，一些神秘的符号。这些符号在办公室里放射开去，从中间飞溅到周围的文件柜、墙上的中国地图、挂历、篮球、锦旗等等之上，然后在这些东西上形成新的光芒，创造出来的光芒，又返回到中间的光柱中，一些微小的软体在其中漫游，像永不会变成青蛙的小蝌蚪。桌子上的灰尘一粒粒亮起来，犹如充血的细胞。墨水瓶的影子拉得很长，像一个军事地图上的箭头。阳光把压在墨水瓶底下的一份内部文件照亮了，文件右上角的"机密"两个字非常刺眼，我赶紧把它翻个身，依然用墨水瓶压好。这时候阳光的军团已经越过了我的办公桌，朝着房间的纵深挺进了，它的前锋已经抵达了报纸架，在那里，一条昨天的头版头条的消息被照亮了。科长还没有来，办公室开始热乎起来了，我身上的鸡皮疙瘩已经消退。我犹豫着是否先去小便，科长还没有来，我应该让他看见我已经在办公室，但似乎也不必，因为办公室已经打开了，窗子也打开了，他必知道是我。想到这个理由，我就坚决地去小便了。厕所的气味在半截过道里弥漫着，终年不散。我已经习惯它属于单位上的气味，就像医院总是有福尔马林的气味，我家里总是有某种香皂和书籍混杂的气味。科长总是有轻微的、恰好黏在秘书鼻孔边缘的狐狸味。我进了厕所，发现科长已经蹲在里面，他的半个头从蹲位的隔板边缘露出来。小便池正对着蹲位，我如果要小解的话，势必整个屁股对着科长。我有些犹豫，我是否可以装作没有看见他，进去就了事？但这样做很危险，因为他随时可能抬头看见我，而且他显然不会不抬头的，那么近。我还是抱歉地朝他笑笑，然后完事吧。我像古代成语里面说的那样，"胁肩谄笑"着，到了科长面前，但他正低着头，脸憋得通红，根本无暇顾及这个笑脸。我很狼狈，一时拿不定主意是等科长抬起头来呢，还是转身了结我自己的内急。气味浓密，我忍不住了，就转过身，自己干自己的。正欢畅，忽然想起科长大概正在后面生气地瞅着我，我忽然觉得自己就像一个被炉子烤着的芝麻大饼，就停了，再也不出来，刺痒痒的。只好算了，穿好。回过头的时候又赶紧准备了一脸笑容，但科长已经起来去洗手了。他甩着两只白肥的手，我看见他手上的肉块在晃荡。科长也看见了我，就说，早啊。我就说，您早。然后我打开了水龙头，洗手。

以上这一过程只是在我的事业里持续了大约10分钟，但我回忆它们却用了3个小时。绞尽脑汁，机关算尽，结果是得不偿失。我可以保证，以上这些都是上班中发生的真人真事，是从8点钟开始的"我们的事业"的一部分，它不仅完全无碍我们的事业，而且对我们的事业是很有益处的。实际上在这10分钟之间，我已经放松了神经，调整了视力，处理好了上下级之间、同事之间的关系。19分钟之后，我已经精力百倍地投入了工作，并且成绩杰出。但看看我把一项严肃的事业报告成什么了？个人的小天地、小局部、小感觉、小情调、小心眼。只见树木，不见森林；管中窥豹，只有一斑。读者肯定看出来，在这种琐碎具体、事无巨细、是非不明的描述中，一个巨大事业的意义已经荡然无存了。这一切听起来与其说是描述一桩事业，不如说它更像是在描述某个小公务员灰色平庸、芝麻大的生活。因此，上班的意义绝不能一日一日地说，要一段一段、一个一个时期、一个一个时代地概括起来说。只有整块地对待上班这件事，把每一日的无聊细节、过程省略掉，精炼出本质，它才会是可以进入正史的某某运动、某某革命、反某某的斗争、学习宣传某某文件的阶段……其中的重大意义自会泾渭分明，是非清楚。如果我们的作文不对这些毫无意义的东西加以管制，任其自由散漫，我国瘦精干巴的图书馆就会膨胀起来，被垃圾淹没。所以，我作为个人是没有资格对如此重大的事业发言的。我在上班，这就够了，这已经保证我永远不会被时代抛弃，不会被壮丽的事业抛弃，我的一生已经献给有意义的人生，这难道还不够么，我还唠叨什么？

　　接下来的流水账，无非就是下班，吃饭，睡觉，你是否有时间想听一个家伙说他如何睡觉？（可以去看普鲁斯特的小说，法国最无聊、最没意思的作家。此人用5000字写他如何睡觉）睡觉？有什么意思！浪费生命，你一个字都不想听。接下来，又是上班、下班……于是，我的一日，就是这么几个高度概括的、抽象的词就可以概括掉，黎明、起床、早点；正午。中午、盒饭；午睡。下午、晚餐、电影三频道、睡觉。该说的不必我多嘴，不可说的就只能保持沉默。一日啊，你这个百无聊赖的家伙，你只配永远、永远地待在黑暗中！

大地记

春天·荷马·山神的节日

水泥路在县城外一公里的地方就突然截断。时间的两个边境,这边,人们所谓"现代的"一词所指的种种。那边,落后与过时,土气与贫穷。典型的通向旧世界的道路,路面凸凹不平,红土尘造成的雾旋转起来,当它们稍稍消散,大地立即在道路的两边出现了。历史上司空见惯的那种春天,在云南,是高原上的道路最干燥的时候,道路周围的天空,往往依据不同土壤的颜色成为土黄色或红棕色的。路上见到的人和车子都是土土的,犹如来自一个矿区。道路在红土的山上镶嵌石块铺成。修成之后就一直如此,在无数次的雨水冲刷、轮子碾压之后,路况只比原来更坏。在别处汽车早已普及,但在这条道路上看不到一辆,在这里遇见的车子多是中型的卡车、手扶拖拉机以及少数的吉普车。经常会遇见步行者。对于外面的人来说,通过这条道路抵达某个"美丽的地方"的激情早就消失了,所以除了有利可图,很少有人在这条道路上进行浪漫之旅。因为这一带并没有什么激动人心的风景点,溶洞啦,瀑布啦……无非是丘陵、灌木丛、土地和外表贫穷的乡村罢了。高原上沉默的大多数。然而正是这一点，才使道路深处过时的旧世界在无意中被保护下来，固执地通向失去的时间。它与格林尼治时针的方向背道而驰，不是通向未来，而是通向开始。由于道路，时间变得无比缓慢，一小时不再意味着60公里，而是30公里、20公里、15公里……生活随着道路的延伸和艰难向过去后退着，先是，我看到道路附近涂写在乡村土墙上的70年代的标语；3小时后，我确信我发现了50年代的标语："白天大干抹把汗，晚上披星戴月当白天。""改变一穷二白的面貌，画最新最美的图画。"以及悬挂在红墙上的木犁。最后，汽车成了累赘，失效。仅仅象征一种笨重而无用的财富。道路现在成为马路，马匹像古代那样谦虚地低垂着头，驮着货物出现了。到最终，道路消失，回到大地上，犹如河流回到了水中。在这里，所见的步行人，肌肉结实而灵活，皮肤在阳光中呈现为褐红色，与大地一致。

　　道路在云南中部的高原上。一片地势平缓的高原，这是彝族中阿细人聚居的一处地方。道路两边，低缓的丘陵上，是各种灌木、乔木和用红壤和大树建造的村庄。接近村落的山地上，梨花在开。犹如一盏盏白色的山灯，在没有人知道的时刻被神的火点亮了。大地上柔软的一切都被风吹向一个方向，那个方向是蔚蓝色的。如果你驾着一片云在天空中走，肯定会看见一团团形状美丽的阴影，随着梨树散落在红色的山地之间。这些阴影使红色的山冈显得透明、空间开阔。毕沙罗画过许多这样的场面。许多土地尚未播种，新鲜的红土被木犁翻开来，在阳光下晒得蓬蓬松松。其间，混杂着许多去年秋天留下的根，玉米、薯类或蕨类的根，闪着白光。在较易吞食光谱的土壤上，闪光点被这些干掉的根一一体现出来。松鼠或山鸡踩着它们跑过，发出一片断裂之声，当然这些声响只能属于甲壳虫的耳朵。如果从另一个方向来说的话，它们也可以看作是来自黑暗深处的喉咙。曾经充满水分的管子空掉了，那些用来过滤水分的一层层透明的膜，干了，飞舞到外面去，如果能收集到它们，也许会听到某些在黑暗中只有大地的耳朵能听到的声响。

红色的山地并不是无边无际，而是被开着金黄色油菜花的地、开着紫色荞麦花的地、绿色的麦地分割开来，并且高高低低，间或相对地平坦，这样红色泥土才显得鲜明醒目。但仔细看，红色的泥土也并不是都红成一色，有的偏黄，有些又偏深。这和地势有关系，和光线也有关系。和云的移动、风的速度都有关系。在没有云覆盖的时候，红土的颜色比较亮，但云一移上来，土地看上去就是灰色的了。在黎明，由于露水，土地有些潮湿，土的颜色较饱满，呈现着本色。但到了中午，往往颜色就比较平淡，因为各种事物的光都比较均匀，阴影缩回到各自的身上，大地上的各种物体都界线分明，互不影响。它最灿烂的时刻是黄昏之前，下午四五点钟。红的本色里掺进了一些黄调子，但不夸张。依我看，塞尚可能会喜欢黎明和中午，而梵高可能更喜欢接近黄昏的光谱。但到了黄昏，落日之光全打向物体的一面，大地的本色被各种比它高的事物获得的光线造成的阴影所遮蔽。这时候，泥土是阴暗的，灿烂的是花朵、树干、石头等物体朝西的一面。花朵中最灿烂的是梨花，尤其在逆光中，它中间的部分是一片若有若无的朦胧，犹如从阴暗房间中所见的有光的玻璃，而边缘却是一串串钻石般的光芒。我曾在一株这样的梨树下，坐在它的根上，直到日落。但日落后光芒渐暗的时刻，红色土地又会呈现它的朴素的本色，因为令人眼花缭乱的纠缠在地面上的光和影都蜕去了。新的光出现了，它不是来自某个居高临下的发光体，而是来自事物自身。我看到，大地不仅内部，它的表面也是黑暗的。黑暗的，我是作为一种新的光来说的。

红色的土地、种着荞麦或油菜籽的土地、麦地、粉红色的桃树林、白花梨树、灰色的或接近黑色的石头群、有暗绿色叶子的松树林子、灌木丛等等，这一切组成了大地的线条、画面、各种局部。也把所谓春天这个相当抽象的时空具体化了。犹如印象派的各种杰作，脱离了画布和颜料，脱离了现代主义的观念，回到了活的大地上。高原的这个表面，看上去是自然，但实际上是人为的结果，因为土地是分配过的，什么地上出现什么，这决定于土地的主人。这些地主肯定不会为了美化大自然而播种，更不会为印象派的诞生而选择播种梨树或土豆。他们播种是依据生存的需要，但正是这一点，恰与自然的常规契合。如果都认为只有梨花才美，都种梨树，大地就会被单一遮蔽起来。"它盖着一床梨花织成的白被单"，一个比喻就够了。各司其职，各管各的，造成了大地的丰硕。看哪，在这一片高原上，乌鸦在它的天上，用翅膀拨开了一只乌鸦的路；蜜蜂在忙着只有它可以干的活计；蛇适得其所；梨花在它自个的根上开；蜈蚣住在它的山洞里；一只鼹鼠的布满羊粪并且种着蒲公英的后院；一束越过桉树叶而来的正午之光在石头上的动态……就在这一切之间，红色的道路蜿蜒，乡村犹如手掌上的指节一个个出现。梨花包围着的村庄、桃花点缀着的村庄、马帮和牛铃碰响的村庄……我看到，每一个村落的外貌都不尽相同，但有一点是相同的，就是它们全都用泥土和树建筑了居所，所以，在这片高原上，乡村的底色是红色的。树支撑着叫作森林的东西，也支撑着人们叫作家的东西。

　　此时此刻，在这片大地上漫游的是乌鸦。它们总是在这片高原漫游，它们是否来自其他的高原，它们是否是死去的乌鸦的后代，从格林尼治时间的看法来看，这些可能是毫无疑问的。但我确实也不会知道，是否有某一只乌鸦成了所谓乌鸦之神一类的东西，在时间中永生着。它知道乌鸦的过去和现在，它像一个千年岩洞作为石头容纳着石头，同时也像石头一样保持着对人类的永久沉默。数千年前的人看到过乌鸦，我也看到了乌鸦，它们是同一只，还是隔着时间的另一只？

时间在前进，但乌鸦总是回到过去，犹如植物的根，总是要回到黑暗中。如果它不是永不休止地在返回它的过去，我怎么可以在千年之后还认识一只乌鸦？一只红色的乌鸦，谁会以为它是乌鸦？在这片高原上，时间的方向与我手表上的不同，万物通过一次次返回它的开始获得永生。我所提到的这只乌鸦，就停在一些柳树的上面，它张开翅膀，迎着正午的风，一动也不动。它在天上，但并没有飞翔。乌鸦在天上，并不总是在飞翔。这一点被史蒂文斯忽略了。但不会被乌鸦忽略，这是它可以在天空里，看上去似乎毫无依靠而不掉下来的原因。乌鸦总是在这一带，它的漫游不是要改变，而是要保守着原在。在它的世界里，不会有什么比一棵保持原样的梨树、一个保持原样的水塘、保持原样的岩石和保持原样的虫子更好的东西。在这里时间不会过时，时间只是世界的无数个可以停下来、稍事逗留的点。下一个点，梨花树的无数枝条中的某一枝，乌鸦一收翅膀，降落了，裹着黑羽毛的身子被这根有着 7 个节疤的树枝轻轻地弹起来。

在这片大地上的另一些漫游者是阿细人的歌手。这是一些以自己的祖宅为基点，在故乡的一片方圆 50 公里左右的大地上漫游行吟的歌手。大地是多大？对于任何一个具体的人来说，就是他的故乡那么大。大地并不是整个世界，谁也没有见过所谓的整个世界，行吟的盲歌手荷马漫游过整个世界吗？大地是连绵不绝的，但对于具体的居民，它总是有相对的边界的。大地就是每个人自己的故乡这个局部。歌手们漫游的范围，只是所谓故乡一词所具有的范围。一个岛屿、一个盆地、一片高地；数十个村庄，散布在方圆 20 公里左右的土地上的部落、族人、家人、朋友、情人、仇人、血缘姻亲；同一类气候、同一条河流以及同一座高山下的栖居者的大地——这就是所谓故乡。阿细人是彝族的一支，他们来自古代一个漫游大地的部落。这个部落来自何处已难于考证，可以把握的是，这个部落在这片红色的高原上停了下来，他们种植并守护这片土地,现在我看见的这片高原属于他们。没有停下来的是部落的古歌。从某种意义上来说,这些歌手可以说就是他们部落中的乌鸦之神。他们歌咏大地上的事物,歌咏万物的起源,言说没有舌头的事物和时间。在万物起源千万年之后,在语言诞生之后,他们依然在歌咏,他们从未遗忘这个主题,他们总是要将现在与过去联系起来。也许距离那创世的七日,世界真的很遥远了,那些造物的工作都在记忆里模糊了,却在他们的歌谣中获得保存,这些歌谣成为他们寻找失去的时间的方式。它随着民间歌手们走过大地,让人们在后来保持着对开始的记忆。它们是无数过去的人们的记忆,但总是通过一个活在今天的人的喉咙传布到大地上。犹如大地上的那些植物的根,每个春天,都要再次回到黑暗中,然后,以玉米或梨花的样子回到光明的天空下。歌手们深受人民爱戴,他们实际上是人民中的智者和精神导师。那些今天仍然在传唱的歌谣用阿细的话说就是"先基"。先基就是歌手们依靠记忆和创造从古代传唱下来的史诗。罗多寨的潘正兴是一位荷马式的歌手,他在27岁时像荷马一样成了盲人。他把数千行的歌谣保存在他的记忆里,这些歌谣记忆了阿细人对于世界之初的想象,记载了他们的神灵、劳动和生殖,唱完一遍需要二十多天。以他的唱本为主的"先基"在1958年被一个"民间文学调查队"翻译成汉语。形成一本小册子《阿细的先基》,进入了图书馆、大学和研究所,这本小册子已经失去了"先基"的根本形式——口头吟唱。它从来不是为书面记录而创作的,但现在剩下的只是歌词的记录,吟唱的音乐部分被省略。歌手只是一个录音机之类的东西。这个译本也相当可疑,它是依据"民间文学"(对已被视为"落后的"、非主流的民间艺术的一种婉转说法)以及"鉴别精华与糟粕"的原则加工、删节而成的。而且,汉语与阿细语言的差异也使原作遭到损害。汉语译本相当精练,但阿细话是一种能指非常丰富的语言,它有许多在汉语中已经被文明擦掉的能指原初世界的词语。但即使如此，它仍然是一个极有力量的文本。10年前，我在图书馆里阅读了它，我从书本而不是大地上接受了《阿细的先基》，犹如在餐桌上品尝一只依据客厅的要求被洗擦得干干净净的、消过毒的、远离泥巴之龌龊的水果。没有人以为吟唱这一史诗的歌手是一个幸存的荷马，这种说法太夸张了。县里搞文化工作的同志颇不以为，伟大的荷马会是一个瞎掉眼的农民？盲歌手在远离图书馆的红色高原上怀抱着石头死去，他不知道荷马，但他的歌谣比荷马幸运，他的歌谣与小册子上的那一个是分离的，它没有死在目录架上，而是继续在大地上漫游。

被整理成汉语的小册子使我一直以为《阿细的先基》是一个固定的文本，歌手们无非一遍遍地背诵它罢了。但当我亲赴这片高原，远离文学和汉语，双足在松软的泥土中一次次陷下去的时候，我遇见了活着的、来自人的喉咙中的"先基"。1997年3月7日，我在阿细人的村庄中，聆听了歌手毕继昌的吟唱。他52岁，是幸存在这片大地上的歌手之一。在他故乡的一所老宅中，我幸运地蹲在他旁边，紧挨着他微微散发着汗味的身体，他刚刚从大地上回来。附近是马厩，一匹马在吃草。他戴着一顶旧的军帽，下面是一张结实、肤色黑黄的农民的脸和玉米那样饱满的牙齿。他说唱就唱，连润润嗓子的动作都没有，放下手中的水烟筒，口一张就唱了起来。他的眼睛在歌声中开始发光，照亮了某个隐匿在歌谣中的世界；他像盲人一样，再也看不见周围的一切，只看见那复活在歌谣中的东西。附近的山冈中，桉树和苹果树在风中摇晃。他的歌谣节奏缓慢，正像风在摇动，与我读到的汉语译本的那种明朗的节奏完全不同。他的嗓音有些暗哑，犹如从大地中出来，与泥土摩擦而产生了音符。我听不懂他在唱什么，我觉得我只能听，而说不出什么感受，因为在我的听觉世界里，没有这种声音。但我还是拼命想把握住它，我终于觉得他的歌声有些悲凉，我甚至在他的眼角上看出了泪水。他为我唱了有关大地开始的一段。后来他用汉语告诉我，"先基"只是一些较为固定的曲调，但它的内容是不断地依据歌手吟唱时大地上的各种样子和情况加以创造的。在春天，可以有春天的"先基"；在夏天，可以唱夏天的"先基"……在岩石多的地域可以有与岩石有关的"先基"，在水塘附近可以有与水塘的样子有关的"先基"。歌手必须记住某个代代相传的总谱、史诗内容和叙事的顺序，但每个世代的歌手也会有自己的创造。在他的歌谣中，时间不是前进的，而是原在的，在开始之地原在。所以他每一次歌唱，都是向大地之始的后退，往回一直追溯到天地的创造、人的出生。但他总是从现在、从目前的事物，从后来的世界向过去的时间追溯。他的歌唱总是会返回到事物的开始。后来的事物，比如汽车、水泥，他的歌是这样唱的：我看见你的不吃草的汽车啦，么……在汽车之前又靠哪样走路呢？汽车之前靠的马帮了，么……在马帮以前呢，靠的是两条腿了，么……人没有腿的以前呢？靠的鸟那样的翅膀了，么……在翅膀以前呢？是像风和云彩一样走了，么……在水泥以前是靠哪样盖房子呢？水泥以前么有石灰噻，么……在石灰以前呢？么……就是大山上呢石头了嘛……他的歌谣与潘正兴的不同，他的歌更多些即兴的成分，他说他每一次唱与前一次所唱都不完全相同的。"先基"可以一个人唱，也可以一问一答的形式两个人对唱。对唱的双方都必须具有广博的彝族历史和日常生活的知识。能进行这种对歌的歌手并不多，毕继昌经常要背着一瓶酒，走过一个一个村庄去寻找可以和他对歌的人。他走到哪里，就在哪里吃住，人们把唱"先基"的歌手的到来视为先知或神使的到来。毕继昌唱完一段，从他的歌谣回到现实，重新看见我的时候，我问他，你唱歌的时候是不是有些悲哀的。他说，你乱说，我高兴得很，唱"先基"么，我最高兴喽嘛。我不再吱声，一肚子都是蠢话的人，应当学习哑默。他告诉我，现在唱"先基"的人越来越少了。年轻人都羡慕县城里的卡拉 OK，在这个村庄中只有他和另一位妇女会唱了，"她唱得不好，唱得好的那个女人离我这里有 50 里，去年死掉了"。

大地隐匿着不为人知的东西。它一旦敞开，为人得知，就会被永远地遮蔽起来。遮蔽和隐匿不同，隐匿乃是大地的存在方式，而遮蔽却是毁灭，因为它是以利用为目的的。所谓遮蔽，就是依据人类的诗意升华自在之物，升华即遮蔽。文明在升华中蜂拥而来。当大地自身的真理被人类的真理遮蔽，利用也就顺理成章，利用开始，末日来临。在这片大地上漫游的人还有一个，就是我。在这儿，我的漫游和漫游故乡不同，我看见我看得见的一切，但我看见的东西，在故乡的人不会看见。在故乡的人司空见惯的东西，我永远也不会看见。令我惊讶的事物，没有人会惊讶；令我感动的事物，没有人会为之感动。并不是这个世界麻木不仁，这是一个故乡的适得其所，是一个家的存在。只有异乡人会对别人的家大惊小怪。所以我看见的，总是大地上沉默着的事物。我的漫游是发现所谓诗意的漫游，而不是诗自身的漫游。诗意是什么，死神的别名。"我来了，我看见，我说出。"说出什么？说出无异于向侵略者提供爱国者的地址。说出就是对沉默者的毁灭。见得还少么，说出一处住着神祇的森林的地址，招致的是伐木者；说出一处属于马鹿和豹子的湖泊的所在，导致的是旅游点和垃圾场；说出某个部落赤身露体的"原始"生活，随后，他们穿起衣服来。但这片高原实在难以被说出，它毫无诗意，沉默不是它的墨守，而是它的"在那儿"。

我在春天中穿过他们的故乡的大地，进入了他们族人的村庄。"他们快乐地做自己想干的活计，在菊芋开花的时节，土地为他们出产丰足的食物。山上橡树的枝头长出橡果，蜜蜂盘旋采蜜于橡树之中；绵羊身上长出厚厚的绒毛，妇女养出很多外貌酷似父母的婴儿。他们源源不断地拥有许多好东西，他们不需要驾船出海，因为丰产的土地为他们出产果实。"(《工作与时日》希腊赫西俄德)成群的如葡萄般滚动而过的黑山羊、源源不断流到村头水池中的泉水、水桶、柴草堆、一闪而过的美丽健壮的异族女人以及她们面目如天使的小孩、红色的房子、梨花或桃花、展开了翅膀的蝴蝶……村庄里几乎见不到人,挂木犁的墙、空着的马厩,人们在大地上工作。我初次所见的事情犹如赫西俄德所说。这是一个处于春天、生命、心满意足和感激中的地方。写作总是难免夸张的一件事,而且可能越写越忘乎所以,越写越夸张。读者看了以上这一段,可能会以为我在描写某个希腊的村庄。经过千年的反复传诵,译成各国文字,赫西俄德在《工作与时日》中描写的一切,已经被世人视为古代世界的天堂。我说我在一个20世纪的云南高原上的村庄中看到雷同的情景,读者可能以为我是做了诗意的处理,升华了原本很平庸的事物。写作应该是某种不厌其详地去接近真相的努力。我要告诉读者,我并没有升华我之所见,我可以再补充一些细节,我所见到的人,并不是希腊人,而是在云南山里随时可以碰见的农民。男人们大多穿军服或蓝色的中山装,但都非常破旧,隐隐地泛着来自大地的土红色。并不是这些人都没有新衣服,而是他们都在处于劳动中。女人则完全穿着他们民族自古代传下来的服饰,这些服饰既适于体现女性的美,又适于经受劳动的磨砺。我相信这与赫西俄德所见的一致,无非在他的村庄中,人们可能通常是披裹着麻布罢了。当然,如果你坚持把这一切看成是某种落后和贫穷也可以,与工业国的粮食基地或巴黎时装相比,这一切也可以看成所谓穷乡僻壤。但世界并非只由一种看法统治,我坚决地告诉你们,我所见者犹如希腊。

村庄中的每一所屋宇可能都有门和窗子,并且只有一个出口。但对于大地,村庄是完全敞开的。有无数的道路通向土地,甚至每家都有一条自家的道路与土地联结起来。从这些道路进入村庄,你总是进入不同的地点。在一条道路的终点,我看到的是一匹白马和树枝落在它身子上的成了黑色花纹的影子,这花纹使我忘记了体现着它的是一匹白马。在另一条道路的终点,我发现一扇半开的木门,门口的石阶上,放着两只黄草墩,它们完全可以放进塞尚的画布。在第三条路上,我遇见3个背柴的妇女,她们停下来,像圣母那样望望我,笑起来,露出了牙齿。在第四条路上,我看见一个水塘,姑娘们在用脚掌踩踏潮湿的衣服。第五条路通向一片紫色的荞麦地,它被一排树枝搭的栅栏围着,木栅栏上开着黄色的迎春花。在第六条路上,我看见一个穿红衣服的姑娘,骑着红马,从梨花树下踏花而过。在第七条道路的尽头,我被山脚植物上的倒挂刺刺伤了手,恰遇见一位披羊皮的牧羊人,他用金黄色的烟丝,抹在我的伤口上,血立即止住了。

在一条石块铺成的路上,我发现一堵土红色的墙上挂着5架同样是土红色的木犁。我仔细地瞻仰了其中的一架,因为它正处于一线阳光中。它给我的印象不是工具的印象,不是钢犁那种印象,钢犁是非常锋利的。它整个是一个笨重的、圆而钝的东西,用来自大地上的木头制作。形状有些像水牛的角,被大地上的水和泥巴染上了土地的本色。已看不出它的起源,一棵松树或柚木。它为了播种的目的被劳动创造出来,在劳动中它又返回了大地。也可以说大地在它身上获得了犁的形状。它和大地不是对立的,而是大地的另一种呈现。它的样子和大地非常吻合、亲密,唤起的是我对大地的温暖的记忆。犹如我以前见过的梵高所画的某双靴子。我在钢制的犁头上从来没有看到过这种东西,那家伙我总以为是一把锋利的刀,它与大地是屠夫和猎物的关系。这个木犁不是一件工具,而是一件作品,我像瞻仰杰作那样瞻仰了它。我不知道谁是它的作者,我以为一个可以署名的作者并不存在,这个作者就是大地本身。"建立大地是指,把大地当作自身封闭的东西带向敞亮。""建立大地是由于作品本身退回大地而完成的。"海德格尔说的是否就是这架木犁?

我又遇到一个青年，他穿着一身已经发黄的旧军服，大脚指头穿通了旧胶鞋的帮，像一粒表面粗糙的卵石那样暴露在外。他袖手站在核桃树下，他说，我们这个地方太落后了，太封闭了，路又不好，难为你们来。我注视着他脖颈上鼓出的肌肉和筋条——大卫的脖子。我说，这棵核桃树是你种的？是呢。不单这一棵，这些都是，还有李子树、板栗树、花红树，我看见了他身后的一片小树林，而他的家就在这树林的边上。

有一家人邀请我进入他们的家，我看到他们正在世界以外，享用最后的晚餐。但他们中间并没有犹大。最后的晚餐将在另一个黄昏继续享用。我所谓的"最后的"，乃是相对世界的晚餐而言。在我的世界中，这样的晚餐已见不到，或者已经被视为"粗茶淡饭"。这是一间光线昏暗的房子，最里边是灶，烧的是柴。容貌美丽而结实的妇人蹲在灶旁。由于烟的熏燎，屋顶已经漆黑，犹如在黑夜，但下面是亮的，墙壁泛黄并正在向黑过渡，像一幅古老的宗教画的底色。屋子中间是一张矮腿长木桌，三块粗糙的木板子组成了桌面。上面放着一土碗肥腌肉、一土碗水煮萝卜、一土碗腌韭菜花、一盘火烧过的红辣椒、一盘苦刺花、一盘凉拌蕨菜、一盆苦菜、一瓶苞谷酒、一蒸笼饭。男人们靠墙屈膝坐在矮凳上。大家共用一个水烟筒轮流吸烟。酒盛在土碗里。他们说的话我听不懂。他们摹仿着普通话对我说了两三句。来。吃饭。你抽烟。他们又邀我进入其余的房间，这些房间与我所熟悉的住房不同，一个城里来的小偷无法在这些房间中进行偷窃。因为它们并没有某些司空见惯的家具，好让小偷立即判断出普遍地藏匿金银珠宝的地方。并且，所有的财富都是来自大地，除非把他们的土地偷走。在一个房间中，我看到一袋袋稻米和散堆在地上的玉米棒、土豆，一排腌制的肉块高挂在梁上。在另一个房间中，我看见一匹马和满地的稻草。在第三个房间中，我看到晾着一屋子的烟叶。

村长是一个相貌英俊但个子矮小的人。他穿着一件打篮球的红背心。露出了两只曾经盖起一座石头房子的手臂。在村公所里,他有一间办公室,摹仿着他的世界以外的样子,但他从来不正规地使用它。他在里面抽水烟筒。办公室的墙上挂满了篮球。在这里,各种比赛的奖品大多是篮球。村长告诉我,他们以前主要种麦子、土豆、玉米,现在种了很多的烟叶。种烟叶卖给烟厂使他们增加了很多收入。村长告诉我,明天要祭龙,后天要祭火。他们(将要祭祀的神祇)会保佑我们。

与流行无神论的世界不同,在这里,人们相信神依旧住在大地上,住在山林、水塘、灌木丛、老宅和祖先的坟地里。"须知,宽广的大地上,宙斯有三万个神灵。"(《神谱》希腊赫西俄德)。在《阿细的先基》中,被译成汉语的神至少有三十多个。……创世神阿底、造人男神阿热、造人女神阿咪、天神阿沙、大地女神阿兹、种子之神忒别厄和尼别厄、雨神阿赫兹、风神赫梭、太阳之神阿洛、农神乃图坡、太阳女神吉莫涅尼兹、月神纳巴、星星神阿耐、云神涅姐;司管牛马牲畜的密枝神、水神、山神;司管纠纷的谩神、火神、叶神、大地之神、石神、树神;造天神朵热、造地神奶渥白;还有懒惰的男神尼吉兹阿波和女神尼吉兹阿娜……还有许多神记忆在活着的"先基"中,我们永远不会知道。在农历一年中,每个月人们都要祭神,在一月,要祭年神;在二月,要祭密枝神;三月,要祭龙神;四月,要祭山神;五月,要祭谩神;六月,要过火把节;七月,要祭祖先;八月,祭叶神;九月,祭地神;十月,祭石神;十一月,祭树神;十二月,祭天神……"要让神欢欢喜喜的。"

"三月的时候么,该祭龙神(水神)了。大龙么在塘子里,中龙么,在水塘边上,小龙么,在水塘底。把龙画在树上,把白猪抬到水塘边……用栗树针来祭,用松毛针来祭……四月的时候,要祭山神了,在寨子边上,有一张石桌子,把3岁的大公鸡,把3岁的大母鸡,红米和红酒么,放在桌子上。山神啊,我们敬你来了,我们的寨子,你要经常保护它……能干的神啊,我们不吃先献给你。"

我所见的祭龙是这样的:正午,人们陆续来到村公所,每个人都捧着一碗米和几炷香。他们是每户人家派来交祭神用的物品的。因为祭神要用很多的香,并且最后还要全村聚餐。而到山上祭神只是派一些选出来的年轻人和长老去,不能全村都去,更不能有女人去,否则神会被惊扰的,所以要把祭神的物品统一交纳。在村公所里,人群分成了两堆,一堆人在忙着分配日本进口的化肥,另一堆人在忙着交纳祭神用的米、香。人们并不觉得这两样事有什么矛盾。

中午,毕摩(主持祭神活动的祭司)和长老们率先出发了。他们沿着盛开着各种花朵的山路,到达祭神的山下。他们在山脚下用树枝搭起一个避邪的门。随后,小伙子们扛着祭神用的大白猪来了,把白猪放下地从那个门里赶上山去。然后,毕摩和长者们继续上山,直达这个村庄每日饮用的泉水所在的源头。这是一个石头砌的水池,泉水从石缝里汩汩而出。长老献上香和大米。然后,毕摩——一位头发花白的老人,面对大山,念念有词,我不知道他说的是什么。我估计,他表达的是对水的感激。

之后,跟着毕摩来到山上每年祭神的地方。这里有一棵被视为代表神灵的大树。在树根上,毕摩和长老们再次献上了大米、香和他们编制的花环。年轻人宰杀了白猪。用树枝升起了火,支起一口大锅,把猪刮洗干净,猪头割下,用树枝挑着放进火里,烤香,也奉献到神树下。毕摩再次念念有词,表达他们对神的感谢。长老和年轻人一齐在神树前面跪下。毕摩敲着一个铜铃,对着神树诉说了很久。之后,大家把猪下水弄熟,吃掉。在将近黄昏的时候,人们才挑着宰好的猪下山去。这一群人逆着落日走下山冈朝他们的村庄走去的时候,被来自大地上的风吹得飘飘欲仙。

傍晚，盛大的乡村晚宴开始了。人们在村公所做好了饭菜，把姑娘们从山上背来的松毛沿村路铺起一条长500多米的松毛席。饭菜就摆在上面。分成了很多份，每一份都是5碗菜。酒是用大桶装的。人沿着松毛席，坐在地上。毕摩祝酒，村长祝酒，歌手唱祝酒的歌。村长和歌手顺着宴席边唱边跳起了舞。数百个喉咙同时打开，酒像开闸的河流那样流淌起来。小伙子和姑娘们开始唱歌，在世界音乐史之外的歌声，犹如山冈上的泉水，犹如树林之声，犹如梦想中的神曲。

祭龙酌次日是祭火。我所见的祭火是这样的。白天，有人开始在用竹篾扎制火神，筋骨扎好，在外面裱上纸。然后用色彩（从城里面买来的颜料）把它画成一个似兽非兽的东西。到了下午，毕摩和长老们在村头的一群大树之间出现了。他们中间还有一个用铁皮桶罩了头，上面画着一个面具，身上穿裹着麻布的人。毕摩抱着一只将用于祭奠的白公鸡。他蹲到地上，敲着铜铃，念念有词。那个戴面具的人先围着一堆树枝蹦跳叫喊了一阵。然后蹲下和一位长老开始用一截木枝在另一截木枝上搓钻，一会儿，木枝就开始冒烟，手越搓越快，突然，火焰就像它最初出现在世界上那样爆发了，点燃了旁边的某种易燃的植物，很快，大火就熊熊燃烧起来。我从未见过这样的火，在我的记忆的终端只是一根涂着硫黄的火柴。他们在我眼前所做的事，只是记载于历史教科书的第一章或第二章中。我从未想到"钻木取火""燧人氏"这些枯燥的概念会成为我眼前的火焰。一群赤身裸体、身上画着红色图案的孩子点燃了手中的火把，爬上了火旁的一棵树。他们站在树干上，嗷嗷地叫喊着。扎好的火神被抬过来了，他已经高高地坐在一个轿子似的杠子上，由两个人扛着。有人吹响了牛角，有人弹起了三弦琴、月琴，有人在敲着铜鼓。刚才钻木取来的火已经被盛到一个铁盆里，吊在火神的下面。毕摩出现在人群的前面，大家开始朝村庄中进发。许多人嗷嗷地叫着。一路走，一路有人把自己家火塘里的火灰用瓦片盛着，倒到火神下面的火盆里。孩子们蜂拥在后面，节奏一致地叫喊着。我挤在人群中，像喝了酒一样，有些恍恍惚惚。忽然间，我看见神祇们一个个复活，一个个从树林、从田野、从水滨、从村庄中跳了出来。这并非我的幻觉，实际上这是一个个用各种材料装扮出他们想象中的神灵样子的村民。他们全是男子，每个人都是赤身裸体。有的戴着桉树皮做的面具、有的戴棕榈叶做成的面具、有的戴着树叶做的面具，有的在纸板上刻出鼻子、嘴巴，有的直接在脸上用泥炭、水粉颜料画出面具，有的用青苔，有的是用泥巴，有的用植物的汁液……很多人都在胸部画了乳房一样的圆圈，在背上、腿上画了各式各样的线条。有些人直接装扮成乳房高耸的女人，还怀抱着玩具娃娃。每个人的下体都被漂亮地装饰起来，有的拴着葫芦，有的拴着五彩的野鸡，有的拴着竹筒，有的人用麻布遮着，有的人用草叶遮着，也有人裸露着健硕的阳器，在上面涂抹了色彩……他们装扮成想象中的神祇的模样，或者猛兽的模样，每个人都自己创造了一种样子，没有重复的。他们雀跃着，高举着棍棒，叫喊着加入到火神的队伍里，边走边激烈地摇晃着下体，使生命的原始欲望被强烈地表现出来。就在数小时之前，我还见过这些沉默的人，在劳动和日常生活之外，他们的表情像是面对着鲁迅先生的闰土，与作家们通常描绘他们的形容词似乎吻合：老实巴交、木讷、麻木不仁……但现在全变了，像一群发情的野兽，一个个生龙活虎、美轮美奂、幽默风趣、野性十足、赤裸裸……当然，也可以说成下流落后、厚颜无耻、发疯着魔……正像我梦想中的神子。他们朝着我大笑，做鬼脸。甚至在我脸上抹一把。我衣冠楚楚，动弹不得。忽然，又出现了两队穿着彩色的阿细人服装的青年，一队男，一队女，男的每个人弹着一把大型的三弦琴，女的拍着巴掌，边走边唱，边走边跳一种用脚走出拍子的舞，也加入到人群里。这时候，狂欢的队伍已经有一公里长。在落日下的大地上，在梨花和桃花之间，灰尘迷漫，尖叫、牛角号、面具、锣鼓、人群旋转着向前移动，我以为我是进入了非洲的某个古老部落，进入了原始时代的狂欢中。我看见长老们在某个时刻跪下去，亲吻着冒着红色尘烟的地面。

一个高原上一年一度的狂欢节，众神回到大地上，带领人们越过时间，返回到原始之地。犹如《阿细的先基》所作的。但这一切从未被记载或宣传，日历或民间文学的小册子中都没有记载，也许他们的作者们不以为这算得上是节日吧。确实如此，当我在后来，向县里有文化的人提起此事，他们以为我与他们有同感，不等我细加分说，就摇摇头说这些落后的、乱七八糟的东西在我们县是少数，以后发展了，就会自动消亡的。我只好沉默。在1966年以前，这样的狂欢节在这片高原上的每个村庄中都要举行，但现在只剩下两个村庄还在搞了，因为这两个村庄距县城最远。

现在，情绪越来越激动的人群围着村子中央的水塘移动，抬火神的人跳进了水塘。跟着有不少人跳进了水塘。红色的火神浮动在水面上，引发了阵阵欢呼。人群绕着水塘走了一圈，就来到村公所前面的空场上，在那里已经支起一个大柴堆。已经有数千人聚集在周围，他们来自本村和附近的村庄。忽然间，那些装扮成神祇的人抬着一只只火把过来了，中间的火堆立即被点燃，在春风的帮助下，火焰立即蹿起了数米之高。人们开始围着火堆旋转，神祇们更疯狂地跳跃喊叫起来，并开始赤着脚在火堆上飞跃。原先只是在一旁助兴的妇女们也加入进来，狂欢现在变成了一个盛大的舞会。跳火的人、跳舞的人、演奏乐器的人，一圈一圈地环绕着火堆转动着，合着乐曲的节拍跳动着。黑夜慢慢地降临到大地上，我相信没有人意识到它，火光照耀着一个个面具、一张张脸。照耀着女人们耳边的圆环，照耀着各式各样的乐器，这一切都被某种力量抓住。我也被抓住了，跟着人群手舞足蹈。犹如在风暴中旋转的一棵大树上的一根枝条。一只手在我的肩上拍了一下，接着一张挂满松毛的脸凑到了我的脸上。从狼一类的喉咙里发出了嗥叫。撞到了女人的水果似的胸脯。一个用纸板画成的面具。踩中了某个人的赤着的脚。一个披着一身棕树叶的人蹲下来，调整他的琴弦。叫哑了的嗓子，仍然大张着嘴，他的整个脸都在呐喊。汗水淋淋的脖颈。马粪的气味。左手被树枝抽了一下。踩在稀软的物体上。又是美丽女神的耳垂。"木邓塞碌都来哦（火神来啦）！"火星迷住了眼睛，泪流满面。一团黢黑的、头发直竖的神。一个浑身在燃烧的神，他飞跃在火焰之上。3个小神扭动着飞驰而去。戴着一对牛角的头转过来，是牧神的脸。一阵风，刮起了一大群火星，它们飞到了黑暗的宇宙中……大地之上，星光灿烂。

要毁灭掉这一切，也非常简单，一条水泥路就够了。因为除了这些蒙昧的人和神之外，谁都知道，在文明的进程表上，这一切已经被毫无疑问地判为落后了。因为随着这条道路而来的一切都坚信，他们的到来，是对这个旧世界的解放。

山洞记

我的故乡云南和别的地方不同的一点是,在这片高原之上,喀斯特地貌特别发达,所以山洞也特别多。在云南,亲历过山洞探险的人不在少数。我的很多住在城里的朋友,都可以讲出些与山洞有关的故事或经历。几乎所有的山洞本身,都被种种关于它的虚构的说法遮蔽着,你不可能怀着像经过一片平原或攀登一座山峰那样的心情进入一个山洞。在云南,你总是能听到种种关于山洞的秘密、恐怖的故事、传说、神话,没有一个山洞可以幸免。其实所有的山洞,里面不过就是黑暗与石头、地下水之类,勇气是需要的,但不是对付妖魔鬼怪的勇气,而是战胜黑暗和复杂的地理迷宫的勇气,可这一点从来没有人在故事中提及。在人们看来,山洞,并不仅仅是特殊的地理形态,它们更是某种通灵之地,诗人会把它说成大地的灵魂,巫师会把它说成鬼神的寓所,在此地它被视为阴间的入口,在彼邦又成为通往某个乌托邦世界的洞天福地。在各地区,山洞总是成为人们想象中的某个虚构世界的储藏室,它不只储藏着真正的黑暗,也储藏着与黑暗、奥秘、深处这些词有关的各种感受、幻觉、意义、传说、谎言……人们总是乐于相信，在那深不可测的黑暗中隐藏着世界的秘密、古代的秘密、祖先的秘密、神妖鬼兽的秘密、某批失踪了的金银财宝的秘密、人生命运的秘密……没有什么事物比山洞更多地负荷着这么多的超出它自身事实的意义。人们从未明言的一个念头是，他们一直在暗中相信，如果有朝一日有办法把这些山洞全部打开，世界就会真相大白。人总是渴望洞彻某个暗藏在世界表面之正气深处。山洞之所以总是被人们神秘化，就在于它为人们提供了一个具体的通向深处的门，它使形而上学的、不可告人的、只可意会不可言传的"世界深处"成为有形的可以进入的空间。所以，在汉语中，那些与窥探某种精神世界的秘密、穿透某个灵魂深度有关的词总是要涉及"洞"，洞察、洞晓、洞见、洞鉴、洞悉、洞若观火、洞烛其奸、洞中肯綮。在汉语中，洞，往往是在穿透某种抽象的深度的意义上应用的，但它却起源于具体的洞穴，是洞穴首创了洞这个词的意义系统。面对一个具体的山洞，你不必只是像面对情人或盖世太保们的眼睛那样猜测它藏在黑暗眸子深处的东西，这个眸子你可以进去，你的种种猜测，立时就可以得到验证，这是山洞不同于那些可见不可及的抽象之"洞"的魅力。山洞作为洞这个词的现实之物，仿佛是世界的阴道，人们怀着各种欲望进入它，指望出现个"芝麻开门"，指望着在那黑暗深处捕获到那些他们在人生中只能听天由命永远大惑不解的东西，那些具体的答案、命数、钥匙、关节、要害、秘方、图纸、暗号、天机……当你高一步低一脚进入洞口，那感觉就像进入了单位的档案室，进入了银行的保险库，翻开了盖世太保的黑名单，打进了黑手党的核心组织，走在某个掌握着秘密的死囚的舌头上；你进入了黑暗，你在向深处走去，但这不是一本书中的谜语，不是某个家伙高深莫测的表情，不是考试时来自答案中的沉默，不，你清楚地感觉到你的脚在移动，移动在世界的谜底之上。喏，这世界啦，你不能再瞒着我了！

  在云南，总是可以听到有人以神秘、敬畏的口气谈论他们故乡附近的山洞，任何地区，只要哪里有洞，哪里就成为传说中神灵鬼怪的集合地，惊心动魄的故事就从那里开始。这种风气导致山洞即使被开发出来，修了安全的通道，通了照明的灯，供人们游览，它依然是超现实的。我曾去过某些已开发出来成了旅游热点的山洞，一大窝人，刚才还在外面阳光下，对于世界，还各有各的看法，各有各的观点，进了洞，就寸步不离地跟着那个背诵教科书似的导游，那个导游的解说词，似乎全是从一部阴曹地府的词典上抄下来的，不是妖怪变形，就是魔鬼脱胎，他像哄小孩似的，拿着手电筒朝某个钟乳石一照，就说，这是牛魔王的脸，大家先闭上眼一阵惊叫。过后才瞪大眼睛，张大嘴，"在哪里？在哪里？"其实从那个导游站的角度去看的话，这石头可能确实有些貌似西游记里的一个妖怪，但这么多人，个子高矮不一，视力不一，文化水准不一，有的读过《西游记》，但没有看过《西游记》的电影，记忆中没有牛魔王的固定形象；有的既没读过小说，也没看过电影，只是听过这个故事；并且每个人都站在那石头的对面的不同方位，怎么可能看法一致？导游说过一处，继续往里去了，还有许多人站在那里，愣怔着，非要把这个牛魔王看出来不可。他们哪里知道，当初命名这块石头的那个文人，不过是某文学期刊的一个副主编。他在学习班学过唯物论的，考了八十多分，也看过关于这个洞的地质情报，这个洞如何形成、石灰岩如何、地下河又如何，哪里可以开辟餐厅，哪里可以置游艇，哪里可以搞洞中别墅，哪里搭建栈道……这些内部情况他都是掌握的。但一进了洞，有关这个洞的种种底细他就立即忘光了，黑洞洞的脑海里涌上来的地下水只是西游、封神或者小时候他外婆给他讲的白毛仙姑、红发魔女的故事。这个洞当时刚刚在云南芒市附近的山上被发现，尚未全面开发，当地的旅游部门请一伙正在那里开笔会的诗人作家去里面对它进行形象思维,为它命名一批景点,取些名字,作些对联,赋些诗词,我也在场。进了洞,旅游局的秘书拿着笔记本,跟在这个刊物副主编后面,因为他职称最高。副主编东一瞅,说那群石头是八仙过海,秘书赶紧打着手电记下;副主编又朝西一瞥,刚好就看见这个石头某一个面,牛魔王,脑海里闪电般就冒出这个词,就说出口来。当时就有另外的作家觉得不太像,因为他站的位置稍微偏东,看着倒有些像猪八戒。刚要发表不同看法,突然想起这个副主编还拿着他的一个中篇小说,正在将发未发之时,算了,叫什么都一样,无损石头毫毛的,仁者见仁、智者见智罢,就默认了。牛魔王,名字就这么定下。后来管理这个洞的人也是横竖看不出这个牛魔王,位置一直没站准,只好用油漆在这石头上标上号,南17号石,顶部,牛魔王。以后的导游啦、游客啦,不知洞中底细,都以为这个牛魔王是天经地义。甚至有好事的学着曹雪芹为这块石头编段故事,越传越神,你若看不出它是牛魔王倒是你有问题了。那个副主编大约只记得《西游记》,所以说来说去,就是唐僧周围的那几位。沙和尚白骨精孙悟空一路地数落过去,不一会,这个洞就成了西游记的仓库了。旁边的人好像也都只记得西游里的那些形象,都只说:"对,对对,太像了。"有一个大学刚刚毕业的年轻诗人,就插了一句:我看也有些像但丁的《神曲》。大家就不附和他,因为他们没有看过《神曲》。到后来,个个都来了灵感,这个说,这是流沙河,那个说这是雌雄双剑,写诗的说,这两个石头可以叫作王母娘娘送子,写小说的说,这个暗塘,可以叫作卧龙富……一伙人一边走一边说,说到滑稽处,一齐哈哈大笑,说些什么早忘记了,只是那秘书,认真严肃,打着手电,把笔记本搁在膝盖头上,一一记录下来。过了几年,这个洞竟然香火旺盛,进去求仙问神的人络绎不绝,烧香最多的石头,就是我命名的那个"王母娘娘送子"。

所以进入一个山洞，尤其是那些洞天福地，你最先进入的不是岩穴，而是你的如洞穴一样黑暗的知识。要看到真实的山洞，你必须先穿越你的知识之洞。这就像写作一样，先要越过陈词滥调的污垢，才能露出自己的舌头来。同样，一次关于山洞的写作也并不比亲身体验的穿越山洞的历险更为轻松，这种写作本身也是一次对黑暗的语言之洞穴的穿越。

我第一次看见的山洞，就在昆明城里的圆通寺里。圆通寺后面的山脚下有一个洞，叫作潮烟洞，七八岁的时候，我跟着表哥去看过这个洞，这个洞被木板封着，只能从缝缝朝里面看，漆黑一团，我问表哥，里面通哪里。他严肃地告诉我，通外国。所以我小时候一直相信外国就是在那个洞里面。我17岁那年，第一次进了一个山洞，这个山洞在昆明郊区我们工厂办的农场后面。当时，我在那里劳动，这个农场叫花箐农场。农场在蓝色群山中间，满山是在风中摇晃的松树林，里面有着蘑菇、麂子、野鸡；间或露出些红色的山地，种着土豆和玉米。鸟儿飞起落下，整日啼鸣，流泉在山谷中时隐时现，岩石在阳光下熠熠发亮，山冈时时笼罩着似烟似云似气似雾似蓝似紫的空灵之物，那山似乎是活的，是一个有灵魂的生命。一到农场的那天，就有人神秘地告诉我，在农场的后山上，有一个山洞。不久，关于这个山洞的各种传闻就在青工们中间传开了。据说有人在里面发现一只装满衣服的箱子，衣服是明朝的；有人在里面挖到了猫眼石；有一个复员军人下去后就再没有出来；有两个撒尼族的情人在里面待了三天三夜，出来的时候变成了两只狐狸等等。而附近寨子里的土著则告诉我们，他们的祖先是从这个洞里面出来的，现在他们在里面养着会吃人的蛊。敢不敢去这个洞，成了农场几个青工考验自己是否勇敢的一个标准。我们每天都说到这个洞，但我们还没有去。我们在犹豫着，"你敢不敢去？"彼此互相探询，我们从来不从如何去这个方面去讨论，去不去成了一个立场问题。没有一个人说他不敢去,当时流行的是一不怕苦,二不怕死,彻底的唯物主义者是无所畏惧的这些东西。我其实是一个很怕死很胆小的人,我内心中一直暗暗地相信这个世界是有鬼神存在的,万物有灵。这种经验来自我童年时代,凭着直觉,我感觉到我住的城市中除了人、家畜、老鼠、蚊子之类,似乎还有一些别的什么,它们不是仅仅靠念叨一下"迷信"这个词就可以置之不理的。它们经常在那些老房子里出现,弄出些响声,我听见过这些声音,那种后心发麻、从脖子一直传到腰椎的冰凉感我记忆犹新。但我从来不敢把这些说出来,从小学到工作,我从未听见我的任何一个同学或同事承认过自己胆小或信神信鬼。迷信、胆小怕事都是老气横秋、60岁以上、样子像地主的人的行为,怎么可以出现在一个风华正茂、穿着解放鞋的年轻人身上?行为可以胆小,迷信可以暗藏在心中,但绝不能向大家承认。那时的教育,只教你前进、冲锋、无所畏惧,从来不教你害怕恐惧(例如做坏事的人有地狱管着)、后退;只教你跟大家一致,不教你自己可以有自己与众不同的感觉,例如胆小、柔弱、温顺。这些都是贬义的,人只有一种标准,就是要像黄继光、董存瑞那样,其他都是懦夫。我也不知道世界上的路也可以有向后走、拐弯抹角地走的,甚至是原地停着不动的、逃跑的……那时世界只有一条金光大道,并且是只有一个方向的,做人、做事都只有这一条道。我生来手就小,耳朵也有些重听,天生不适宜从事那些要经受严刑拷打、视死如归的工作。这其实也并不是什么道德或人格上的堕落,人的活法各有不同,不能简单地区分什么是非。但那时我压根就不知道人也可以害怕,也可以胆小,也可以怕苦或怕死,也可以怕鬼敬神,也可以不像英雄那样壮烈牺牲,也可以肤浅而快乐,也可以弱不禁风但风流多情,也可以由于怕死而长寿,也可以只为梅花或女人活着……这些无非是你私人的自作自受的存在方式、你自己天生的权利罢了。一个人当然有权怕死、胆小,只要他不因此而损害别人，难道不是吗？现在，人人都知道这种常识，但在当年，这就是反动思想。那时的教育就是这样，一个胆小的人，也就是一个革命意志薄弱、在关键时刻就会出卖革命的人，一个低级趣味、脱离人民的人，也就是说你将来会当叛徒并且现在就可以视你为叛徒。那时的知识就像某类山洞一样，只有一个洞口。所以那时即使人群中胆小怕死的人很普遍，也没有任何人会自己承认，一个人做人的唯一出口就是，成为英雄豪杰标兵模范烈士之类。后来我才发现，我一辈子最要命的胆小和害怕，就是我从来不敢承认我害怕、我胆小，这一点可把我害苦了。不敢承认自己胆小怕死，不敢爱惜自己其实只配当庸人的生命，时时用那些钢铁炼成的人的标准来苛求自己，是我生命中最黑暗的一个洞，在这个洞里我几乎完全成了一个时时在装模作样、时时在打肿脸充胖子的可怜角色。在那个到处是标兵或正在学习标兵的时代，我几乎被这种角色累死。

　　终于有一天，青工们决定去钻这个洞，农场的全体青工都去，没有人下命令，但不去就是叛徒，这一点已经达成了默契。我不敢独自一个人留下来，我害怕被群众孤立，成为胆小鬼。到了那个洞，我们发现这是一个地窖式的洞，洞口在一处山地上，周围盖着些山草，如果要下去，先得用一根绳子吊着，才能下到洞里。那段悬空的距离至少有 5 米，底下一片黢黑。望着这幽森的洞口，我心里长满了毛。我相信有几个人也是，我看得出他们表情异常，一言不发，再也不哼口哨了。但谁也不敢公开站出来说自己害怕，承认自己不敢下这个洞，说出这句话比下这个洞需要更大的勇气，近乎敢于出卖革命。胆子最大、样子像战士、长得虎背熊腰的一个青工说，我先下，你们跟着。他这话一说，就像是树起了一面义旗、一个榜样，甚至已经成了某种专制的暴力，除了下去，已经不可能再有什么退路，其他心里还在想着怎么找个借口打退堂鼓的人也就无话可说了，明摆着，不下去就是叛变。"战士"说完就把绳子的一头拴在洞口的一棵树上，另一头放下去。然后就攀着绳子下去，他的头在深渊的表面晃了一下就不见了。他下去了约莫十多分钟，洞里一点动静也没有，我们拿电筒朝下照，什么也不能看见，我想他可能见鬼了。但下面终于传来了他的声音，你们快下来吧，那口气很清楚，再不下就是出卖他了。青工们一个跟一个下去了，那些苍白的脸一张张在洞口一晃。轮着我了，我望了望那个洞，想，下去肯定死了。我对那黑暗中的奥秘根本就没有什么洞察秋毫的兴趣，我只要感觉到它们在冥冥之中存在着就得了，碰都不要去碰它们。我对人生世界的兴趣一向是在世界的表面，那些为光明的太阳照耀的地方，我的勇气只在于会为春天山冈上盛开的花朵像疯子那样手舞足蹈，会为山冈上的落日泪流满面，为女人们的身段神魂颠倒……这可能不算勇气，但在内心中，我确实不喜欢仅仅是为了证实自己不胆小这种不大不小的谎话而去做一件把命都豁出去的事。但我做了，我几乎要说出"不"，对黑暗与神秘的恐惧几乎已经战胜了当英雄的虚荣，但我终于没有说"不"，我绝不能叛变。听天由命吧，我两手一握绳子，沉重的身体就向那深渊坠下去，犹如进入了一头黑熊的身体内，只是几十秒钟的工夫，就溜到了洞底，只觉得手掌一阵辣疼，用手指摸摸，手掌已经稀烂，黏糊糊的。我一声惨叫，"我的手烂了！"我完全没有握着绳子下坠的经验，也没有人教过我这一课。其实不只是我，好几个人手都受了伤，但他们都像钢铁炼成的那样忍着。我的手是一伙人里最小的，受伤也最严重，它的勇气完全不适合在绳子之类的东西上表现。后来大家打开电筒，在洞里四处探寻，想发现那些传奇故事中的遗迹。但什么也没有发现，在黑暗中，我们才明白这个洞其实就是一个地窖，并没有其他更深的去处，不过是些石头、泥巴与黑暗罢了。之后我是被绳子捆着身子吊上地面的。我血糊糊的手掌成了我是一个有勇气的人并且将来会当烈士的象征。后来我遇到寨子里的人，他们说"你们看了，要被蛊害死的"。我问他们，你们下去过没有，他们说，那个洞怎么敢下去。那你们怎么知道下面有蛊，他们说，那怎么不知道，我们就知道，这里个个都知道。看着这些土著冥顽不化的表情，我忽然觉得我几乎成了一个唯物主义者。我觉得我不仅钻出了一个山洞，也钻出了那个迷信的洞，我再也不对这个世界疑神疑鬼了。

所以，穿越山洞也可以看成是对一个蒙着你的眼睛的黑暗的语言洞穴的穿越。你面对的不只是大自然的黑暗，还有你的知识造成的黑暗，它使你在虚构的黑暗中看不见真实的黑暗。那些冰凉的钟乳石一个个被形容词包裹着，被遮蔽在文化之布织成的黑暗里，你要看见它们，你先得把那些关于洞穴的种种故事、传说、比喻抛弃。穿越山洞有两种方法，一种是跟在导游后面大惊小怪地瞎嚷嚷着没有危险的旅行，这种旅行和人云亦云的写作差不多。另一种是在原始的不明底细的山洞中的探险，这个原始和不明底细是你自己造成的，因为你抛弃了那些先验的知识，你面对的只是一个现场，你面对的只是一片没有语词的黑暗，你一个词也没有，你无法形象思维，你说不出你到达的任何地方，你只有自己看着办，摸着石头走。现实的洞穴往往只有一个入口，从哪里进去还可以从哪里出来。摸着石头进去，摸着石头出来，它提供的是对黑暗的体验。但写作的洞穴可以有许多入口，它不是从对具体事物的抚摸开始，写作是从对知识的分解开始的，它是从概念向经验的后退。它的入口和进入现实的洞穴的道路恰恰相反。我们进入现实的洞穴，是越过关于洞穴的知识进入体验然后抵达经验，然后形成关于洞穴的记忆。写作要穿越的第一片黑暗，同样是关于洞穴一词的种种文明。从知道的黑暗进入不知道的黑暗，但写作是从所指的深处向能指的表面后退的，比如，从乌鸦的染料或地狱之国的暗喻，回到"山体中间穿通的或凹入较深的部分""石灰岩地区由地下河和渗漏水的溶解作用而造成的有出口与地面相通的地形"这种常识的表面。在写作的运动中，穿越；如果和通常旅游者游览某个洞穴的道路一致，从表面到深处，其实是一条俗不可耐的路线。写作首先要穿越的就是附着在语词之上的那些标志着所谓文明之深度的暗喻、象征、神话、知识。如果把一次穿越山洞的运动中会出现的主题词概括出来，那么它们一般是这三个：穿越、黑暗、光明。但根本的贯穿一切的主题仅仅是一个：穿越。在洞穴中，穿越是最根本的。真实的山洞，很快就可以越过黑暗抵达亮处，但在知识的洞穴中，你只能一次次地穿越，只有穿越本身可以引领你一次次脱离黑暗，抵达澄明。但你永不能以为在某个地点停下来就可以脱离黑暗，脱离黑暗的唯一可能就是穿越，你如果停下来，你就处于洞穴之中。现实的洞穴、传统的洞穴、思维的洞穴、经验的洞穴、形而上的洞穴、形而下的洞穴、精神的洞穴、心灵的洞穴。这些洞穴彼此遮蔽着，彼此是彼此的黑暗与光明，彼此是彼此的出口和入口，唯有穿越这种运动能够穿越它们，穿越它们的黑暗。穿越就是处于光明与澄明之中。往往，穿过一个洞穴，你就忘记了自己已经置身在另一个洞穴，写作的穿越必须忘记"出去"这个词，只是穿越。把穿越预先设定为客观的或主观的、浪漫的或现实的、唯物的或唯心的，都是洞穴，都是黑暗。写作的方法或它的类型只有在穿越中才能知道，才会显现。在此之前，它们只是不可知的黑暗。我当年被关于山洞的神秘主义知识所困扰，这固然是我生命中的一个黑洞，但我后来以"彻底的唯物主义是无所畏惧的"去战胜它，我当时却没有发现它其实是另一个洞，我多年后才发现这一点。今天在云南原始的洞穴已经所剩无几，而且许多美丽的洞穴都遭到人为的破坏。在许多尚未被旅游部门开发的山洞里，那些美丽的钟乳石被大批毁灭，在云南山区的公路上旅行，你经常会遇见把钟乳石敲下来出售的土著。为什么？他们早已丧失了对自然万物的敬畏和恐惧，成了朴素的唯物主义者；山洞在他们看来，不再是神灵鬼怪的寓所，不过是有实用价值的物罢了。战胜迷信固然可以给人以开发世界的勇气，但它导致的无所畏惧对大地又何尝不是一种灾难呢？

你越听了太多的故事，越容易对山洞想入非非，越是把什么魔鬼、财宝往里面去想，你进洞的历程就越艰险；精神的幻象遮蔽着现场，你不是在石头中走路而是在你的幻觉里面走，很难说就走着走着一脚踏空、一命呜呼了。当年我们一伙人在前面说过的芒市附近的那个洞里，一边命名一边往深处走，人人形象思维发达，看见什么都要想它像什么。被明子电筒照出的石头，看起来不是像鬼就是像怪，不是像兽就是像禽，不是死人骨头就是阎王的披风。有些地方，空阔巨大，可容一两千人，阴风徐来，后心凛然。火光一照怪石就一群群站出来，吓得人赶紧闭了眼睛。忽有一石，人立不语，一凛之中，恍惚以为是人，大喝一声"是谁！"回音隆隆，那人竟不答，一石头打过去，方知是否。又用电筒照照，竟觉得这石，像一个人在窃笑。又有如笋之石，如猩猩大象之石，如现代派雕塑之石，有人大呼："美啊！"那声音听来，有些发抖，强美之骄。有些地方，怪石密布，必须从中间穿过去，像是穿过刑场，有冰凉的液体滴下来，周身都被寒彻。满脑袋群魔乱舞，脚是飘的，好像踩在云上，很不实在，结果不是此人被石缝夹住鞋跟，就是彼人被石头撞着前额。才有人说，看它像不像黑风老妖，就有人一声尖叫扑进它怀里，老妖竟然这么硬，一块肉都没有，撞得他膝盖生疼，甩手摸一把，妖怪的手冷冰冰的、刺癞癞的，不像是有血有肉，不像是有妖气贯通。有了触觉，感觉蜕化了些，想想，这经验其实和石头有关。吃多了石头的亏，众人就一个个渐渐离开了思想，注意力从文化水平、才气、审美力向身体的灵敏度转移，摸索着，试探着，再不敢乱下判词了，几乎成了唯物主义者，摸到实处才敢动身。形象思维越来越弱，那个石头看着真的就是白骨精的样子，抱着它，这样肉体才不会坠到深渊里去。那丛黑暗比魔鬼的心还黑,进去,从这边走才有出口。那是撒旦的船,上去;那是地狱的牙齿,钻进去。但路越来越难了,单是走已经不够。刚才对穿越这一运动的感受只不过是一个概括的"走"字,现在渐渐发现其实这个运动的动词丰富得很,现在爬、抠、抓、拉、攀、蹚、钻、扶、扯、扳、跨、踣、蹲、蹬、挂、抱……这些词都要用了,并且许多动作还是没有词的,他们身体上可是从来没有出现过这么多的动词,有些手忙脚乱了。这时县文联的同志告诫说,里面还没有开发,路比较危险,年纪大的同志就不要去啦。一些人就越走越慢,也不打声招呼,就默默地消失,退出洞去了,包括那个副主编。等我们发现的时候,在洞里面的人只剩了五六个,像是给出卖了一样。这一行原先是有二十多人的,浩浩荡荡,人声鼎沸,现在突然静下来,洞也黑了几度。已经没有人随便说话了,偶尔说出来的都是动词。小心地用脚、用手、用身体抚摸着道路,担心着不要被落下。再也不能思想,现在终于意识到周围只是岩石,连岩石也不是,只是撞击摩擦着身体的各种知觉。有的地方,这段路和那段路之间,隔着一个深井,只能用指头抠着石壁悬空而过。用绳子沿石壁边缘拴一条扶手,脚尖抵着一条极窄的石缝过去,向导示范了,大家绝不敢有丝毫走样,一脚是一脚,一步一个印。平日极笨的人,此时也极灵巧地过去了。其实当时已经没有什么灵巧蠢笨可言,那都是阳光下的等级、表演,在这里只有过得去过不去,再灵巧,你过不去就是笨;笨拙,但有利于通过的动作,都被坚决地应用了。这一路上的动作,如果把洞穴掀开让阳光照照,恐怕会把人笑死。如果用形容词去比方,会把人气疯。像狗熊的、像蛆虫的、像扯羊疯耳的、像猩猩的、像乌龟的……但在黑暗中,这一切都没有"像",只是一个个动作,是非的标准,只是穿越。过了这一处,用电筒朝深井里照照,众人都吸一口寒气,像是望见一张死神的嘴,身上就越发冷起来。再照照刚走过的路线,却发现领头者不明地势,选的竟是极险的一途,其实稍高一点的地方,便要好走得多,只是在这种地方,一人如此走了,众人只好随他而行,竟无人敢于自己看看,是否另有捷径,这是人心之洞。又跌跌绊绊,鱼贯而行,洞里是什么模样,已经无心注意,只关心着路是不是通。大家越挨越紧,现在竟是一个拉住一个,绝不脱手,偶一扯脱,便急得大叫"等等我!等等我!电筒照照!"有些地方,石缝中会突然透出一道微光,于是一声欢呼,以为是洞口了,待走近,却只是一条绝不能通人的小缝。但总算有了些安全感,以为洞口就在附近。洞体渐渐缩小,终于小到只容得一人爬行而过,只好熄了火把,在稀湿的泥地上俯下,颤抖抖地一个个朝里爬。那狭道竟又极长,七八个身子接起来还不到头,领头的人,一时掉了电筒,便不敢再爬,急慌慌地在地上乱摸,它干系着一行人的前途,紧张间竟摸不着电筒所在。大家只好躺在洞里,等着他找,不能翻身,不能移动,呼吸都有些困难。隔了好一阵,才有人怯怯地问一句:"找到啦?"领头的人,不吭气,依旧乱摸。在亮处的话,早就不耐烦了,现在都牵挂在他那只手上,跟着他摸索。在这绝对黑透的地方,把手贴在眼球上都看不出来,使劲看也看不出来,以至你怀疑自己是否还有视力,怀疑贴在脸上的东西是不是手。后来,连手的形状都模糊了,消失了,身体这种概念也消失了,各种颜色、岩石的形状、同伴的形状、空间的形状,在周围都消失了;样子消失了,存在感却很具体,全部集中在自己身上,没有任何有色的东西来分散它,周身流动的都是只能用动词来呈现的感觉,但你说不出这些感觉,没有什么动态可以与它对比,旁边没有任何比你快或慢、比你灵巧或笨拙的动静;一片黑暗,连黑暗也不是黑暗,没有可以使你意识到黑暗的不黑暗的东西。你的看完全消失了,你的见也随之消失,你的思停止了,想也不动荡了,人仿佛又回到诞生之前的岁月,回到他母亲的子宫里,回到那一片永恒的混沌之中,仿佛人已经和山洞合为一体，成为岩石的一个局部；那血液的流动，似乎也与洞中的地下水汇合在一起，非死非生，亦死亦生，从不修行的几个俗人，竟体验到一种"涅槃"的境界。阿弥陀佛！电筒终于被摸到，一线微光游来，众生又现了色相，嗔的也有，笑的也有，撒娇的也有，骂骂咧咧的也有，嬉笑怒骂，都包含着一种活命的释然。又开始朝前蠕动，说是蛆似的蠕动，一点也不是贬低自己。在这地带，你就是天马，也得如此蠕动。总算出了这段黑肠子，都松了一口气。现在又进到一个很大的黑窟窿中，向导突然一声惊叫："这里不通！"真叫人想哭。有一男子，真的就哭出来。此人平日里，给人的印象是才华横溢、思想敏捷深刻、知识渊博，又见过世面，精通世故，见人说人话，见鬼说鬼话，洞彻人生的高尚无耻，从来不动声色的——此时竟嘤嘤而泣，让认识他的人，忽然发现他暗藏着的另一张脸（他生命内部的洞）。别人听见他哭，心里也怕，怕不能活着出去，他哭的是大家心里的感受，由着他哭，不劝，不恼。又有人暗想，我又何尝不想哭？只是他哭了，我心里就好受一点，不消再哭。倘将来出得洞去，也还算得一条好汉（洞，还要充好汉）。又有人建议说，往前走找不到路，就是死；退出去可以顺路，是生。宁退一步生，不要再往前去死。众人细想着这话，默不出声。现在倒不是由于害怕哪个会被众人视为叛变的洞了。这路没有色相，没有名称，只有一系列的动词，人记得的路标只是大约一分钟前，用的是攀，大约半小时前，用的是蹚……进来是向上爬，退出却须向下。洞里到处是水，上爬好走，扶手多，后退就难了，那是一条被众人通过的滑路，它的方向、质地和原路是不同的，所以将要出现的动词也是完全陌生的，等于是另一个洞。而且20分钟前是梭，一小时前是溜……这种时间也靠不住，这种漆黑一团、没有空间、没有形状、没有日头移动、不能形容、只有动态的时间人是没法估计的，谁会记得一个刚刚抠着爬着蹚着靠着扭着经过的地点？有人打开手电照照表,惊叫,已经两点了!我还以为我们只走了个把小时,我们是早上11点半进洞的,已经走了3个小时!众人听了,更紧张,只想着赶快出去,但想不出任何可以实施的动词来,是爬,还是摸,是上还是下?一筹莫展,退不能退,进不得进,众人一时不吱声了。不吱声,紧紧地挨着,不敢走开大伙半步,在这黑暗深处,人没有距离感,隔着一步之遥,都像是隔着十万八千里。领路的人说,出口肯定在这里。出了那个肠子洞,就是一个大洞,出去的洞就在这里,大家又四处摸索,除了石头还是石头。领头的人也不再自信了,或许真的走错了路,是不是退回去看看,他说。听见这话,有人突然狂笑起来,有人开始唱歌,有人讲起笑话来,有人大哭起来。看不见人,只听见声音,真像是一群妖魔鬼怪。后来连那些一向很注重个人身份地位风度形象、一本正经、死板死眼、不敢轻易哭笑、一生都是小心着使用着几个有限的动词的,也跟着发出声来,响成一片,有如小时候看电影突然停电时的情况,越哭越猛,越笑越狂;从来没有这样哭过,从来没有这样笑过,不知道哪个在哭,哪个在笑,到后来,为什么哭,为什么笑,为什么叫都不知道了,只是哭啊,笑啊,叫啊,已然忘了出去。忽然有人发一声喊,洞口在这里!众人马上安静了,原来洞口在一个巨石后面,都把它视为墙,没有绕过去探探。有人在撒尿时怕别人听见,壮胆多走了几步,绕过了那石头。大家赶紧跟着走,渐渐地觉得眼睛里的黑暗弱了,路也平起来,步子也就快了。终于从右边透出一团棉花似的白光,"噢!"众人一齐欢呼,都松了互相紧拉着的手,高一脚低一脚跌跌撞撞地朝那光团快跑,好像唯恐跑慢了,又被身后那只黑暗的手逮回去。最后,脸色苍白的一群人走出了山洞,发现,已经站在一座山的顶上。又见到天空,又见到阳光,又见到森林和峡谷中的百花,又见到绿茵茵的草地,一对蚱蜢正在阳光下交配……人仿佛是又获得一次诞生,看世界的目光,如同初生婴儿。有人看看手表,穿越这个一公里长的山洞,我们运动了整整4个钟头。

天空呼的一声响,众人对着声响处望去,只见一只样子凶恶的秃鹰,已飞下停在那山洞口。它朝那黑洞的深处,审视良久,突然一拍双翅怪叫着冲入蓝莹莹的天空。也许是它看见了自己的心,它被自己的心吓坏了。

幸存之城

——丽江大研镇记

在世纪之末,混凝土、玻璃和马赛克式的建筑几乎已经砌平了北方的城市和南方的城市的区别。这些现代的建筑怪物具有适应一切环境的能力,从冰雪的北方到炎热的南方,人们的衣着可能会不断地发生着变化——从南方人看来极为夸张的风雪皮大衣直到在北方人看来简直不可思议的穿在女子身上的筒裙……但在建筑上,你看到的却只是外表雷同的四方形的盒子。居然,横越这个幅员辽阔的国家,你至少得乘一个星期的火车。在一个省的境内,古代世界由于风俗、环境的不同而创造的在材料、式样上都完全不同的建筑类型就更难以见到了。从昆明向西,向着历史上曾被诸葛亮视为不毛之地的云南西部进发,你再也不会感受到丝毫的不毛,量你也搞不清你一路上经过的那些城市——诸如楚雄、南华、下关……有何作为在不同的历史和文化背景中成长起来的城市在建筑外观上的区别。当汽车在下关的城中心穿过时,我确实不敢肯定我是否离开了昆明。至少在局部上,这些城市是无法加以区别的。从昆明出发开往丽江的班车,要经过下午、整个夜晚和另一个白天才能到达丽江,这些班车遵循着某种荒诞不经的时间,让你永远无法知道它们到底会在几个小时之内抵达。我去的时候,这趟班车行驶了大约16个小时,但同样的里程,当我再次乘坐同一家汽车运输公司的班车返回时,却行驶了24个小时。我提及这点,并非对汽车公司有什么怨言,丽江确实是一个在时间上令人恍惚的地区。当我在1998年5月的某个中午从灰尘仆仆的长途汽车上下来,进入丽江世界的心脏——大研镇之际,我以为时间发生了逆转,爱因斯坦的预言成了现实,我似乎进入某个中世纪的城邦。在一个被称为城市的地方,你竟然连一辆汽车,甚至连自行车也见不到!我相信我与1639年1月25日步行抵达这个城市的徐霞客或者1743年撰写《丽江府志》的史官们所见的是同一个城市,"居庐骈集,萦坡带谷;民房群落,瓦屋栉比"(《徐霞客游记》),"湫隘嚣尘,环市列肆(肆,作坊、店铺)"(《丽江府志略》。湫隘嚣尘,语出《左传·昭公三年》。湫隘,意为房屋低矮。)

  一个崇拜摩天大楼、超级市场和一天等于二十年的时间观的游客会很难相信眼前这个低矮、陈旧甚至可以说是腐朽的被灰色的瓦片所覆盖、随时可见穿着落后于时代的衣着和步履无比缓慢的老人的城市,最近(1998年1月)刚刚被联合国评为世界历史文化名城,已经与雅典、京都、巴黎、比萨、威尼斯这些伟大的城市一道名垂青史。在云南,作为世界历史遗产载入历史的是在20世纪的变革中坚持着一成不变的大研镇而不是不断随着时代的变迁大兴土木的昆明,这恐怕是具有讽刺意味的。因为如果从城市的历史面貌例如从法国人方舒雅在一百年前拍下的昆明城的照片来看,曾经有过的昆明作为一个传统中国的城市,它可能在某些方面比丽江更为气派、更为精致,也更集中了古代中国能够传到边地的一切建筑精华,也像丽江那样,由于地理上的偏远,得以在沧桑巨变中保持着一个在前进的世界中失传的世界。

但昆明在二十世纪的历史中消失了，世界的目光越过高原上的水泥昆明，转向它的西部，在那边厢，金沙江像古代那样日夜奔流、玉龙雪山高耸在森蓝的天空下，伟大与光荣照耀着一个古代的城市。这个城市坚定地拒绝新世界流行的水泥和钢筋，坚持着它在传统中获得的栖居方式、美学风尚和与此相依为命的日常生活。这个城市在漫长的时间中为纳西族的匠人们用泉水、泥土、石头和树木建造。看哪，一座手工建造与雕刻的美轮美奂的城！当我站在大研镇旁边的狮子山上俯瞰这座被古代的瓦片像起伏的绸缎那样覆盖着的城市之时，我想起的是伟大诗人杜甫的诗句"长安一片月，万户捣衣声"，我就像看见雅典的神庙那样感动，但心中涌起的不是崇高与庄严，而是和睦、亲切与柔软。

这是一个以人为中心的城邦，它的各种功能无不显示出它仅仅是为人的栖居这一目的建造的。它是朝一切方向敞开的。条条道路通罗马。它与中国古代那种普遍的有城墙的城市不同，除了木氏土司的王府四周有墙外，人们可以从四面八方通过街道、小路、巷子、田野甚至山上的羊肠小道进入这个城市。它又是一个日日夜夜在淙淙作响的城，大研镇并不是像威尼斯那样，本身就是建筑在水上的城市。大研镇的水路，是经过设计并用人工挖掘的。原始的河流只一条，就是穿城而过的中河，从中河又人工开发出西河和东河，分为三支，像一棵大树的主干和两个支干，它们又生出无数的小渠、小溪，小的水系，穿过千家万户的门前屋后，像血管一样把这个城联系起来，使得这城市像是一个沐浴在水流中的结构精美的蜂巢。过去，居民们甚至可以直接饮用这泉水，有的人家就建立在暗河上，弯下腰就可以舀水到厨房的大锅里，脱下鞋就可以把脚泡在流水间。在月亮好的夜晚，整个城内的水系都被月光照亮，条条水流就像古诗中所说的玉带，可以看见几十个月亮漂缀在这带子之上。

这是一座与大地肌肤相亲的城。土木结构的建筑给人一种肌体上的天然安全感，一种"窝"的感觉，泥巴与树木，人类就是在这些材料中间诞生的。不仅所有的房屋全是土木结构，全部是用手工建造的，而且门窗栏栋、斗拱飞檐等的表面大都雕刻着来自大地上的花纹线条，大地上的花鸟虫鱼、飞禽走兽。没有任何会使眼睛耳朵受害的东西。例如来自玻璃幕墙或马赛克瓷砖的强光，或者汽车喇叭的尖叫。这个城市就像一个公园，目之所及，不是小桥流水（这个城市有350多座石桥、木桥、大桥、小桥、便桥），就是树木花朵，不是大自然的有色有香的花朵，就是艺术的精美绝妙的花朵。白天，你听到的不是谁家玉笛暗飞声，就是两只黄鹂鸣翠柳，流水之声无处不在。几乎每一个家庭的中堂都贴着书法、国画，长案上供着祖先的灵位。随处可见温良恭俭让的老人，像蜜蜂一样忙忙碌碌的妇女。手抱卷轴的儒者、提鸟笼的人在桥上悠然而过。在宣科先生的洞经古乐演奏会上，台上满座是白发苍苍、高古儒雅的老者，握着古代传下来的乐器，奏的是唐代元音、道家仙乐。但经介绍，才知道他们是本市的裁缝、鞋匠、屠夫、税务员、马锅头……夜幕降临，流水现响，老鼠们像它们的祖先那样，开始熟练地嗦嗦地啃啃起这个城市，鬼魂开始在各个老宅中游走。人不仅可以在这个城中居住，也可以欣赏它，从它本身获得对逝水年华的回忆，获得对当下人生的感悟。我认识一位住在城中的老先生，他本来在现代化的大城市工作，却辞了职，像出家一样，回到故乡，整日乐不思蜀，只是为了他家中堂的四扇门上雕刻着的春兰秋菊、麒麟仙鹤，院子花台里种着的梨树茶花；只是为了每天一觉醒来，打开窗子，就可以看见远处的玉龙雪山、近处的千家万户的青色瓦顶。那四扇门上的雕工出自三百年前云南剑川的匠人之手，真正是鬼斧神工，以至习老师忍不住常常会邀请旅游者去欣赏他家的门，他站在自家门口的那种样子，就像卢浮宫或伊甸园的门卫一样。街道的两旁几乎全是铺面，这些铺面都是两层楼，上层一律是各式各样的格子窗、雕花窗以及摆在窗台上的一盆盆花，挂在壁板上的干辣椒、腊肉、正在晾晒的衣服……忽然会有一张美丽的脸在窗口一晃，你刚看出她是穿着内衣，人已经不见了。下面一层是暗红色的门板组成的铺面，即使是用于商业，许多铺面的门心上也雕刻着飞禽走兽、花鸟树木。这些铺面一家挨一家，由于千百年的风吹雨打、地震，它们已经歪斜，互相挤在一起，歪倒朝一个方向，没有一所房子与地面是垂直的。但它们偏离了直线，却更坚固地屹立在地面上。这正是土木结构的建筑不同于钢筋水泥的一个特点，这些房屋的架子都是一个个活的结构，它们是通过榫头连接在一起的，各种材料互相之间有许多的缝隙和宽容度，且质地柔软，彼此不会势不两立，随时可以妥协、调和、谦让；仿佛它们是有着生命的活物，能够应合着天地的变化而自动调整与地面的角度、关系，使之与自然界更和谐。在这个手工雕刻的城邦中，人们看不起"钉子木匠"，往昔人们建造这个城，没有使用过一个钉子。榫接，是建造这个城市的神秘而伟大的技艺。正是这些被某些流行的建筑学视为土气、落后的土木结构的建筑经历了丽江历史上的多次地震（自 1481 年以来，这个地区经历了 10 次地震），屹立着。

街道上的铺面并不是根据某种统一的标准或尺寸建造的，所以各家的屋檐高高低低，此起彼伏，富于节奏，我总是觉得这些屋檐之间蕴含着某种动人的东西，但我说不出来。铺面经营的大都是日常人生最基本的用品，卖棉布的、卖糕点糖果的、卖土杂的、卖药材的、补鞋的、缝衣服的、做羊皮袄的、卖鸡豆凉粉的、卖丽江粑粑的、卖铜器的、卖口笛的……不少铺面是百年以上始终在经营同一货物、食品或手艺的老店（这个城市有 30% 的居民仍在从事以铜银器制作、皮毛皮革制作、纺织、酿造业为主的民族传统商业活动）。在这些铺面之间，时时还可以看见老太太们坐在铺面前面的石阶或某条小巷口、某个桥的桥头上摆卖瓜子、铁豆、壳花生、小吃的小摊，或出售自己纺织的花线、自己刺绣的花边、自己编的草墩、自己腌制的泡梨……这些老太太总是穿着传统的纳西妇女服装，对旅游者们从世界各地带来的奇装异服不屑一顾。她们眯着眼睛，打着瞌睡，像一只只慈祥的被自己下的蛋包围着的老母鸡。街道最宽不过两米，它仅仅是为人类最古老最基本的动作——步行而设计的，我可以肯定这是世界上最有安全感的街道了，它甚至连自行车也难以通行，它仅仅适合于步行，而且更适于那种悠闲儒雅的散步。这种街道不会令人产生那种"生活在别处""车要开了"的恐慌感。如果仔细研究的话，你甚至会发现这种街道是有益于人的身心健康的，路面铺着青色的石块，被人们的脚打磨得闪闪发光。路面凸凹不平，在其上行走，脚底板的每个部分都会得到使用，走惯了呆板的水泥路的旅游者在这种路面上走一天，就会脚板生疼，但后来就好了，脚板会相当适应。但这种路面在雨天对于旅游鞋是相当危险的，很容易被滑倒。因为它并不是为行色匆匆的旅游鞋建造的，它更适合旧时代的布鞋和赤脚。街面上，经常可以看见一个个不起眼的小门，夹在铺面之间，门口坐着一位纳西老太太，身后的门像山洞一样黑乎乎的，你以为这个门里面不过是个陋室罢了，但跟着老太太往里走，一阵曲径通幽之后，忽然进入一个阳光明媚的花园，堂堂正正的三坊一照壁。庭院中盛开着种在巨大的瓦盆里的牡丹、山茶、玫瑰，叶子上停着蝴蝶（后来我发现其实大研镇的每一个宅院都是一个花园），五色石镶嵌的天井里坐着漂亮的黄犬，檐柱上贴着对联，集的是唐诗中的句子。门上窗上梁上都刻着浮雕，犹如宫殿。正好生奇怪，何以如此堂皇的大院，要开那样一个穷陋的小门，才发现大门其实是开朝一个小巷里。大研镇的建筑精华都藏在这些其貌不扬的陋巷里。在这些巷子里，数百院旧时代的华宅，组成了一座与幽灵同在的城。旧时代的一切，那些曾经被1966年的"革命"视为腐败没落、行将死亡的一切都在着。贴在门上的用绿纸或白纸写的"孝""守"、用红纸写的对联、面目狰狞的门神、大门上的铜环、铜锁；推门时发出的苍老的吱扭声、顶门柱……深入其间，你会发现在我们生活中已经死掉的那些古代世界的建筑语言依然顽固地支撑着人们的日常生活——三坊一照壁、四合五天井、三滴水、一字平、曲径通幽、豁然开朗、鳞次栉比、雕梁画栋、前廊后厦、风楼、玉楼、琼楼玉宇、亭台楼阁、阁子、斗室、厅、堂、厢房、灶房、书斋、芸窗、闺阁、绣房、下房、客房、正门、边门、角门、门扉、门心、窗棂、窗纸、窗心、梁、斗拱、山墙、飞檐、"庭院深深深几许""帘卷西风""把栏杆拍遍""虫声新透绿窗纱"……在某个人去楼空的深宅，我甚至想起李清照的词："萧条庭院，又斜风细雨，重门须闭。崇柳娇花寒食近，种种恼人天气。险韵诗成，扶头酒醒，别是闲滋味。征鸿过尽，万千心事难寄。楼上几日春寒，帘垂四面，玉阑干慵倚。被冷香消新梦觉，不许愁人不起。清露晨流，新桐初引，多少游春意。日高烟敛，更看今日晴未。"所不同的只是，在这萧条庭院之间，你看到的是一个健康、怡然自得的、正在刺绣或纳鞋底的纳西族妇女。在这个城市中，你依然可以听到关于鬼屋的种种故事。一个唯灵论的城，居民们依然相信，人并非万物之主，这是一个人与万灵共享的世界。白天，当我在一个个朱门深院中窥伺，常常会感到后心发凉，我确实会感到与幽灵同在。一座桥、一棵树、一条小巷都会勾起居民们对于往事的回忆，"雕栏玉砌应犹在，只是朱颜改"，历史像幽灵一样，生活在现实中。我时时会听到居民告诉我，他的祖父在世时在某个桥头做过某事，在某棵大树下又做过某事，他的祖母从前在某个石头上洗过衣服、在某个铺子里卖过东西之类。任何一个居民都可以轻易就把他的有根有据有物证的故事追溯到五十甚或一百年以前。在这个城市，时间变得无比的缓慢，钟表显得多余，人生像戏剧那样富于诗意。不止一个居民告诉我，他们可以体验到像小说《红楼梦》中描写的那种生活。

　　大研镇的中心是四方街，四方街其实是一个梯形的小广场，它是为人们的亲密和睦的日常生活而不是"与人斗，其乐无穷"而建造的。它可能是中国面积最小的广场之一，大约只有半个足球场那么大，周围全是古老的店铺，它完全不适合检阅、游行之类的活动。为此，在1966年的"革命"中，人们不得不在大研镇以外重新建立了一个大型的广场，那个广场和四方街形成了鲜明的对比。在那里，领袖的巨像成为广场的核心，而在四方街，古往今来，它的中心人物都是芸芸众生。丽江县城建局的技术员告诉我，四方街很可能是世界上唯一的具有自动冲洗街面系统的广场。它在建造之初，就被设计得中间稍微凸起，两边凹下，犹如一片巨瓦。一条河道位于广场的西面，河上设有一个水闸，每到傍晚收市，负责清洗街道的人就关上水闸，河的水位立即上升，顺着瓦形的坡度漫过整个广场，流到它四周的排污水的暗沟里。广场的四面都有一条宽30厘米、深约45厘米的排污水暗沟，每一条暗沟又与广场四周铺面的后院的下水道连接。就这样，从地面到地下，形成了一个完整的排污系统，可以把四方街冲洗得干干净净。但这个系统在最近完工的古城修复工程中被毁掉了。白天，四方街是人们从事交易活动的市场。人们载着从大地上收获的各种各样的物产，进入通向四方街的八条街巷，挑担子的、牵马匹的、背背篓的、手提肩扛的……贸易的队伍开始是向着广场移动，仿佛那是一个劳动者的圣坛。到后来，广场满了，又沿着八条道路向大研镇的各条街道小巷蔓延，把这个城邦完全卷入到激动不安之中。晚上，居民们在这里约会、聊天、纳凉。当夜深人静，广场被月光洒满。由于被数百年来人们的脚步不停地打磨，青石块铺盖的地面，已经光可鉴人，犹如钢琴的表面，你似乎可以听见月光被不可见的手弹奏出的声音。四方街不仅是大研镇的核心，在往日，它也是从西藏到四川、大理以及金沙江流域的这一广大地域的核心。它的市集、客栈、马店、茶馆、铜器、茶叶、盐巴、皮革……以及广为流传的它的勤劳美丽、勇于殉情的女人都令人们梦魂牵绕。人们越过高山、大河开辟了无数通向大研镇的道路,日日夜夜都可以看到在通往这个城市的各种道路上,行进着马帮、商队、旅客,大研镇就像威尼斯那样吸引着各民族的客商。即使在今天,这个核心依然具有巨大的吸引力,它甚至吸引了更广大世界中的人们,只是他们中有很多人的身份已经从商人换成了旅游者,人们蜂拥而至,它甚至吸引了更广大世界中的人们,络绎不绝,许多人省略了昆明,一下火车,就搭上开往丽江的夜班车。你偶尔会看到一位来自威尼斯的旅游者,风尘仆仆地解下自己的旅行袋,四肢打开地在四方街上躺下来。

从大研镇周边的现代化的高楼大厦林立的丽江市区进入大研镇,这个过程更像是进入一个在水泥钢筋的世界包围中坐享其成但已经摇摇欲坠的孤岛。事实上即使在丽江这样偏远的地域,大研镇也已经成为时代的眼中钉,这个贴满古代诗句、画栋雕梁的城邦与周围的新世界确实太过于格格不入。在当年,一个彻底改造大研镇的计划已经开始实施,一条叫作东大街的水泥大街已经摧毁了一批老房子,修到了四方街附近,把它的刀刃指向了大研镇的心脏。如果这个计划得以最终全部实施,那么一条水泥大道将把大研镇劈成两半,但这个计划后来终止了。大研镇只是被当胸插了一把匕首,这把匕首最近被拔掉,东大街又被修建成传统的民居式样,但由于新街的宽度与原来的街道并不一致,宽了两倍,看起来像是一道刚刚痊愈的伤口。令人深思的是,这样一个顽固守旧的城何以在 1966 年以后依然能够幸存?

美国城市理论家芒福德在《城市发展史》中指出"要解释城市中所发生的情况,我们须同样注重对技术政治、宗教的研究,尤其要注重城市过渡过程中宗教意义的一面。"(转引自《丽江——美丽的纳西家园》蒋高宸编著）对于纳西族这样一个信奉多神教的民族来说，宗教对它的栖居方式的影响更是不容忽视的。作为城邦的兴起，大研镇的历史可以追溯到南宋末年，它成为大规模的城邦是在明代以后。据蒋高宸先生研究，纳西族的建筑变迁形式是经历了毡房、木楞房、坡顶草房、土庄房几个阶段才形成大研镇现在这样的仿汉建筑的。大研镇如今看起来，已经受到汉族建筑的很深影响，但毫无疑问的是，它依然是一座纳西族的城市，除了那些建筑方面的特点，例如没有城墙、悬鱼、女房、蛮楼、妹楼、公母柱、奇数间等等。当然，这些特点只有少数专家能够看出来了。但建筑上的仿汉并不影响人们在这个城市中继续以纳西人的方式思考和生活。据说在东巴鬼神谱系中，可以数得出来的神就有五百多个，载入鬼系的鬼也在三百多个（见木丽春《东巴文化揭秘》）。记载这些鬼神系谱的文字"斯究鲁究"（意为"木石上的痕迹"）是世界上最古老的象形文字之一，令人惊叹的是，这种文字不仅在今天依然可以解读，并且在有限的范围内还可以应用。我曾在丽江的东巴文化研究所内亲眼看到70多岁的东巴经师在书写这种犹如图画的文字，当他书写这种神秘的符号的时候，我觉得他就像一位古代的神站在我面前。在大研镇，宗教不仅影响着人们的生活方式，也影响着城市的形成。如果从现代的眼光来看，那么我们也许可以把于1258年就任丽江宣抚使的纳西族元帅阿良阿胡视为一位杰出的建筑设计师，正是他独具慧眼，选择了大研镇的城址。这一选择已经被历史证明，不仅具有政治、经济、交通上的眼光，而且对于城市本身的发展来说，也是一个杰作。建城之初，阿良阿胡就很重视水与栖居的关系，他的把水与居住密切联系在一起的构想在后来形成大研镇的传统，一代一代人沿着这一思路，终于建造了一个水城。纳西族是崇拜水的民族，水被视为纳西族生命诞生的母体。在她的神话中有一个传说也许与大研镇对水的重视有着某些神秘的联系。纳西古代文献《崇搬图》

说：居那若罗神山山顶有三股圣洁的泉水，始祖崇忍利恩取了圣洁的泉水，把三滴圣水向上一洒，使天体由此高了；把三滴圣水向下一洒，使地体从此稳固了；又把三滴圣水向左边洒，太阳出来更暖和了；再把三滴圣水向右边一洒，使月亮更加明亮了。细心的旅游者可能会发现这些情况，表面上，这个城市使用的是汉语，至少对旅游者是这样，但如果你仔细倾听，你会发现在这个城市的日常生活的细胞中，支配着生活的是纳西族的古语——磨些语，这是一个双语制的城市。在大研镇，你可以轻易地从服装和口音上区分出旅游者和当地的居民，你会遇到许多讲纳西话的汉族或其他少数民族的后代，甚至不会讲汉语本民族语只会讲磨些语的汉人和少数民族的后代，你也会遇到不会讲汉语只会讲磨些语的居民。磨些语被用来延续民族的生活和文化，汉语则用来与世界对话，正是这种双语制，有效地抵抗了强势文化的毁灭性改造。在大研镇，居民们对外来者使用的是汉话，但居民们私下的聊天，家庭内部的交谈用的全是磨些话（人们正是用这种语言解读东巴经上记载的鬼神系谱）。当地的居民告诉我，在"文革"中，人们用汉语参加斗争会，一个家族的人被划分成不同的阶级，彼此斗争。但到了晚上，一家人又在黑暗中用古代流传下来的磨些语秘密交谈，亲密如初。在经过20世纪的革命之后，在崇拜无神论的汉语中，旧时代的神鬼世界已经被一网打尽，但一种万物有灵的世界观却在磨些语中得以幸存，正是磨些语在大研镇继续坚持着古代纳西人关于人生与自然的哲学和思想，正是这种与他们日常生活密切联系的语言影响着他们与生活的关系。"住在村子里不损坏寨子，住在正屋不损坏厢房，住在山上不破坏山岭，住在山地不损坏水田，住在水边不损坏水泡，住在树旁不损坏树枝。"纳西族有一种"孰古精神"："以退避之道为尺度，谋求建立人与自然的和谐秩序，经过不断的累积，形成了人在所处环境中的不可冲犯的种种禁忌"（《丽江——美丽的纳西家园》蒋高宸编著）。显而易见，这些思想与 20 世纪中叶以来流行于汉语中的"不破不立、破旧立新""喝令三山五岳开道，我来了！"之类的思潮是完全相反的。这种思想在汉语中是反动落后的，但在磨些语中却是圣经一样的东西，它来自纳西作为一个民族的生命观中，这个民族正是因为信奉这些思想，才得以在危险且多灾多难的旧世界生存下来，它是这个民族经过千锤百炼的生活经典，也是他们的日常生活的经验和常识。我相信正是这些在磨些语中的古老思想像幽灵一样对 20 世纪阳奉阴违，暗中庇护了这座城市。在大研镇，更引人注目的现象是那些穿着纳西族传统服装的女市民们。对纳西族历史稍有了解的旅游者都知道，古代纳西人是一个以女性为中心的世界，无论在家庭组织、经济地位还是在婚姻关系、生产劳动中，妇女都处于中心地位，女性是纳西人古代社会的支柱，这种迹象在今天依然可感受到。在大研镇，你可以看到妇女们不管时代如何变迁，都坚定不移地穿着她们远远落后于时代的传统服饰，这些服饰并不像它的古代含义"披星戴月"所意味的只是某种起早摸黑的劳动的工作服，实际上它是一种生活的服饰，它不仅用于劳动，也用于礼仪、社交、娱乐；并根据质料的贵贱，区别着妇女们的经济和社会地位。我相信，在磨些语中，这些服饰并不是汉语"少数民族服饰"一词的意思，它是一种受到新生的犹如汉语中"旗袍"那样的服饰。在大研镇，磨些语主要是由母亲向婴儿传授的。在一个纳西家庭中，父亲往往指向与时代融合的部分，父亲们的服饰完全汉化了，可能普通话也讲得更为流利。母亲们则坚持着传统，不仅服装、语言，就是日常生活的传统，也是由妇女们在坚守。在大研镇，传统的小吃丽江粑粑、鸡豆凉粉、黄豆面条以及豆腐作坊、面条作坊、缝纫、刺绣……都是妇女们在坚持着。正是这种保守和坚持，使大研镇作为世界文化遗产与其他文化遗产有根本不同，许多世界文化遗产，实际上只是一座座古代建筑的空壳，曾经存在于其中的日常生活已经完全消亡，大研镇却是一座活着的古城，它的建筑、它的相濡以沫的日常生活，它的美丽、勤劳、保守的母亲至今仍活着。

中国古代社会的许多东西在儒教文化的中心已经被毁灭了，在大研镇却奇迹般地得以保存下来，例如洞经音乐、建筑样式（三坊一照壁、画栋雕梁）、作为日常生活之必需品而不是当今所谓"国粹"的诗书画（所谓"有水井处皆咏柳永词"的日常境界）等等。大研镇市民最近出版的最重要著作，当数纳西族学者周善甫先生的遗著《老子意会》，我是在大研镇著名的国画大师周霖先生的旧宅，买到了这本他的胞弟自费出版的书，其中讲到："达尔文所谓'物竞天择，优胜劣败'固生物界不易法则，但未可引为人类社会之公理，近代因竞争而招致之祸尤，岂复少哉！""这百年多来，西方之坚强与中国之柔弱，是异常显著的对照。但将来又会怎样呢？西方若仍坚强是求，决然是死之徒；中国若能柔而不弱，大而处下，则天下必归之。盖贵其不失生机也。"在当代崇尚维新唯物的潮流中，恐怕有周氏这种思想的只是凤毛麟角。他甚至与一些纳西族知识分子提出：丽江作为祖国西南边陲的一方净土，将来会变成"儒家文化的诺亚方舟"，肩负起弘扬祖国优秀文化传统的重任；丽江今后的唯一选择是保护人与自然的和谐，并把现代机械文明中的垃圾坚决清除出去。（见纳西族音乐家宣科的《人子》）在中国的文化地理中，纳西族文化自古以来一直处于来自东北方向的汉文化、来自西部的藏文化和雄踞南方的南诏文化三个板块的包围中，但它与这些强势文化的关系从不显出对抗的倾向，而是采取了兼收并蓄的开放态度，即所谓"以柔克刚"，这种柔性的文化在历史中反而显示的是它的刚的一面。纳西民族如今已成为中国少数民族文化中最有效地保持了它的具有鲜明民族特色的文化的民族之一，从古老的文字、口语、宗教、宗教仪式、艺术、音乐到城邦、日常生活、衣饰……如果考虑到它只是一个人口很少的小民族，这种特色就尤其重要。意味深长的是，在云南，当儒教社会的传统，作为文化革命的对象从省城昆明开始全线溃败的时候，它却在大研镇（同样的城邦还有白族人建造的大理）通过纳西族进行了有效的抵抗。主流文化的精华在主流中消失了，却在它的边缘得以幸存，如果从这个角度来看，那么大研镇，我以为与其仅仅将它理解为只是受了汉文化的深刻影响，不如把这种影响理解成主流文化被边缘化的一个典型似乎更有说服力。

在今天，大研镇的生活世界已经不像往日那样，被视为周围世界中的一个杰出的栖居典范了。这个城市的日常生活正在以前所未有的速度消亡，过去黄山街一条街都是打铜店，现在只剩下一家。在宣科先生的纳西洞经古乐队里，精通古典乐曲的演奏者正在以平均每年一人的速度死去，而这样的人几乎都是70岁以上的人。旧日的手工作坊中后继乏人，许多宅院人去楼空，只是老人在看守，年轻人向往"日日新"的生活，远走他乡。兜售伪民俗的商贩乘虚而入，已经蚕食了城邦的许多店铺。很可能有一日，这个城市只剩下一种工艺，就是大批地生产那种不伦不类的旅游工艺品。有人甚至告诉我，居民们继续住在这个城市是体现了一种牺牲精神！如果从西方世界关于生活质量的标准来看，那么在这个老鼠盛行的城市坚持居住，确实是低标准的，卫生设施的简陋、房屋的老化……更重要的是在满世界崭新的水泥建筑的时代，这个城的一切只与过时联系在一起。但我不这样看，我不以为这个城市传统的生活方式是低劣的，它可能在卫生设施等方面有些欠缺，但这只是一个如何改进的问题。在最基本的方面，例如海德格尔所谓"诗意的栖居"这一意义上，它的画栋雕梁，它的鸟语花香，它的光线、水、空气、材料、空间、结构、布局都是更符合人性的。把在这个城市中居住视为一种牺牲的想法是危险的，如果某种生活的日常性，已经成了一种祭坛上的牺牲，那么必定是由于它的末日已经来临，你能牺牲多久？大研镇被列为世界历史文化遗产，这是它的幸运,但它同时也面临着选择,是抛弃它的日常生活传统,抛弃它作为一个活着的古老城市的那些使它具有活力的东西,把它变成一个死掉的遗产,一个古代城市的标本?还是认真想想,这个城市曾经有过,今天依然在延续的传统,是否真的对于现代世界只是一种过时的老掉牙的东西?

"许多事物在我们眼前老去了,消逝了,可是,我想,许多似乎已经时过境迁的事物最后会显得新鲜、强有力和永恒。(如果真有什么永恒的事物的话)"(肖斯塔科维奇《见证》)我坚信与中华传统血脉相通的大研镇式的居住方式和生活是永恒的、诗意的、更符合人性的。我永远不能忘怀我在大研镇的四方客栈住过的那些日子。每个黎明,阳光总是把那糊着绵纸的雕花门心映成一片朦胧的黎明,坚硬的夏日的光线在窗纸上柔软下来,一棵老树的影子在窗影中晃动着,犹如我逝去多年的外祖母的背影。